전능의 팔찌

THE OMNIPOTENT
BRACELET

김현석 현대 판타지 소설
FUSION FANTASTIC STORY

전능의 팔찌 4

김현석 현대 판타지 소설

초판 1쇄 찍은 날 § 2011년 10월 13일
초판 1쇄 펴낸 날 § 2011년 10월 20일

지은이 § 김현석
펴낸이 § 서경석

편집부장 § 권태완
편집책임 § 박우진

펴낸곳 § 도서출판 청어람
등록번호 § 제1081-1-89호
등록일자 § 1999. 5. 31
어람번호 § 제1-1281호

주소 § 경기도 부천시 원미구 심곡2동 163-2 서경B/D 3F (우) 420−822
전화 § 032-656-4452 팩스 § 032-656-4453
http://www.chungeoram.com
E-mail § chungeoram@chungeoram.com

ISBN 978-89-251-2655-5 04810
ISBN 978-89-251-2596-1 (세트)

천능의 팔찌

THE OMNIPOTENT BRACELET

④

FUSION FANTASTIC STORY

김현석 현대 판타지 소설

청
람

CONTENTS

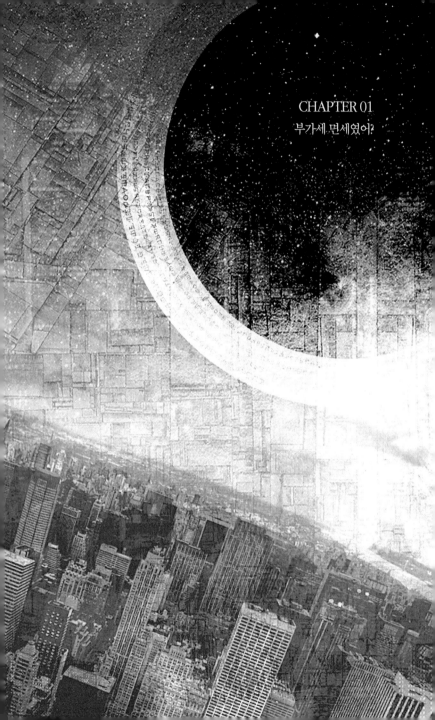

CHAPTER 01
부가세, 면세였어?

다음 날, 둘은 여러 곳을 둘러본 뒤 사무실을 결정했다.

업무상 찾아올 사람이 드물 것이기에 큰길에서 한 블록 들어간 곳에 위치한 5층짜리 주상복합 3층 중 절반을 얻었다.

실면적만 35평 정도 되는 아담한 크기이다. 주인은 5층에서 거주 예정이라고 한다. 그래서 엘리베이터가 있는 건물이다.

아직 입주하지 않아 주차장도 널널하다. 무엇보다 새로 지은 건물이라 깔끔해서 좋았다. 보증금은 2,000만원이고, 월 임대료가 부가세 포함하여 132만원이다.

사무실이 결정되자 곧장 전화 및 인터넷 신청을 했다. 그리곤 인테리어 업체를 방문하여 구획을 정리했다.

은정이 반드시 사장실이 따로 있어야 한다고 우겨서 칸막이를 한 것이다. 이렇게 하여 사장실과 탕비실, 그리고 창고와 업무 공간으로 나뉘게 되었다.

공사가 진행되는 동안 가구 매장을 찾아 제반 집기들을 사들였다. 이곳에서 둘 사이에 약간의 다툼이 있었다. 현수는 값이 좀 나가더라도 괜찮은 것을 구입하려 했다.

반면 은정은 굳이 비싼 것을 살 필요 없다면서 실용적인 것들을 선택하자는 의견 충돌이 있었던 것이다.

현수의 의견은 의자와 모니터에서만 받아들여졌고, 나머진 모두 은정의 뜻대로 구입하였다.

하루 종일 앉아 있어야 할지도 모르기에 의자만큼은 좋은 걸 구입해야 한다는 의견이 받아들여진 것이다.

모니터도 비슷한 의미로 결정되었다.

다음 날엔 회사 설립에 관한 서류들을 만드느라 여념이 없었다. 오후엔 이춘만 차장이 보낸 화분들이 당도했다.

사무실을 온실로 만들려는지 상당히 많은 화분이다. 덕분에 썰렁하고 삭막하던 사무실 분위기가 한결 좋아졌다.

은정의 꼼꼼하면서도 확실한 업무 처리 덕분에 회사 설립은 어렵지 않게 끝났다. 무역협회 가입도 순조로웠다.

그러는 동안 많은 대화를 나누었는데 그중 가장 중요한 내용은 굳이 약품 도매상들을 이용할 필요가 있겠느냐는 것이다.

킨샤사로 수출하는 약품은 종류가 적은 대신 양이 많다.

예를 들어 후시딘이나 마데카솔 같은 건 단일 품목만으로도 컨테이너 가득이다. 크기가 작기에 수량이 많다는 뜻이다.

진통제나 소염제, 항생제 등을 제조하는 제약사들은 많다. 그런데 굳이 한국처럼 여러 종류를 모두 갖출 필요는 없다.

따라서 몇 군데 제약사로부터 집중적으로 사들이는 편이 업무 편이에도 좋다. 그러니 제약사들과 직접 교섭해서 단가를 낮출 수 있지 않겠느냐는 의견을 내놓은 것이다.

듣고 보니 그러하여 제약사를 직접 방문해 보기로 했다.

"은정 씨, 그럼 내일은 제약사들을 둘러볼까요?"

"네에, 사장님!"

*　　　*　　　*

"안녕하십니까? 아까 전화 드렸던 김현수입니다."

"아! 반갑습니다. 영업부 임동훈 과장입니다."

"네, 이쪽은 저희 회사 이은정 실장입니다."

"안녕하세요? 이은정입니다."

"네, 어서 오십시오. 그런데 사장님도 그렇고 실장님도 상당히 젊은 분들이시군요."

임 과장이 보기에 둘은 영락없는 대학생으로 보인 것이다.

"하하, 네에. 저희가 조금 그런 편입니다."

"자아, 일단 안으로 드시지요."

현수와 은정이 방문한 곳은 국내 굴지의 제약회사이다.

이곳에 오기 전 미리 전화를 걸었다. 그리곤 약품 구매 상담을 받고 싶다는 뜻을 밝힌 것이다.

다만 뭘 얼마만큼 사겠다는 내용은 아니었다.

한편, 임동훈 과장은 둘을 안내하면서 고개를 갸웃거렸다.

하나는 사장이라 하고 다른 하나는 실장이라 한다.

그런데 사장이라는 남자는 스물다섯 살쯤으로 보이고, 실장은 아직 학생티도 못 벗은 여대생인 것 같다.

'흐음, 아직 어린 친구들인데 대체 뭐하겠다고 온 거지? 약사라고 하기엔 좀 그런데.'

자리에 앉자 임 과장이 냉장고에서 음료를 꺼내온다. 이 회사에서 만든, 제법 잘나가는 드링크이다.

"고맙습니다."

"네에. 그런데 어느 분이 약사이신지요?"

"약사요……? 우리 둘 다 아닌데요."

"그래요? 그럼 어느 병원에서 오신 겁니까?"

"병원이요? 그것도 아닌데요? 우린 병원이랑 관련없어요."

"그, 그래요? 그럼 어떻게 여길……."

임동훈 과장은 당황한 표정이 역력했다.

전화로 약품 구매 때문에 온다고 했다.

그런데 소비자가 두어 박스 사려고 직접 온 것이라면 어찌하나 하는 표정을 지은 것이다.

그도 그럴 것이 가끔 이런 사람들이 있다. 본사에 오면 조금 더 싸게 살까 싶어 그런다고 한다.

그렇다면 완전한 시간 낭비이다.

밀린 업무 때문에 오늘도 야근해야 할 판인데 영양가없는 사람들이 온 거라면 진짜 짜증이 날 것 같다.

하나 얼굴로는 이런 마음을 표현하지 않았다. 이때 은정이 묻는다.

"저어, 저흰 약을 구매하려고 온 거예요. 그런데 약국이나 병원 관계자가 아니면 약을 구매할 수 없는 건가요?"

"처방전이 있어야 하는 약품은 그렇습니다. 그런 건가요?"

"아뇨. 어디가 아픈 건 아니구요."

"흐음, 그렇다면 어떤 용무로 오신 건지요?"

임 과장의 표정이 약간 풀렸다. 그러는 사이에 은정이 가방 속에서 파일을 꺼냈다.

"이게 저희가 필요로 하는 약품 목록과 수량입니다."

파일을 펼쳐든 임 과장의 눈이 커진다.

"아, 그렇습니까? 그럼 제가 잠시 보지요. 허억……!"

임 과장은 혹시 잘못 본 게 아닌가 싶어 눈을 비볐다.

어마어마한 물량 때문이다. 약품명 옆에 기록되어 있는 숫자는 예상보다 0이 세 개 또는 네 개씩 많았던 것이다.

"이렇게나 많이……?"

"네, 내수용이 아니라 수출하려는 거거든요."

"수출이요?"

"네, 아프리카로 수출할 겁니다."

"그, 그래요?"

"네, 일차로 그 정도가 필요하고 아마 거의 매달 비슷하거나 그보다 많은 양이 수출될 것입니다."

"매달이요? 그리고 이보다 더 많은 양이라구요? 잠깐만요, 이건 제 선에서 어찌할 일이 아닌 것 같습니다. 저희 부장님을 모셔오겠습니다. 잠시만 기다려 주십시오."

"네, 알겠습니다."

임동훈 과장이 서둘러 상담실을 나가자 현수와 은정이 마주 보고 웃음 지었다. 이런 반응이 있을 것이라 예상한 때문이다.

잠시 후, 영업부장과 영업이사라는 사람들이 들어온다.

그리곤 구체적인 이야기가 시작되었다.

킨샤사에서 약방 허가를 받은 이야기며, 인구 1,500만인 도시에 약방이 아홉 개밖에 없다는 것 등등이다.

그러면서 인구 1,000만인 서울에서 팔리는 양을 물어보았다.

자료를 봐야 안다면서 자세한 대답은 하지 않았지만 어찌 그 양이 적겠는가!

현수는 미소 지으며 협박 아닌 협박을 했다.

국내의 제약사 중 몇 군데만 골라 집중적으로 약을 매입할 계획이라는 것이 그것이다.

다시 말해 한 회사에서 항생제, 소염제, 진통제, 소화제, 소독약 등을 몰아서 사겠다고 한 것이다.

당연하게도 영업이사와 영업부장은 저자세가 되었다.

진짜 수출할 곳이 있는지 여부는 확인해 봐야 알겠지만 상대에게 밑보여 좋을 게 하나도 없기 때문이다.

잠시 후, 각종 약품의 납품단가가 기록된 서류를 보여준다.

"솔직히 말씀드려 약값에 대해 아는 바가 없습니다. 저희가 이해하기 쉽게 설명해 주십시오."

"네, 그러겠습니다. 예를 들어 A라는 약이 있습니다."

"아, 이 약은 저도 압니다. 복합 상처 치료 연고지요."

"네, 이건 약국마다 조금씩 달리 가격을 정해서 팔지만 평균적으로 9천원에 판매되고 있습니다. 저흰 이 약을 약국에 3,800원에 납품합니다."

말이 끝나자마자 계산기로 두들겨 보았다.

"흐음! 42.2% 가격으로 납품한다는 거군요."

"그렇습니다. 또 하나의 예를 들자면 B라는 약품이 있습니다. 이건 시중에서 3천원에 팔리는데 저희가 납품하는 가격은 1,300원입니다."

"이건 43.3%쯤 되는군요."

"그렇습니다."

"근데 저희가 구매하고자 하는 물량은 대형약국보다 훨씬 많은 것 같은데요. 안 그렇습니까?"

더 깎아달라는 뜻이었다. 어찌 이를 모르겠는가!

"물론 그렇습니다. 그렇기에 조금 더 할인하여 40%에 맞추면 어떻겠습니까?"

말은 안 하지만 영업이사의 머릿속은 계산이 분주한 듯하다. 눈동자가 심하게 움직이고 있었던 것이다.

"대형약국의 경우엔 주로 어음으로 결제 받으시죠?"

이은정이 나서서 물은 것이다.

"그렇습니다."

영업이사와 영업부장 모두 업계의 통상적인 일인지라 당연하다는 듯 고개를 끄덕였다.

"보통 2~3개월짜리이거나 결제 기일이 6개월 이상 되는 어음도 받으시겠군요."

"그, 그렇긴 한데 그건 아주 드문 경우입니다."

영업이사는 진땀이 난다는 듯 이마를 소매로 문질렀다.

"어음을 할인하시는지 여부는 여쭙지 않겠습니다."

"네에."

"저흰 물건이 납품되면 전액 현금으로 결제할 겁니다. 그럼, 더 할인해 주실 수 있는 거지요?"

"허, 현금이요?"

영업이사는 허를 찔렸다는 듯한 표정을 지었다.

"그렇습니다."

영업이사는 계속해서 생각지도 않은 복병을 만난다는 듯 당황하고 있다. 아직 덥지도 않은 계절이건만 계속해서 이마에 솟는 땀이 그걸 반증하고 있다.

"액수가 상당히 큰데……."

"저희 회사는 어음은 물론이고 당좌수표도 쓰지 않습니다. 정상적으로 납품되면 그날로 전액 현금으로 결제해 드릴 겁니다. 얼마나 더 할인해 주실 수 있습니까?"

"그, 그건 잠시만요……. 윗사람과 상의를 해야 할 듯합니다."

"네, 그러시죠."

영업이사와 영업부장이 나가자 임동훈 과장이 헛기침을 하며 어색해한다. 그리곤 의미없는 질문을 했다.

"납품은 언제 받으실 계획이신지요?"

"납품단가가 결정되면 곧바로 주문하려 합니다."

"아, 그렇습니까?"

뭔가 더 말을 하려는 순간 나갔던 둘이 다시 들어온다.

"죄송합니다. 현금 결제해 주실 거라곤 생각지 못해서……."

"괜찮습니다."

"다시 제안 드리겠습니다. 시중 판매가의 35% 선이면 어떻겠습니까?"

"35%요? 흐으음, 고려해 보지요. 참, 수출되는 품목엔 부가가치세가 부과되지 않으니 그걸 빼면 31.8%쯤 되는 거지요?"

"무, 물론 그렇습니다."

"알겠습니다. 고려해 보고 결정하여 연락을 드리겠습니다."

"가, 가시게요?"

"네, 가볼 곳이 또 있어서요."

현수는 다른 제약사를 방문할 것이란 말을 하지 않았다.

그럼에도 눈에 뜨이게 허둥대는 듯하다. 이대로 가면 대어를 놓칠 것이란 생각을 한 모양이다.

"저어, 조금만 더 시간을 주시면 저희 사장님과 상의하여 납품가를 조금 더 낮춰보도록 하겠습니다."

"아, 그러세요? 그럼, 그렇게 하죠."

"네, 감사합니다. 그럼 잠시만요."

영업이사와 영업부장이 나가자 임 과장은 또 어색한 침묵을 깨려고 한다. 하여 은정이 먼저 입을 열었다.

"과장님! 이 회사에서 만드는 약품 목록 좀 부탁드릴게요."

"네, 잠시만요."

임 과장마저 자리를 비우자 현수와 은정은 빙그레 웃음 지었다. 납품단가가 많이 내려갈 것 같았기 때문이다.

최종적으로 제안받은 것은 28%였다. 이런 방법으로 몇 군데 제약사를 돌아 가격을 결정하였다.

이춘만 차장이 알음알음하여 알아본 납품가격은 43%였다.

경험이 없어 수출되는 물량에는 부가가치세가 부과되지 않는다는 것도 모른 모양이다. 여기에 10%를 붙여서 53%에 보내주면 알아서 팔겠다는 뜻이다.

그런데 납품되는 약은 28% 수준이다. 53%라면 25%나 남는다. 거의 절반이 남는다는 것이다.

현수는 이춘만 차장과 만나 이 문제를 상의했다. 감추고 자시고 하지 않고 툭 털어놓은 것이다.

이 차장은 상당히 저렴해진 납품가에 깜짝 놀라는 표정이다. 하여 어떻게 해서 그렇게 되었는지 설명해 주었다.

그런데 약을 납품받으려면 이것을 넣어둘 창고가 필요하다. 창고 임대료 및 보관비가 필요하다는 것이다.

또한 수출 포장도 하여야 하고, 운송도 필요하다.

뿐만이 아니라 각종 세금과 사무실 유지 비용, 그리고 인건비 등도 필요하다.

이것 이외의 제반 경비를 고려하여 시중 판매가의 45% 가격으로 수출하는 것으로 매듭지어졌다.

예를 들어 1억 원어치 수출을 하면 1,700만 원이 남는 것이다. 현재의 판매가 유지된다면 매달 6억 원 정도 매출이 오른다. 그럼 1억 하고도 200만 원이나 남는다.

여기서 제반 경비를 빼도 널널하게 남을 것이다.

그런데 지금은 예상하지 못한 중대한 문제가 있다.

그건 킨샤사에 이춘만 차장이 운영하는 약방에 대한 소문이 구석구석까지 번지고 있다는 것이다.

며칠 후, 이 차장은 킨샤사로 출국한다.

약방 직원으로 채용한 교민부인들이 약이 다 팔려서 문을 못 열고 있다는 연락을 하기 때문이다.

이 차장이 온다는 소문이 번지자 킨샤사 공항에 많은 사람들이 운집한다. 연예인이 방문할 때 모여드는 빠순이들처럼 바글바글 사람들이 모이는 것이다. 이들이 이 차장을 기다린 이유는 약방으로부터 약을 공급받기 위함이다.

콩고민주공화국의 의료 체계는 아직 완전하지 않다. 다시 말해 의료 사각지대가 많다는 것이다.

그중 하나는 약방으로부터 약을 공급받을 수 있으면 누구든 위탁판매를 할 수 있다는 것이다.

그럼에도 약방이 거의 없었던 이유가 있다.

지금껏 벨기에인과 지나인들은 극소수를 제외하곤 약을 공급해 주지 않았다. 그래야 비싼 값에 팔 수 있기 때문이다.

또한 이득의 전부를 가질 수 있기 때문이기도 하다.

그런데 새로 생긴 한국인의 약방은 약효도 좋을 뿐만 아니라 값도 저렴하고 친절하다고 한다.

이곳으로부터 약을 공급받기만 하면 돈을 벌 수 있을 것이란 생각에 이 차장을 만나고자 공항까지 온 것이다.

2011년이 기준인 통계자료를 보면 인구 1,000만인 서울엔 5,088개의 약국이 있다. 같은 비율이라면 킨샤사엔 7,633개의 약국이 필요하다.

어쨌거나 사람 좋은 이 차장이 어떤 선택을 했겠는가!

오랜 고심 끝에 약품을 공급하기로 한다. 하지만 약품은 인체에 치명적인 영향을 줄 수 있으므로 자격 심사를 했다.

약을 취급해도 좋을 정도의 학식이 있는지를 가늠한 것이다.

그 결과 킨샤사의 주요 길목마다 약방이 생겨난다. 그 숫자가 무려 1,000여 개다.

처음엔 저가로 약을 풀 생각을 했다.

그런데 2007년 세계은행의 보고서에 의하면 세계에서 가장 기업하기 어려운 나라의 첫 번째가 콩고민주공화국이다.

법인세 및 총매출액에 대한 세금 등이 너무 많다는 것이다.

법인세를 예로 들자면 40%이다. 한국 법인세율의 두 배이다. 이러니 기업들이 성장하기 어려운 것이다.

그래서 이 차장은 들여온 원가가 100원이라면 소매 약방에 겐 150원에 넘기는 것으로 결정했다.

예상치 못한 손해가 발생될 것을 감안한 가격이다.

소매 약방에겐 이걸 200원에 팔도록 했다. 다시 말해 어디 든 값이 똑같도록 정가를 매긴 것이다.

값을 더 받거나 할인해서 팔다 걸리면 즉각 거래를 끊겠다 고 했기에 이 약속은 아주 잘 지켜진다.

아무튼 이 차장은 총 매출액의 33.3%가 이득이고, 소매 약 방들은 매출액의 25%가 이익금이다.

이 차장이 33.3% 가운데 40%에 해당하는 세금을 내고 나면 매출액 기준으로 순이익이 19.98%이다.

이중 40%인 7.98%는 현수의 몫이고, 나머지 12%가 이 차장 본인의 이익금이 된다.

이 차장이 직접 개설한 약국에서 팔리는 것은 별도이다.

매출액의 50%가 이득이니 이에 대한 것을 다시 계산해 보아 야 한다. 여기서 법인세 등 제반 경비를 빼면 실제 소득이 될 것이다.

어쨌거나 이춘만 차장의 천지약방은 1,000여 개의 소매 약 방을 거느린 도매 약방의 지위를 갖게 된다.

예를 들어, 각각의 약방에 진통제를 100알씩만 공급한다 해 도 최소 100,000개 이상이 필요하게 된다. 따라서 한국으로부 터의 약품 수입은 그야말로 기하급수적으로 늘어나게 된다.

석 달 뒤, 이실리프 무역상사에서 항공 화물로 부친 약품의 납품가가 70억 원이다. 수출단가는 112억 5천만 원이다.

단 한 번의 수출로 이실리프 무역상사에 떨어지는 마진이 무려 42억 5천만 원이다. 직원이라곤 딸랑 둘밖에 없는 무역회사에서 일궈낸 기적이다.

한편, 킨샤사에서도 기적이 일어난다.

관세 등을 물고 들여온 약품들은 사흘 만에 거의 모두 소매 약방으로 팔려가기 때문이다.

당연히 엄청난 이득금이 발생된다.

이중 현수의 몫만 13억 4,600만 원이다. 이 차장은 이보다 많은 20억 2,500만 원을 벌어들인다.

이것이 한 달 수익이다.

이 차장과 현수는 이중 절반 정도를 할애하여 끼니를 잇기 어려운 사람을 위해 쓴다.

무료 급식 시설을 짓고 유지하는 데 돈을 쓰는 것이다.

이곳에선 하루에 두 번 빵과 수프를 제공한다. 물론 신선한 고기와 채소, 그리고 품질 좋은 곡물로 만든 것이다.

이러니 천지약방에 대한 사람들의 인식이 좋아지는 것은 당연한 일일 것이다.

한편, 천지약방이 일으킨 돌풍을 예의 주시하던 관리들은 고개를 끄덕이게 된다.

그리곤 곧바로 이런 선행이 언론에 보도되게 된다.

그 덕에 천지약방은 더욱 유명해지게 되며, 소매 약방의 수효는 1,000여 군데에서 2,000여 군데로 늘어나게 된다.

관리들의 끊임없는 청탁 때문이다.

가족 및 일가친척으로 하여금 황금알을 낳는 소매 약방을 운영케 하고자 했던 것이다.

콩고민주공화국에서 이를 거절하기란 사실상 힘든 일이다.

내무장관이 뒤를 보아주고 있지만 실무자들이 괴롭히려면 방법이야 얼마든지 있기 때문이다.

사업 초기에 좌초할 수는 없지 않은가!

하여 이춘만 차장은 약품의 중요성을 설명하였다. 그리곤 심사를 하여 약품 취급자들을 선별했다.

그리고 나서야 소매 약방에 약품 공급 계약을 체결하였다. 어차피 약국이 더 많이 필요한 곳이기 때문이다.

최종적인 목표는 5,000개 이상이다.

아무튼 관리들은 이 과정을 예의 주시하였고, 공명정대하며 치우침이 없었다는 판단을 내려 더욱 협조적으로 변한다.

어려운 일이 발생되면 스스로 문제를 찾아 해결해 주려 노력할 정도가 된 것이다.

세무당국 역시 천지약방을 주시하고 있었다. 많은 수익이 발생된다는 것을 알기 때문이다.

외국인 사업가 가운데 먹튀가 종종 있었다. 하여 주시한 것이다. 하지만 천지약방은 투명하게 기업을 운영한다.

그리고 단 한 푼의 세금도 떼어먹지 않고 성실히 납부한다.

당연히 엄청난 액수를 세금으로 납부한다. 이것이 언론에 보도되면서 천지약방은 또 한 번의 도약을 한다.

이때까지 보고만 있던 벨기에인이 운영하는 약방과 지나인이 운영하는 약방 역시 소매 약방 모집을 한다.

하나 지원자가 별로 없어 재미를 보지 못한다.

그간 비싼 약값과 고압적이고 냉랭한 태도를 유지한 결과 인심을 완전히 잃은 것이다.

어쨌거나 이실리프 무역상사에서 수출하는 양은 매달 신기록을 작성할 정도로 점점 많아진다.

당연히 제약사의 납품단가는 더욱 낮아진다.

지속적인 대량 구매와 한결같은 현금 결제는 모든 기업들이 바라마지 않는 최고의 거래 상대이기 때문이다.

아무튼 미래에 이런 일이 일어날 것을 모르는 상태에서 현재의 상담이 진행된 것이다.

은정은 순풍에 돛 단 듯 순조롭게 일처리가 됨에 기분이 좋아서 열심히 일을 했다.

그러는 과정에서 상당히 많은 대화가 오갔다. 그중에는 개인 신상에 관한 것도 포함되어 있다.

은정의 아버지는 조그만 공장을 운영하다 사기를 당했다. 그 결과 채권자들에게 집과 공장 모두를 잃었다.

평생토록 노력하여 간신히 일군 것들이 허망하게 스러지자 울화병에 걸렸다고 한다. 그리고 그때 마신 술 때문에 간암에 걸려 고생하다 작고했다. 이때 은정은 중학생이었다.

아버지 사망 후, 은정의 어머니는 파출부, 청소부, 공장직원, 식당종업원 등을 하여 가계를 꾸려나갔다.

할머니 역시 보탬이 되겠다며 별의별 일을 다 했다고 한다.

인형에 눈 붙이는 것부터 시작하여 할 수 있는 건 다 했다. 그러다 일거리가 떨어져 파지를 주우러 다닌 것이다.

그렇게 노력했음에도 생활은 조금도 나아지지 않았다.

고정된 지출 이외에도 병원비 등으로 적지 않은 돈이 나가기 때문이다. 물론 벌이가 형편없었기 때문이기도 하다.

그러는 와중에 어머니가 사고를 당해 몇 달 동안 쉬는 일이 있었다. 계단에서 헛디디는 바람에 두 다리 모두 골절상을 입은 때문이다.

그나마 조금 있던 수입마저 끊겼으나 병원비는 내야 했다.

그 결과 어머니와 할머니 모두 카드 빚 때문에 신용불량자가 되어버렸다.

그래서 반 지하 월세방을 벗어날 수 없었다고 한다.

궁여지책으로 주민센터에 가서 생활 보호 대상자 지정을 요청했지만 이때는 엄마가 벌어들이는 돈이 있어 안 된다고 했다.

은정은 장학금을 받고자 정말 열심히 공부했다.

하지만 수업을 마치기 무섭게 알바하러 가야 하는 상황에서 어찌 공부만 하는 친구들보다 좋은 성적을 거두겠는가!

결국 장학금 혜택을 얻지 못했다면서 침울해했다.

이야기를 듣는 내내 현수는 침통한 표정을 지었다.

부자들에겐 얼마 되지도 않을 돈 때문에 가난 속에 허덕이는 것이 딱했던 때문이다.

다음 날, 현수와 은정은 은행을 찾았다.

그리곤 엄마와 할머니의 카드빚을 정산했다. 또한 은정의 이름으로 융자받은 학자금도 전액 상환했다.

전부해서 3,000만 원쯤 되는 돈이다.

악착같이 돈을 벌어 학비를 보탰기에 이 정도라 한다.

하긴 대학교 등록금이 얼마나 비싼가!

모든 등록금을 융자받으면 매년 1,000만 원 이상씩 빚이 늘어난다. 졸업할 때가 되면 4,000만 원 이상의 빚쟁이가 되도록 만드는 것이 이 나라이다.

어쨌거나 모든 빚을 청산하고는 적금을 들었다.

이번엔 현수의 이름으로 든 적금이다. 은정이 5년 동안 부어서 빌린 돈을 갚기로 한 것이다.

적금은 급여계좌에서 자동이체시키기로 했다.

현수가 이 돈을 대납해 준 이유는 돈이 많아서가 아니다. 은정이 빚에 쪼들리게 되면 견물생심이 될 수도 있기 때문이다.

자신은 조만간 해외로 나가야 한다. 그리고 언제 들어올지 알 수 없다. 그런데 은정은 많은 돈을 만져야 한다.

급한 김에 돈에 손을 댈 수도 있다.

처음이 어려운 법이다. 그렇게 되면 점점 더 많은 돈에 손을 대게 될 것이다.

대구 역전회의 SB건설 경리는 17억이 넘는 돈을 횡령하였다. 처음부터 큰돈은 아니었을 것이다. 처음엔 작은 돈이었지만 점점 횡령하는 액수가 늘어서 그렇게 되었을 것이다.

아무튼 횡령은 범죄 행위이다. 이런 일이 벌어지지 않도록 하려면 어떻게 해야 하겠는가? 그렇기에 마음 편히 근무하라는 의도에서 이런 배려를 한 것이다.

다음에 한 일은 집을 옮기는 것이다.

어쩌다 은정이 사는 집을 가보게 되었는데 해도 너무했다.

단칸 지하 셋방인데 습기 때문인지 문을 여는 순간 진한 곰팡이 냄새가 끼쳐온다. 멀쩡한 사람도 이런 곳에 머물면 병에 걸리겠다는 생각이 들 정도였다.

게다가 주변 환경은 지저분했다. 실내는 너무 좁고, 어둡다.

이런 상황에서 어찌 살았을지를 생각해 보니 측은했다.

하여 금괴를 처분했다. 이번엔 전북 익산까지 갔다. 그곳에 귀금속을 취급하는 가게들이 많기 때문이다.

그 돈으로 사무실 바로 위층 주택을 전세 냈다.

사무실과 같은 면적으로 방 세 칸에 화장실 두 개, 그리고 거실과 부엌이 있는 구조이다. 베란다도 있고, 보일러실도 있다.

전세입자의 명의는 현수이다. 적지 않은 보증금이 들어갔는데 그걸 그냥 넘길 수는 없기 때문이다.

은정의 어머니와 할머니는 고맙다며 눈물까지 흘렸다.

매달 30만 원이나 내던 월세로부터 해방되었다. 게다가 밤낮으로 빚 갚으라고 독촉하던 추심업체의 전화는 뚝 끊겼다.

뿐만이 아니다.

매월 내야 했던 은정의 학자금 융자에 대한 이자도 이젠 낼 필요가 없어졌다. 게다가 바람이 잘 통해 곰팡이 냄새도 나지 않고, 햇볕도 잘 들어오는 넓은 집으로 옮기게 되었다.

또한 고대광실처럼 넓고, 새로 지은 집이라 깨끗하다.

당연히 매우 좋다.

현수는 전에 쓰던 낡은 가구는 다 버리도록 했다. 말이 가구지 거의 폐품이나 다를 바 없을 정도로 형편없었던 것이다.

대신 실용적이면서 디자인이 깔끔한 가구를 새로 사줬다.

장롱, 침대, 식탁, TV, 냉장고, 세탁기, 전기 압력 밥솥까지 모두 바꿔주었다.

적지 않은 돈이 나가는 일이지만 현수는 아깝다는 생각을 하지 않았다. 베푸는 즐거움을 느낀 것이다.

CHAPTER 02
월급 잘못 주신 거 아니에요?

어머니와 할머니가 빈 집에 소가 들어온 기분이라면서 얼마나 울었는지 안쓰러울 정도였다.

은정 역시 이 은혜를 어찌 다 갚겠느냐면서 하염없는 눈물을 흘렸다. 뭐든 시키는 대로 다하겠다면서 손이 발이 되도록 열심히 일하겠다고 맹세까지 했다. 또한 가구 등을 바꾸느라 들어간 돈도 모두 갚겠다고 약속했다.

이날 이후 현수를 대하는 은정의 태도는 더욱 정성스러워졌다. 마음을 다하는 충직한 직원을 얻게 된 것이다.

그렇게 정신없이 바쁜 나날이 지나 월급날이 되었다.

이날은 첫 번째 선적을 마친 날이기도 하다. 다시 말해 잔뜩 긴장하고 있다가 그것으로부터 해방되어 홀가분한 날이다.

현수는 점심 무렵 은정을 사장실로 불러들였다.

집기래 봤자 컴퓨터가 올려진 양수책상 하나와 소파 세트뿐
인 단출한 사무실이다. 하나 그리 삭막하진 않다.

곳곳에 놓인 예쁜 화분들 덕이다.

"이은정 씨!"

"네, 사장님!"

"이실리프 무역상사가 만들어진 지 벌써 한 달입니다. 그간
열심히 일해줘서 고마워요. 자, 여기! 이번 달 급여입니다."

현수가 내미는 봉투를 바라보는 은정의 눈에는 금방 습기가
찬다. 하나 글썽이는 눈물을 흘러내리게 하지 않게 하려고 안
간힘을 쓰고 있었다.

"이은정 씨! 이렇게 해달라고 해서 봉투에 넣어 준비하긴 했
는데 다음 달부터는 온라인으로 송금해 드릴게요. 이렇게 주
려니 조금 남세스럽네요."

"어머! 아니에요. 사장님이 계시는 동안엔 봉투에 넣어서 주
세요. 저는 그렇게 받고 싶어요."

"좋아요. 그건 그렇게 하죠. 자, 이거 받으세요."

현수가 봉투를 조금 더 앞으로 내밀자 공손히 머리 숙여 인
사를 하곤 두 손으로 받는다.

"고맙습니다. 사장님! 앞으로도 열심히 일해서 회사에 도움
이 되도록 노력하겠습니다."

"네에, 그래주세요. 그리고 미안했습니다. 그간 이은정 씨
혼자 하는 업무의 양이 너무 많은 것 같았어요."

"아, 아닙니다. 당연한 일인 걸요."

말은 이렇게 했지만 은정은 야근을 밥먹듯 했다.

처음 며칠 동안은 낮엔 여러 제약사들을 돌아다니며 가격 흥정을 했다. 밤이 되면 그걸 일일이 비교하여 표를 만들어 보고서 작성을 했다.

일련의 일이 끝나 제약사들이 정해진 이후엔 거의 매일 납품 들어오는 약을 일일이 확인한 것도 은정이다.

워낙 양이 많았기에 거의 매일 밤 10시가 넘어서 끝났다. 그만큼 꼼꼼하게 살핀 것이다.

"그래서 말인데 직원을 더 뽑아야 할 것 같습니다."

"네?"

"이은정 씨 업무를 어시스트할 직원들을 뽑아야겠다는 말이에요. 아는 사람 있으면 추천하세요."

"······!"

"한 사람은 무역 업무 어시스턴트고, 다른 하나는 검품이랄지 기타 업무를 봐줄 사람으로 뽑으세요."

"제가요······?"

"네, 이은정 씨 업무를 보조할 사람을 뽑는 것이니 마음에 차는 사람을 골라서 뽑으세요."

"알겠습니다. 근데 대졸 사원이어야 하나요?"

"꼭 그렇지 않아도 돼요. 고졸도 됩니다. 일이란 배우면서 익히는 거니까요."

"네, 그럼 물색해 보고 추천하겠습니다."

"그렇게 하세요."

"그럼 나가보겠습니다."

은정이 꾸벅 고개 숙여 인사하고 사장실 밖으로 나가려는 순간 현수가 물었다.

"참, 운전 면허증 있어요?"

"아뇨, 아직……!"

찢어지게 가난한 삶을 살았는데 면허증을 어찌 땄겠는가!

"일단 한 고비 넘겼으니 며칠은 한가할 겁니다. 그러니 내일 당장 운전 학원 등록해서 면허증부터 따세요."

"네에, 알겠습니다."

"학원비는 회사에서 지출하는 걸로 하구요."

"……!"

은정의 눈에 또 눈물이 글썽인다. 너무 많은 것을 베풀어준 다 느낀 때문이다.

"새로 뽑는 직원들도 면허증이 없으면 그렇게 할 거니까 마음 쓰지 말아요."

"그래도요……. 흐흑!"

"에구, 왜 자꾸 그렇게 울어요. 이러다 정들겠습니다."

"네에……?"

"하하, 농담입니다. 가서 일 보세요."

"네에, 월급 감사합니다."

은정이 나가자 현수는 인터넷 검색을 시작했다.

이춘만 차장이 새로운 영역을 넓히려는지 여러 물품에 대한

문의를 한 때문이다.

그렇게 검색을 하고 있는데 노크 소리가 들린다.

똑, 똑, 똑!

"네, 들어오세요."

"사장님……! 드릴 말씀이 있는데 들어가도 되나요?"

"그래요? 그럼 들어오세요. 근데 무슨 일이죠?"

"저어, 제 월급이 너무 많은 거 같아서요. 혹시 잘못 넣으신 거 아닌가 해서 들어왔습니다."

"그래요? 명세표에 얼마라 쓰여 있죠?"

알면서도 짐짓 물어본 것이다.

"총액이 277만 7천 원이라고 쓰여 있어요."

"그러고 보니 급여 체계에 대한 말을 하지 않았군요."

"네에."

"그럼 지금 설명해 주죠. 이은정 씨는 매달 그 금액을 급여로 지급받을 거예요. 그리고 두 달에 한 번, 그러니까 짝수 달엔 그만큼을 보너스로 더 받게 될 거구요."

"네에……?"

은정을 알아듣지 못했다는 듯 눈을 크게 떴다.

"쉽게 설명하자면 이은정 씨 연봉은 5,000만원이에요. 이걸 18로 나눠 홀수 달엔 1을, 짝수 달엔 2를 받게 될 거예요."

"사, 사장님……!"

"만일 보너스 제도가 싫다고 하면 매월 같은 액수로 나눠서 받을 수도 있어요. 그럼 매월 416만 6천 원 정도를 받을 겁니다. 어떻게 해줘요?"

"사, 사장님……! 사장님! 전 아직 대학 졸업자도 아닌데……."

현수가 봉투에 넣어서 준 돈은 대기업인 천지건설의 연봉 수준보다도 높은 것이다.

현수의 연봉은 4천만 원이었다. 은정의 연봉은 이보다 1천만 원 많은 5천만 원으로 책정한 것이다.

그러니 여태 시간당 4천 얼마짜리 알바만 하던 여대생에겐 엄청난 액수로 느껴진 것이다.

현수가 이렇게 한 이유는 이실리프 무역상사가 자리 잡게 되는 데 혁혁한 공을 세운 창립 사원이기 때문이다.

또한 가난으로부터 벗어나서 이제 갖고 싶은 것 갖고, 입고 싶은 것 입으며, 먹고 싶은 것 먹는 삶을 살아보라는 선한 뜻도 담겨 있다.

본인이 그런 경험을 너무도 절실히 하였기에 그런 마음을 너무도 잘 이해해서 배려한 것이다.

"이은정 씨!"

"네, 사장님."

"이은정 씨 명함에 직함이 뭐라고 되어 있죠?"

"제 명함이요?"

"네, 제가 알기론 이실리프 무역상사 무역 파트 실장으로 되어 있는데, 아닌가요?"

"아닙니다. 맞습니다."

"신입사원이긴 하지만 평사원도 아닌 실장님인데 그 정도는 받으셔야지요. 안 그래요?"

"……!"

현수가 억지 부리고 있다는 것을 어찌 모르겠는가!

자신을 배려해 주는 마음이 너무 고마워 또 다시 눈물샘이 자극받은 모양이다.

"흐흑! 고맙습니다."

"에구, 또 울어요? 눈물이 그렇게 흔해서야 어디……."

"아, 안 울게요. 고맙습니다. 정말 고맙습니다."

"네에, 앞으로도 열심히 일해주십시오."

"물론입니다. 정말 열심히 일하겠습니다."

현수는 흐뭇하다는 의미의 웃음을 지었다. 남들에게 베풀 수 있다는 현실이 만족스러웠던 것이다.

"참, 우리 내일부터 며칠 쉽시다. 지난주와 지지난주 주말에도 검품하고 그러느라 출근했으니 내일부터 쉬었다가 다음 주 월요일에 출근하세요."

"네……?"

"좀 쉬자구요. 우리 둘 다 조금 지쳤잖아요. 안 그래요?"

"전 괜찮은데……. 사장님은 쉬세요. 전 사무실 청소라도……."

"아니에요. 집에서 좀 쉬어요. 리포트도 써야 할 거구 기말고사는 잘 봐야 하는 거 아니에요?"

중간고사 기간에도 출근하느라 제대로 공부를 못해 어쩔 줄 몰라 하는 상황이 있었다. 하여 일찍 퇴근하여 공부를 하라 했으나 끝까지 근무하곤 했다.

그에 대한 반대급부를 주려는 의도였다.

"그, 그건……."

"기말고사라도 잘 봐야 전 학년 평점이 B⁺를 유지한다면서요? 그 점수 받기 싫어요?"

"아, 아닙니다."

"그래요. 그러니 며칠 쉬면서 시험 대비를 하세요. 기말고사 기간에 또 바빠질 수도 있으니……."

"네, 알겠습니다. 하지만 매일 한 번씩은 사무실로 내려와 연락 온 것들 체크하겠습니다."

"그래요. 급한 일 발생되면 핸드폰으로 전화주세요."

"네, 그렇게 하겠습니다."

은정은 아주 공손히 고개를 숙였다.

"오늘은 퇴근 후에 삼겹살 파티라도 합시다. 첫 월급 탄 걸 축하하는 의미에서 내가 쏠게요."

"어머, 아니에요. 제가 낼게요."

"하하, 그럼 그러세요."

말은 이렇게 했지만 이날 저녁에 먹은 식대도 당연히 현수가 냈다.

회식하는 동안 은정은 업무를 분담할 직원들을 추천하였다.

하나는 천지대학교 무역학과 4학년 여학생이다.

은정처럼 가정 형편이 어려워 알바로 생계를 유지하고 있지만 실력은 있다고 한다.

　다른 하나는 은정과 여고 동창으로 전문대 출신이다. 졸업 후 몇 군데 회사에 취업을 했는데 모두 그만두었다고 한다.

　남자들의 음흉한 시선이 싫다는 것이 그 이유이다.

　며칠 후 이들에 대한 면접을 하기로 했다.

　그리곤 급여를 제안했다.

　전년도 대기업 신입사원 급여 평균인 3,300만원이 어떠냐고 물은 것이다. 물론 산재보험, 고용보험, 건강보험, 국민연금에도 가입된다. 은정은 당연히 찬성했다.

　은정은 친구들에게 좋은 소식을 전해줄 수 있게 되어 너무 기쁘다면서 환한 웃음을 지었다.

　그러고 보니 무척 예쁜 얼굴이다.

　퇴근해서 귀가하니 아버지가 부르셨다고 한다.

　"부르셨어요?"

　"그래, 요즘도 바쁘냐?"

　"네, 오늘 드디어 화물을 발송했어요. 그래서 내일부터는 며칠 동안 여행이라도 다녀오려구요. 괜찮죠?"

　"그럼, 기왕 놀러 가는 거 좋은 델 다녀오거라. 아직 제주도도 한 번 못 가 봤지? 거기 괜찮다는구나."

　"네, 그럼 그럴까요?"

　"하하, 녀석은……. 그나저나 내일 아침에 공방으로 오너라."

"왜요? 아, 그거 다 되었어요?"

"그래. 사장님이 특별히 심혈을 기울여 아예 작품을 만드느라 시간이 많이 걸렸다고 하더구나."

"그래요? 그렇지 않아도 우리 회사 사장님도 언제 되느냐고 물어봤었는데 잘 되었군요."

"그래. 오래되긴 오래되었지. 한 달 넘게 걸렸으니……. 아무튼 퇴근하면서 가져오려고 했는데 너무 비싼 거라 혹시 잃어버릴까 봐 못 가져왔구나."

"네, 알겠습니다. 내일 제가 나가볼게요."

"오냐. 그러려무나."

아버진 기분 좋은 미소를 지었다. 그리고 보니 아버지의 얼굴이 무척 편안한 듯하다.

아버진 평생토록 고생하셨다. 그리고 한 번도 마음 편히 살아본 적이 없다. 없는 집 자식으로 태어나 제대로 된 교육을 받지 못한 결과이다.

물론 학창 시절에 이를 만회할 기회가 있긴 있었다.

학교에서라도 남들이 놀 때 죽어라고 공부했다면 지금보다 훨씬 나은 삶을 살고 있을 것이다.

그런데 그렇게 해야 한다는 걸 아무도 가르쳐 주지 않았다.

하여 남들 공부할 때 철 모르고 놀았다.

그 결과 힘든 삶의 연속이었던 것이다.

부모들은 먹는 것, 입는 것을 줄여서라도 자식들 학비를 댄다. 아무리 형편이 어려워도 학원에는 보내는 것이다.

그래서 현수도 학원엘 다녔다.

열심히 공부하지 않으면 평생토록 힘든 인생을 살아야 한다는 걸 뼈저리게 경험했기 때문일 것이다.

대한민국 사회가 지금처럼 학벌 위주 경쟁 사회로 지속된다면 아마 이런 일은 앞으로도 영원할 것이다.

그렇기에 부모들이 아무리 없어도 자식 교육에 신경을 쓰는 것이다.

학교는 이미 그 기능 대부분을 잃었다. 그 결과 아이들의 학습은 거의 전부 학원에서 이루어진다.

그런데 학원에 다닌다 하여 모두 성적이 오르는 것은 아니다. 열심히 한 녀석들은 당연히 성적이 오른다.

반면 땡땡이를 치거나 수업 시간에 헛소리나 지껄이던 녀석들은 성적이 떨어지거나 그대로이다.

이럴 경우 부모들은 학원을 옮기게 한다. 그런데 그렇게 해도 달라질 것이 없다. 학원이 문제가 아니라 아이들의 수업 태도와 마음가짐이 문제이기 때문이다.

이런 녀석들 대부분 정말 불쌍하게 살아야 한다.

남들 놀러 다닐 때에도 일을 해야 하며, 자기보다 어린 사람의 지시에도 찍소리조차 못하는 삶을 살아야 한다.

나이 들면 그에 대한 한탄을 하겠지만 그때는 이미 늦는다. 그리고 그 책임은 전적으로 본인에게 있다.

그러니 학창시절에 열심히 공부해야 한다. 하나 이런 것을 깨우친 학생이 얼마나 있겠는가!

어쨌거나 현수의 아버지는 요즘 걱정거리가 하나도 없다.

비록 전셋집이긴 하지만 주거가 안정되어 있다. 넓은 데다 깨끗하고, 경치까지 좋은 집이다.

공방에서 받는 급여는 여전히 적지만 사장님이 말씀하시길 일을 못하게 될 나이가 될 때까지는 다니라고 했으니 직장도 안정적이다.

부인은 트집 잡을 것이 없다. 남편을 귀하게 여기며, 살림을 하면서 어느 것 하나 허투루 소모시키지 않는 현모양처이다.

한국 나이로 스물아홉이 된 아들에게 여자친구 하나 없는 것이 마음에 걸리긴 한다.

하나 아들은 요즘 엄청 잘 나간다.

하는 말이 전부 진짜인지는 알 수 없지만 잘만 되면 월수입이 1억은 넘을 것 같다고 한다. 그게 사실이라면 조만간 예쁜 여자친구가 하나쯤 생길 것이다.

하여 걱정 하나 없는 태평성대를 살고 있는 기분이다. 그렇기에 현수와 기분 좋게 맥주잔을 기울이다 잠자리에 들었다.

다음 날 현수는 공방에 들러 반지를 받았다.

4.17캐럿짜리 다이아몬드 주위에 1캐럿짜리 세 개가 박힌 것이다. 그것들의 주위엔 다시 작은 다이아들이 박혀 있어 호화찬란한 것이다.

물건을 건네 받자 공방 사장님이 말씀하시길 최하 3억이 넘는 것이니 각별한 주의를 기울이라는 말을 했다.

그러면서 G.I.A 감정서를 내민다.

추씨 공방의 사장이 심혈을 기울여 깎아낸 다이아몬드를 평가받고 싶어 자신의 비용으로 받은 감정서이다.

G.I.A는 Gemological Institute of America의 약자이다.

미국에 소재한 보석 감정 기관으로 다이아몬드 감정에 관한 한 세계 최상의 공신력을 인정받는 기관이다.

감정서엔 다음과 같은 내용이 기록되어 있다.

Shape and Cutting Style ·······················Round Brilliant

Carat Weight ················· 4.17 Carat 1EA & 1 Carat 3EA

Color Grade ··· D

Clarity Grade ·· FL

Cut Grade ·································· Excellent

Polish ···································· Very Good

Symmetry ································· Excellent

Fluorescence ···································· None

감정 대상인 4.17캐럿짜리 한 개와 1캐럿짜리 다이아몬드 세 개는 그야말로 최상급이다.

모든 항목에서 최고등급을 받은 것이다.

하나 현수는 이것이 무엇을 의미하는지 몰랐다. 심지어 Color Grade가 D라는 것에 그저 그런 것으로 생각했다.

한국인은 D급보다는 A급을 선호하기 때문이다.

그리고 다이아몬드를 만져볼 것이란 생각조차 해본 일이 없기 때문이다. 하지만 하나 확실히 알고 있는 사실은 있다. 다이아몬드가 크면 클수록 비싸다는 것이다.

어찌 되었든 4.17 캐럿짜리 하나와 1캐럿짜리 3개로 이뤄진 반지에선 영롱한 빛을 뿜어냈다.

최고급 케이스에 담긴 이것을 받아든 현수는 곧장 회사로 향했다. 그리곤 비서실에 들러 사장님과의 면담을 청했다.

그런데 임원회의 중이라면서 기다리라고 한다.

하여 하릴없이 기다리던 중 요의를 느껴 화장실로 향했다. 그러고 보니 아침에 배변을 하지 않아 문을 닫고 들어앉았다.

그렇게 본능적인 일을 하고 있는데 발걸음 소리가 들린다. 하나가 아니고 둘인 듯하다.

"이 차장님!"

"왜?"

"그 자식 어디로 발령 난답니까?"

"그 자식이라니? 누구 말하는 건가?"

"아, 있잖아요. 킨샤사 지부에 있던 김현순지 뭔지 하는 놈 있잖습니까."

"아, 이번에 특진한 김현수 과장?"

"네, 그놈 어디로 발령 날 건지 확정되었습니까?"

"아직 확정된 건 아니지만 사장 비서실이라는 말도 있네."

"네에……? 비서실이요?"

놀랍다는 음성이다. 그도 그럴 것이 사장 비서실은 기획실보다도 상위로 인정받는 곳이기 때문이다.

이는 신형섭 사장의 리더쉽 때문이다.

밑에서 올라오는 안건에 대한 결재 위주의 경영이 아니라 사장 스스로 고심하여 기안을 만들어낸다.

현장에서의 풍부한 실무 경험을 바탕으로 하고 있기에 때론 기획실에서 상상조차 못할 만큼 혁신적일 때도 있다.

그런데 이것들 대부분 비서실 직원들의 손에 의해 처리된다. 그렇기에 여타 회사와 달리 비서실의 힘이 막강한 것이다.

엉덩이를 까고 앉아 있던 현수는 음성의 주인공을 유추할 수 있었다. 묻는 사람은 기획실 3팀장인 박진영 과장인 것 같다.

예전에 구조계산팀으로 불러서 얼마나 많은 트집을 잡아 괴롭혔던가! 그렇기에 박 과장의 음성을 금방 기억해 낸 것이다.

다른 하나는 인사부 실세로 소문난 최 차장인 듯하다.

소문엔 신형섭 사장의 친척이라는 말도 있다. 그렇기에 최 차장의 입에서 나온 말은 거의 그대로 이루어진다.

현수가 이런 생각을 하고 있을 때 최 차장의 말이 이어졌다.

"아니면 기획 2팀으로 갈 수도 있고."

"네에……? 기획 2팀이요?"

"그래, 자넨 기획 3팀 팀장이지?"

"네. 근데 그 자식이 기획 2팀장으로 온다구요?"

"그래. 사장님이 결정하실 거지만 김 과장은 비서실 아니면 기획실로 발령 날 것 같네."

"아! 그렇군요. 알겠습니다."

"흠흠, 나 먼저 나가겠네."

"네, 차장님!"

최 차장이 나가고 화장실 문 닫히는 소리가 나자 박진영 과장의 음성이 있었다.

"안 돼! 그 자식은 절대……! 가만, 내가 이러고 있으면 안 되지."

잠시 후 박진영 과장도 나갔다.

'빌어먹을 인간. 내가 뭘 어쨌다고 못 잡아먹어서 안달이야? 두고 보자, 내가 만일 너보다 먼저 진급해서 차장이 되면 그땐 죽었으……. 제기랄, 근데 내가 어떻게 먼저 진급해? 저 자식은 실세 전무의 아들인데…….'

현수의 상념은 꼬리에 꼬리를 물고 이어졌다.

'가만, 내가 이번 공사 같은 걸 또 따면……? 후후, 박진영 과장, 두고 봐라. 네 입에서 김현수 부장님이란 소리가 꼭 나오게 해줄게. 근데 어디 가서 공사를 따지? 끄응!'

마지막으로 힘을 준 현수는 얼른 뒤처리를 하고 나왔다.

"아! 김현수 과장님. 사장님께서 들어오시랍니다."

"네에. 알겠습니다."

늘씬하고 예뻐 강연희 대리 다음으로 사원들의 사랑을 받는 비서실의 조인경 대리의 얼굴엔 화사한 미소가 어려 있다.

현수가 장차 천지건설의 중역으로 진급할 가능성이 높은 사람이라는 것을 알기 때문이다. 그렇기에 사장실의 문까지 열어주며 손짓으로 들어가라는 신호를 주었다.

"사장님! 김현수 과장입니다."

"오오! 어서 오게. 오래 기다렸다고?"

"네……? 아, 네에. 회의 중이라는 걸 몰라서 그랬습니다."

"그래, 그랬겠지. 자, 앉게. 참, 조 대리!"

"네, 사장님!"

"우리 김 과장이 마실 시원한 음료 좀 부탁해. 특별히 맛도 괜찮은 걸로……."

"호호! 네에. 과장님! 어떤 걸로 준비해 드릴까요?"

"네? 전 아무거나……."

"어머, 아무거나라는 음료는 없답니다. 웬만한 커피숍의 메뉴는 다 되니 말씀만 하세요."

"그, 그래요? 그럼 오렌지 주스를……."

"에이, 그건 너무 평범한데 제가 추천드려도 될까요?"

"네……? 아, 네에. 말씀하십시오."

"Fire Fly라는 음료가 있어요. 근데 De tox와 Sharpen up, 그리고 Wake up 이렇게 세 가지로 분류가 돼요. 각기 해독, 신체와 정신을 가다듬, 그리고 활력을 부여하는 기능성 음료예요."

"그, 그래요? 그럼 Wake up으로 주세요."

"난 어제 술을 좀 마셨으니 De tox로 주게."

"네에, 알겠습니다."

조 대리가 나가자 사장이 웃음 띤 얼굴로 입을 연다.

"참, 자네 애인 있나?"

"애인이요? 아, 아직 없는데요?"

강연희 대리에 대한 마음은 짝사랑이다. 그렇기에 이렇게 대답한 것이다.

"그래? 그럼 잘 되었군. 조 대리가 자네에게 마음이 있나 봐."

"네……? 그게 무슨 말씀이세요?"

신형섭 사장의 얼굴엔 은근한 미소가 어려 있었다.

"우리 조 대리, 나말고는 쌀쌀맞기로 이름났거든."

"그래요?"

"근데 자네에겐 유독 친절하군. 그게 마음에 있다는 뜻이겠지."

"그, 그렇습니까?"

"하하, 잘해보게. 조 대리, 꽤 괜찮은 여성이야. 실력있고, 똑똑하고, 몸매도 한 몸매하고, 집안도 상당히 괜찮은 아가씨지."

"사, 사장님!"

"하하, 농담일세. 그래도 흘려듣지는 말게. 인연이란 먼 곳이 아니라 가까운 곳에서 만들어지는 것이니."

"네에."

"참, 오늘 방문은 어떤 용무이지?"

정색한 표정이지만 입가의 미소는 여전히 어려 있었다.

"네, 맡기셨던 다이아몬드 반지가 완성되어 가져왔습니다."

"그래? 그게 진짜 다이아몬드였나?"

놀랍다는 표정이다. 혹시나 했던 모양이다.

"네, 다이아몬드가 맞다고 하더군요."

푸른색 벨벳이 씌워져 품격과 더불어 부드러운 느낌의 상자가 열렸다. 그 안에는 호화찬란한 반지가 고요히 자리 잡고 있다.

"으음! 대단하군."

사장은 감히 만져볼 생각도 못하겠다는 듯 상자를 들고 빛을 반사시켜 본다.

"사장님, 여기 이건 보증서입니다."

"G.I.A 보증서?"

사장은 놀랍다는 표정을 지었다. 이 보증서가 무엇을 의미하는지 아는 모양이다.

"네, 공방 사장님이 의뢰하여 받아온 겁니다."

"으음……!"

보증서를 읽는 사장의 손이 떨리고 있다. 국제적으로 공인된 최상급의 다이아몬드 반지이니 어찌 놀라지 않겠는가!

"이, 이보게, 김 과장!"

"네, 사장님!"

"이거 진짜로 내게 주는 건가? 4.17캐럿짜리 하나에 1캐럿짜리가 셋이면 3억이 넘는 물건이네."

역시 가치를 아는가 보다.

"한번 드렸으면 그걸로 끝이지요."

"으으음……! 근데 너무 비싸지 않은가."

"그래도 드린 건 드린 겁니다."

"알겠네. 고맙게 받겠네."

"네에."

사장은 서둘러 상자를 닫았다. 그리곤 서랍 속에 넣고 잠그기까지 했다.

다시 자리에 앉자 조 대리가 들어온다.

"이건 사장님 거구요. 이건 김 과장님 겁니다."

"고맙습니다."

"네에."

조신하게 고개까지 숙이고는 또각거리며 나간다.

하나 현수의 눈에도, 사장의 눈에도 조 대리의 실룩이는 둔부는 보이지 않는다. 보았다면 심한 섹시함을 느꼈을 것이다.

이후 둘은 별다른 대화를 나누지 않았다. 사장이 계속해서 생각에 잠기곤 했기 때문이다.

현수에게 어떤 보답을 할 것인지를 심사숙고한 것이다.

한참을 기다려도 신 사장은 상념에서 깨어나지 않았다. 하여 이만 가보겠다고 말을 했다. 그럼에도 대꾸가 없어 꾸벅 절을 하곤 나섰다.

"어머, 가시게요?"

"네, 아까 그 음료수 잘 마셨습니다. 부드러운 게 목 넘김도 좋더군요. 고맙습니다. 조 대리님 덕분에 귀한 음료수를 마셨습니다."

"호호, 그러셨어요? 그랬다니 다행입니다. 언제든 또 오세요."

"네······?"

"아까 그 음료수, 영국에서 수입한 거예요. 100% 천연 재료로 만들어진 웰빙 음료거든요. 그래서 시중엔 별로 없어요."

"네에, 알겠습니다. 감사합니다."

현수는 정중히 고개 숙여 인사하곤 비서실을 빠져나갔다.

문이 닫힐 때까지 조인경 대리가 눈을 빛냈다는 것을 현수는 모른다.

"휴우……! 뭔 여자가 그렇게 예뻐?"

회사의 로비를 빠져나가는 현수의 뇌리엔 잠시 전 조인경 대리의 아름다운 얼굴이 떠올랐다.

탤런트 한가인과 닮은 아가씨이다. 그런 아가씨가 관심있다는 노골적인 눈빛을 보냈으니 싱숭생숭한 것이다.

'조인경 대리도 예쁘지만 그래도 강연희 대리가 더 예뻐. 그나저나 영국에 있으면서 전화는 왜 꺼놓지?'

전화를 걸어보았으나 먹통이었던 것이다.

이는 박진영 과장 때문이다.

출장지인 런던에 도착한 날로부터 거의 매일 하루에도 두세 통씩 잘 지내느냐는 전화를 걸어 아예 꺼버린 것이다.

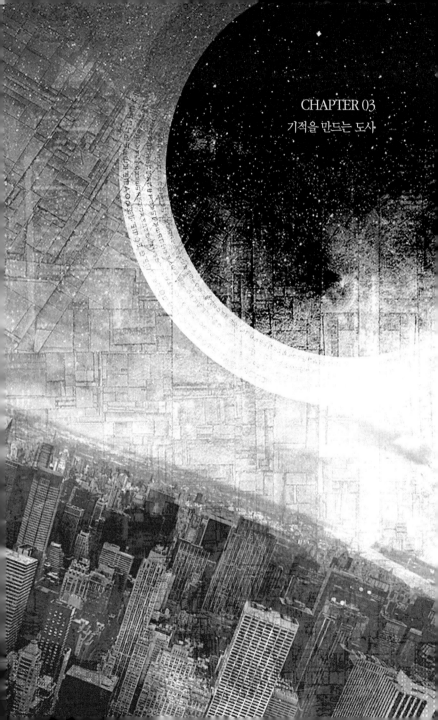

CHAPTER 03
기적을 만드는 도사

현수는 주차장에서 차를 꺼내 중부고속도로 쪽으로 방향을 잡았다.

목적지 없는 여행을 떠날 참이다. 그러고 보니 아버진 제주도를 추천했지만 꼭 가보고 싶은 곳이 있다.

김기덕 감독이 만든 '봄, 여름, 가을, 겨울, 그리고 봄' 이란 영화의 배경이 되었던 주산지가 문득 떠오른 것이다.

주산지는 주왕산에 있는 호수이다.

약 270년 전에 준공된 인공호수이다. 특이한 것은 저수지 속에서 자생하는 150년 된 능수버들과 왕버들 나무이다.

하여 다른 저수지에선 볼 수 없는 독특한 풍광이 있다.

네비게이션을 찍어보니 다섯 시간 정도 걸린다고 나온다.

하여 출발 전 캐주얼한 옷으로 갈아입은 상태이다.

라디오를 켜니 경쾌한 음악이 나온다. 모처럼 아무런 부담 없이 떠나는 여행인지라 큰 소리로 따라 부르며 한참을 달렸다.

광주를 지날 즈음 전화가 진동을 한다.

부우우웅! 부우우우웅!

'누구지? 이은정 씨인가? 설마, 발송된 화물에 문제가 있다는 건 아니겠지? 제발 그것만 아니길……!'

현수는 얼른 라디오를 끄고 버튼을 눌렀다.

"여보세요?"

"어머, 전화를 받네요. 김현수 씨죠?"

"네. 맞습니다. 그런데 누구시죠?"

여자의 음성이다. 그런데 번호를 확인하지 않아 누군지 알 수가 없다. 요즘 제약사 여직원들로부터 자주 전화가 온다.

물론 업무 때문이다. 그렇기에 음성만으론 누군지 구별해 내지 못한 것이다.

"저예요. 대구의 권지현이요."

"아, 권지현 씨! 오랜만입니다."

"거기 이제 로밍도 돼요?"

"로밍이요? 아……! 여기 한국입니다."

"그래요? 언제 귀국하셨어요?"

문득 킨샤사로 떠날 때 배웅하러 나왔던 기억이 떠오른다. 그런데 귀국하고 한 달이 넘도록 한 번도 생각지 않았다.

문득 미안한 기분이 들었다. 그렇기에 한 달도 더 된 기간을 대폭 줄여 대답했다.

"네에. 삼 일 전에 귀국했습니다."

"아! 그랬군요. 그런데 왜 연락 한 번 안 주셨어요?"

"네? 아, 죄송합니다. 귀국한 이후 너무 바쁜 일이 많아서……. 그런데 웬일이십니까?"

"네에. 그러셨군요. 그동안 전화를 여러 번 했어요. 근데 해외로 가시면서 로밍을 안 하셨는지 통화가 안 되었네요."

"아, 그래요? 제가 있던 곳은 전화 사정이 나빠 연결이 안 되는 곳입니다. 그래서 로밍하지 않았습니다. 그런데 무슨 일 있습니까?"

"네, 괜찮으시다면 만나 뵈었으면 좋겠는데 시간 좀 내주실 수 있나요?"

"제게 볼 일이 있다고요?"

"네에, 긴히 드릴 말씀이 있어요. 바쁘시더라도 시간 좀 내주세요."

"뭐, 그러지요. 근데 어디서 만납니까?"

"지금 어디 계시는데요?"

"고속도로 위에 있습니다."

"경부요?"

"아닙니다. 중부고속도로 위에 있습니다."

"아! 어디 출장 가시는 길인가요?"

"출장은 아니고……. 주왕산에 가는 길입니다."

"주왕산이라면 청송에 있는 산 말씀하시는 거죠?"

"그렇습니다. 휴가를 받아 여행 삼아 갑니다."

"그래요? 그럼 죄송하지만 대구에 들러주실 수 있나요?"

권지현의 음성은 아주 조심스럽다는 것이 느껴질 정도이다.

"대구요?"

"네, 아주 급한 일이 있어서요."

"잠깐만요."

현수는 노견에 차를 세운 뒤 네비게이션에서 경로 탐색을 해보았다.

주산지는 경상북도 청송에 있다.

동서울→이천→여주→원주→제천→안동→청송 순으로 이동하라고 나와 있다.

지도 검색으로 들어가 확인해 보니 대구를 들러서 가면 빙둘러가는 셈이다. 하나 그게 무슨 상관이 있겠는가!

발길 닿는 대로 가는 정처없는 여행이다.

"무슨 일인지 모르지만 내려가지요. 어디로 가면 됩니까?"

"아, 고맙습니다. 경북대병원 중환자실로 와주세요."

"경북대병원 중환자실이요?"

"네, 김현수 씨의 도움이 너무도 간절해요. 꼭 와주세요. 꼭이요, 꼭……!"

세 번이나 꼭이라는 소리를 하는데 음성이 심상치 않다. 톡건드리기만 해도 우와앙 하고 울음을 터뜨릴 것만 같다.

"알겠습니다. 경북대병원 중환자실로 가지요."

"고맙습니다. 정말 고맙습니다."

현수가 대구에 도착한 것은 오후 5시쯤 되었을 때이다.

"여기예요."

"아, 권지현 씨!"

손을 흔들며 다가서는 권지현을 보며 현수는 짐짓 환한 웃음을 지었다. 인천공항까지 배웅해 주었던 것에 대한 보답이다.

"고마워요, 현수 씨! 먼길 오시느라 애썼어요."

"네, 근데 왜 절 이리로 오라고 하신 겁니까?"

"말하자면 길어요. 일단 저리로 가요."

지현이 가리킨 곳은 관목 사이의 벤치였다.

현수가 자리에 앉자 잠깐만 기다리라 하고는 어디론가 사라진다. 다시 돌아온 지현의 손엔 캔커피 두 개가 들려 있다.

"마셔요."

"네에. 근데 할아버님께 문제가 생긴 건가요?"

"아뇨, 할아버진 괜찮으셔요. 참, 고맙다는 인사도 못 드렸네요. 정말 고마웠어요."

"에구, 고맙다는 뜻은 팩시밀리로 보내주셔서 벌써 들었지 않습니까?"

"그래도요. 이렇게 뵈었으니 다시 말씀드려야죠."

"아무튼 건강하시다니 다행입니다."

"네에, 근데 그냥 건강하신 게 아니에요."

"네? 그게 무슨 소리지요? 무슨 문제 있어요?"

"아뇨, 그건 아니고······. 현수 씨가 주신 그 약 있잖아요."

"네, 무슨 부작용이라도······?"

현수의 표정은 금방 어두워졌다. 집주인의 부인과 아버지에게도 같은 부작용이 나타날 수 있기 때문이다.

"네, 조금 심각한 부작용이 있더군요."

"그, 그래요? 어떤······?"

현수는 바싹 긴장하는 표정을 지었다. 자신이 직접 정제하여 만든 회복 포션이 인체에 해를 끼치면 큰일이지 않은가!

그런데 권지현의 얼굴에 잠시 웃음기가 감돈다.

"할아버지에게 발생된 부작용은 크게 두 가지예요. 하나는 검은 머리카락이 다시 난다는 것, 그리고 빠졌던 이빨이 새로 나고 있다는 거예요."

"네에? 그게 무슨······?"

말을 이렇게 했지만 현수의 뇌리로 스치는 상념이 있다.

반노환동(返老還童)이 그것이다. 늙은 몸이 점차 건강해지면서 젊은 시절의 몸으로 되돌아간다는 것이다.

'트롤의 피는 강력한 세포 복원력이 있다고 했어. 그럼 손상된 세포가 원상으로 회복되는 것 이외에 늙은 세포까지 다시 젊은 세포로 바뀌는 기능도 있나?'

"아무튼 할아버지께서 건강해지셨어요. 고마워요."

"네에, 다행입니다. 그런데 왜 이곳으로 오라고 했는지요?"

"참, 제 정신 좀 봐요. 현수 씨! 도움이 필요한 사람이 있어요. 염치없지만 부탁드릴게요."

"그러니까 무슨 부탁이냐구요?"

현수의 물음에 지현이 속사정을 털어놓기 시작했다.

며칠 전, 지현의 부친인 대구지청장은 서울에서 열리는 회합 참석차 집을 비웠다. 그날 지현은 영화 한 편을 감상하곤 약간 늦은 시간에 귀가하였다.

집에 들어가 샤워를 하고 나서는 순간 괴한이 나타나 입막음을 했다. 당연히 발버둥을 쳤으나 연약한 여인이 어찌 사내의 억센 힘을 당해내겠는가!

지현은 침대에 내동댕이쳐졌다. 샤워를 마치고 나와 수건 하나로만 가리고 있던 터라 발가벗겨진 채이다.

사내는 음흉한 미소를 짓고는 핸드폰을 꺼내 지현의 나신을 찍었다. 손목을 결박당한 지현은 발버둥치는 것 이외엔 아무런 반항도 할 수 없는 상황이었다.

사내는 지현을 질질 끌고 이곳저곳을 뒤졌다. 그리곤 캠코더를 찾아냈다.

사내는 그걸로 지현을 강간하는 장면을 녹화하겠다고 했다. 당연히 발버둥을 쳤지만 아무런 소용도 없었다.

다시 침대로 끌려온 지현은 바들바들 떨면서 눈물을 흘렸지만 아무런 소용도 없었다. 사내는 음흉한 웃음을 짓고는 허리띠를 풀었다. 그리곤 지현에게 다가서던 순간이다.

"꼼짝 마!"

"헉! 누구……?"

"야, 이 나쁜 새끼야!"

"이런 제기랄……!"

누군지 알 수 없는 사내와 괴한의 격투가 벌어졌다.

다행히 나중에 들어온 사내가 더 싸움을 잘하는 듯하다. 하여 괴한이 제압당하려는 순간 또 다른 누군가가 들어왔다.

그걸로 두 번째 들어온 사내의 머리를 내리쳤다. 그리곤 첫 번째 괴한과 세 번째로 들어온 사내가 밖으로 나갔다.

그러는 사이 지현은 이빨을 이용하여 손목의 결박을 풀었다. 그리곤 허겁지겁 벗어놓은 옷을 입었다.

이때 쓰러졌던 사내가 일어나더니 도주한 두 놈을 따라 뛰어나갔다.

황급히 뒤를 따라 나간 지현은 두 사내가 탄 검은색 승용차에 자신을 도와주었던 사내가 부딪치는 장면을 보았다.

부우웅! 끼이익! 쿠웅—!

"으으윽……!"

사내가 쓰러지자 승용차가 후진을 한다. 다시금 치고 지나가려는 듯하다.

"안 돼!"

지현이 소리를 쳤으나 아무런 소용도 없다. 승용차는 맹렬한 속도로 쓰러진 사내에게 달려들었다.

그 순간 쓰러졌던 사내가 얼른 몸을 일으킨다.

그리곤 열려 있는 조수석 창문으로 손을 집어넣어 괴한의 머리카락을 움켜쥐었다.

"아아악! 놔라, 이 새끼야!"

"내려!"

잠시 멈춰 있던 차가 갑작스레 후진을 했다. 그와 동시에 비명이 들렸다.

"아아아아악!"

털썩―!

부우우우웅! 쿵―! 쾅―! 끼이이익! 쿵―! 쾅―!

부우웅! 쿵―! 쾅―! 부우우우우웅……!

설명은 길었지만 상황은 불과 몇 초 사이의 일이다.

승용차가 후진을 하자 조수석에 타고 있던 놈의 머리카락이 뭉텅이로 빠졌다. 당연히 비명이 터져 나왔다. 그와 동시에 머리카락을 쥔 사내가 쓰러졌다.

바로 다음 순간 후진했던 승용차가 달려들어 사내를 쳤다. 앞바퀴, 뒷바퀴 모두로 밟고 지나간 것이다.

다음 순간 승용차가 후진하면서 또 밟고 지나갔다.

그리고 또 다시 사내를 치고는 그대로 줄행랑을 놓았다.

지현은 황급히 쓰러진 사내에게 다가갔다.

이미 의식을 잃은 상태이다. 어디선지 알 수 없지만 선혈이 샘솟는 듯하다.

너무도 끔찍한 상황인지라 응급조치를 취할 수도 없었다.

하지만 얼른 집으로 들어가 119에 신고를 하곤, 곧장 경찰서에도 연락을 취했다.

잠시 후 119와 경찰이 거의 동시에 당도하였다.

지현은 얼른 상황을 설명하곤 쓰러진 사내의 손이 움켜쥐고 있는 머리카락을 증거물이라 하였다.

지현은 응급차가 돌아가고 난 뒤로도 한참 동안 정신을 차릴 수 없었다. 자신에게 벌어진 일도 일이지만 눈앞의 끔찍한 상황이 자꾸 떠올랐기 때문이다.

경찰은 피해자가 대구지청장의 외동딸이며, 법무부 5급 공무원이란 걸 알고는 취할 수 있는 모든 조치를 취했다.

잠시 후, 정신을 차린 지현은 택시를 타고 경북대병원 응급실로 향했다. 자신을 구해주려다 중상을 입었는데 어찌 가만히 있을 수 있겠는가!

병원에 도착해 보니 이미 응급조치가 시작되어 있었다. 그래 봐야 상처 부위에 대한 지혈이 고작이다.

마침 응급실 의사 중에 고등학교 동창이 있다. 하여 상황을 설명하고 X—ray 결과를 알려달라고 했다.

갈비뼈, 목뼈, 대퇴골, 팔뼈, 다리뼈 등 그야말로 안 부러진 뼈가 없을 정도로 온몸이 만신창이란다.

환자의 가족에게 알리기 위하여 소지품을 뒤지던 중 당뇨병약이 있다. 하여 당뇨 검사를 했다고 한다.

불행히도 당뇨병 환자였다.

일반적으로 당뇨병에 걸려 있으면 수술하기가 어렵다.

수술 자체가 몸에 굉장한 스트레스로 작용하게 되고, 이로 인해서 당 조절이 어려워지기 때문이다. 그래서 당뇨 환자들은 당뇨 조절을 타이트하게 한 뒤에야 수술에 임한다.

혹시나 해서 검사를 해보니 고혈압까지 있다.

워낙 상처가 많은 데다 당뇨와 고혈압까지 있어 어디서부터 어떻게 손을 대야할지 깜깜하다고 한다.

경험과 실력있는 과장급 의사들은 전부 퇴근하여 없다.

실력 일천한 인턴과 레지던트로서 손 쓸 방법조차 없는 상황이라고 솔직히 털어놓았다.

그래서 과장급 의사들을 긴급히 부르면 되겠느냐고 물었다.

친구는 고개를 좌우로 저었다. 워낙 상처가 심해 과장님들이 와도 손쓰기 힘들 것이라는 의견이다.

이때 환자의 가족들이 병원에 당도하였다.

열여덟, 열다섯, 열세 살짜리 아이들 셋이다.

환자의 신분은 대구 동부경찰서 형사계 소속 경사라 한다.

아이들은 아버지가 저녁식사 후 담배 사러 나간다고 나갔는데 의식불명인 상태가 되어 병상에 누워 있다며 울음을 터뜨린다.

엄마는 어디에 있느냐고 물었더니 2년 전에 암으로 돌아가셨다고 한다. 경찰관 생활을 하면서 세 아이를 키운 것이다.

지현은 자신을 도우려던 경찰관이 졸지에 중환자가 된 것에 대한 책임감 때문에 밤새 잠을 이룰 수 없었다.

응급실 의자에 앉아 아침이 되기만을 기다렸다.

과장급 의사들이 출근을 해야 뭘 해도 할 수 있을 것이란 친구의 말이 있었기 때문이다.

아침이 되어 의사들이 출근했다. 그런데 과장급들도 뾰족한

수가 없는 듯하다. 상처가 워낙 여러 군데인 데다가 장기마저 손상된 듯하기 때문에 손쓰기가 어렵다는 것이다.

아이들은 또 다시 울음을 터뜨렸다. 환자가 죽으면 졸지에 고아가 될 아이들이다.

자신 때문에 이런 상황이 벌어졌다 생각한 지현은 문을 꼭 잠그고 들어가지 않은 자신의 실수를 자책하며 눈물을 떨궜다. 그러던 중 문득 현수가 떠올랐다.

뇌사 상태였던 오대준을 정상인으로 만들었다. 또한 암 환자인 할아버지를 젊은이 못지 않은 상태가 되게 만들어주었다.

둘 다 병원에서 손을 놓았던 환자이다.

그간 여러 번 전화를 했었다. 물론 현수가 킨샤사에 있을 때의 일이다. 그때마다 전화는 꺼져 있었다.

연줄 연줄하여 천지건설 킨샤사 지부의 전화번호를 알아냈다. 그런데 늘 팩시밀리에 연결되어 있었다.

전화를 걸면 '삐―' 하는 소리만 들린 것이다.

이 차장은 자리를 자주 비웠다. 들어온 물건을 팔기 위함이다. 그런데 서울로부터 언제 화물을 부쳤는지는 알아야 한다. 그렇기에 늘 팩시밀리로 전환해 놓았던 것이다.

하여 손 편지를 써서 보냈다. 그런데 답장이 없었다.

팩시밀리가 제대로 갔는지 여부조차 알 수 없는 상황이었다.

아무튼 너무도 답답했다. 그렇기에 핸드폰으로 전화를 걸어

보았다. 받을 것이란 상상조차 하지 않은 전화였다.

그런데 전화를 받는다!

통화를 했고, 고속도로 위에 있단다. 부탁을 했고, 현수가 대구로 오겠다고 한 순간 이후 지현은 예전의 평정심을 찾았다. 오기만 하면 치료가 될 것이란 확신이 있기 때문이다.

그렇기에 황급히 중환자실로 끌고 가지 않고 상황설명을 했다. 자칫 현수가 거부할 것을 우려한 것이다.

다시 말해 현수의 마음속에 경찰관을 구해주고 싶다는 마음이 들도록 해주어야 한다 생각한 것이다.

지현의 이런 생각은 적중했다.

"알겠습니다. 한번 가서 보지요. 하지만 기대는 하지 마십시오. 제가 모든 병을 어쩔 수 있는 건 아니니까요."

"네에. 고맙습니다. 정말 고맙습니다. 흐흐흑!"

김태희처럼 예쁜 아가씨가 진심을 담아 고개를 숙이면서 눈물을 떨구는데 어찌 당황하지 않을 수 있겠는가!

"지현 씨! 울지 마세요. 제가 최선을 다해본다 하지 않았습니까? 그죠? 그러니까 울지 말아요."

"흐흑! 현수 씨! 현수 씨! 흐흐흑!"

심한 마음고생 때문인지 지현의 눈에선 눈물이 쏟아져 나왔다. 현수는 품에 안긴 지현의 등을 말없이 토닥였다.

그렇게 2~3분 가량 흐느끼고야 눈물이 잦아든다.

"흐흑! 미안해요."

"아닙니다. 자, 그럼 이제 앞장서세요. 일단 환자를 봅시다."

"네에. 그럼……!"

지현은 행여 놓치면 안 된다는 듯 현수의 손을 잡았다. 그리곤 앞장서서 걷기 시작했다.

현수는 지현의 부드러운 손에 마나를 불어넣어 보았다. 신체가 접촉하고 있기에 가능한 일이다.

그 결과 얼마나 긴장하고 있는지를 느낄 수 있었다.

간에 있던 마나가 바들바들 떤다는 느낌이다. 노심초사가 간을 상하게 한다는 한방의 이론이 맞는 듯하다.

'그러고 보니 동의보감 같은 의서들을 아직 안 읽었구나. 시간 내서 꼭 읽어봐야지.'

이런 생각을 하곤 마나를 더 불어넣어 지현의 간을 부드럽게 쓰다듬었다. 그러자 바들바들 떨던 마나들이 사르르 흩어져 제자리를 찾았다.

"휴우……!"

긴 한숨을 쉰다. 다시 마나를 넣어 지현의 내부를 살펴보았다. 생각이 많은지 뇌에서의 활동이 많았다. 그것 역시 쓰다듬어 풀리게 하였다. 또 한숨을 쉰다.

"휴우……!"

그렇게 하나하나의 장기들을 훑어보았다. 이윽고 자궁에 이르게 되었다. 그런데 이상하다. 머물고 있는 마나가 하나도 없다. 괴이하다 여겨 마나를 더 많이 불어넣고 살펴보았다.

있기는 있다. 그런데 거의 점 수준이다.

어젯밤 강간을 당할 뻔했다. 이에 대한 자위의식이 발동되어 자궁의 모든 마나들이 움츠러들었다. 원치 않는 임신으로부터 도망가고 싶다는 무의식 때문일 것이다.

계속해서 마나를 불어넣어 살살 다독였다. 그러자 슬그머니 풀려 나온다. 그리곤 점차 정상이 되어갔다.

'흐음, 혹시 신체적으론 정상임에도 불임이 되는 이유가 많다던데 혹시 이런 거 때문인가?'

문득 스치는 상념에 현수는 고개를 끄덕였다. 스스로도 그럴 듯하다 느낀 때문이다.

"현수 씨! 이 분이에요."

현수는 생각에 잠겨 있었다. 하여 지현이 어느새 중환자실까지 인도한 것을 느끼지 못하고 있었다.

"아……! 그래요?"

문득 정신을 차려보니 완전히 엉망이 된 사내가 침상에 누워 있다. 온몸이 상처인지라 환자복이 아니라 붕대와 거즈를 입고 있었다. 얼굴부터 발까지 그야말로 다치지 않은 부분이 없기 때문이다.

"지현 씨! 아무도 못 오게 해주세요."

"네에."

찌이이익!

지현 스스로 커튼을 쳐준다. 이미 경험한 바 있기 때문이다.

"마나 디텍션!"

마법을 구현시키자 환자의 몸 상태가 느껴진다.

현수는 문득 처절하다는 느낌을 받았다. 이 정도면 벌써 목숨을 잃어도 하나도 이상할 게 없을 정도이다. 그럼에도 삶에 대한 강렬한 애착이 이승을 떠나지 못하도록 하는 듯하다.

계기에 나타난 심장의 파동도 미약하고, 맥박도 약하다. 호흡은 강제로 시키는 듯하다.

"조금만 더 참아보세요. 제가 힘을 보태드릴 터이니. 마나여, 다친 부위를 고쳐다오. 컴플리트 힐!"

황금빛 마나가 환자의 전신으로 스며든다. 워낙 환부가 많아서인지 상당히 많은 마나가 빠져나감이 느껴진다.

그간의 경험을 통해 컴플리트 힐은 주로 외과적인 부분에 적용되는 마법이고, 리커버리는 내과적인 부분에 효과적이라는 것을 알게 되었다.

"흐음, 마나가 많이 빠져나갔군. 그래도 할 수 없지. 마나여, 손상된 부위를 복원시켜다오. 리커버리!"

서늘한 푸른빛이 현수의 손에서 뿜어져 환자의 전신을 아우른다. 이번에도 상당히 많은 마나가 빠져나갔다.

거의 모든 장기에 이상이 있었기 때문일 것이다.

"휴우……!"

나직이 한숨을 쉰 현수는 아공간에 손을 넣어 회복 포션 한 병을 꺼냈다. 그러는 사이에 환자의 맥박 수치가 조금씩 올라간다. 계기에 나타나는 파동의 간격이 약간 짧아진 느낌이다.

'이것을 더 드릴 테니 일어나십시오. 애들을 돌봐줄 사람이 필요하지 않습니까?'

뚜껑을 열어 환자의 입에 회복 포션을 넣어주었다. 그러면서 목울대를 손으로 살짝 눌렀다 떼기를 반복했다.

목으로 넘길 수 있도록 도운 것이다.

한편, 커튼 밖의 지현은 안의 상황이 몹시 궁금했다. 마음속에선 엿보자는 유혹이 들불처럼 번졌다.

하나 꾹 참았다.

성경을 읽어보면 롯의 아내가 소돔과 고모라를 빠져나오면서 절대 뒤돌아보지 말라는 하느님의 말을 어겼다가 소금 기둥이 되었다는 구절이 나오지 않던가!

선녀와 나무꾼이란 설화에도 이런 내용이 있다.

하늘로 다시 돌아오려면 용마에서 절대 내리지 말라고 했는데 나무꾼이 말을 놀라게 하여 떨어졌다. 그리곤 다시는 하늘에 올라가지 못하여 슬퍼하다 죽었다.

둘 다 하지 말라는데 해서 그렇게 된 것이다. 하여 궁금함을 꾹 참고 커튼 앞을 굳건히 지켰다. 어느 누구도 접근하지 못하도록 하기 위함이다.

그런데 문득 청아한 향이 느껴진다. 암에 걸렸던 할아버지가 복용했던 바로 그 신약(神藥)이다.

현수가 도술로써 병을 다 고치고 이제 화룡점정으로 신약을 쓴다는 생각이 들었다.

그와 동시에 긴장된 마음이 스르르 풀려 버린다.

같은 순간 현수는 환자의 용태를 살폈다.

외상은 거의 다 나은 것 같다. 마나 디텍션으로 살펴본 바에 의하면 골절되었던 뼈 전부가 제자리를 찾았다.

장기에 머무는 마나의 양이 조금씩 늘어나고 있으며 안정되어 간다는 것도 확인되었다. 이제 할 수 있는 모든 것을 다한 셈이다. 하여 커튼을 제치고 밖으로 나왔다.

"현수 씨!"

"이제 괜찮아진 거 같아요."

"아! 고마워요. 잠깐만요."

현수의 곁을 지나 침상으로 다가간 지현은 환자의 용태를 살폈다. 현수의 말대로 육안으로 보이는 부분은 확실히 나아진 것 같다.

"고마워요. 흐흑! 정말 고마워요."

"자아, 이제 우린 나갑시다."

"흐흑……! 네에."

밖으로 나온 둘은 아까 그 벤치에 나란히 앉았다.

그런데 지현이 계속해서 눈물을 흘렸기에 현수는 몸을 반쯤 돌려 그녀를 보듬어 안고 등을 토닥여 주었다.

"지현 씨, 이제 괜찮을 겁니다. 너무 자책하지 말아요."

"……!"

대략 10분쯤 흐르자 물결치듯 흔들리던 지현의 어깨가 움직임을 멈췄다. 하여 잠시 그대로 있었다.

그런데 이상한 소리가 들린다.

"쿠우우울……!"

"이런……! 후후후, 몹시 피곤했었나 보구나."

긴장으로부터 해방된 지현은 잠이 들어 있었다. 그러고 보니 어느새 날이 어둑어둑해졌다.

현수는 지현의 등과 다리 사이에 손을 넣어 들어 올렸다. 그리곤 천천히 걸어 자동차로 갔다.

조심스럽게 옆 좌석에 눕혀 놓고는 운전석에 앉았다.

"밤이 늦었는데 이 시각에 청송까지 갈 수는 없겠군. 흐음, 호텔로 갈까? 근데 지현 씬 어쩌지? 으으음……!"

현수는 한참을 고심했다. 집을 모르니 데려다줄 수는 없다. 그렇다고 여자 혼자 여관에 재워 놓고 나올 수도 없다. 종업원에 의한 성폭행 등이 있을 수 있기 때문이다.

호텔로 데리고 가는 것도 문제가 있다.

대구는 지현의 동네이다. 아직 시집도 가지 않은 처녀를 데리고 호텔로 들어갔다간 어떤 구설수에 오를지 모른다.

한참을 고심하던 현수는 차를 몰아 대구를 빠져나왔다. 그리곤 이름을 알 수 없는 야산으로 들어갔다.

길조차 끊긴 곳까지 들어가서는 공터를 찾았다. 누군가의 무덤이 있는데 잘 가꿔져 있다.

"흠, 이곳이 적당하겠군. 앱솔루트 배리어!"

전능의 팔찌에서 빛이 나오는가 싶더니 결계가 쳐진다.

안에선 밖이 보이지만 밖에선 안이 보이지 않을 것이다. 하여 침대를 꺼냈다. 그리곤 차 안의 지현을 조심스럽게 들어 옮겼다.

"깊은 잠에 빠질지어다. 딥 슬립!"

만약을 위해 마법을 구현시키곤 무덤 앞 풀밭에 마나 집적 진이 그려진 스테인리스 철판을 꺼내놓고는 앉았다.

마나 심법을 운용하여 줄어든 마나를 보충했다. 산속이라 그런지 서울보다는 마나량이 많았다.

새벽 다섯 시가 되자 현수는 결계를 풀고 차를 몰아 경북대 병원 인근까지 갔다.

"잠에서 깨어나라. 웨이크 업!"

"아함……! 잘 잤다. 어머나!"

기지개를 켜던 지현은 운전석의 현수를 보곤 화들짝 놀라 일어났다. 같은 순간 현수는 잠이 든 듯 눈을 감고 있었다.

조심스럽게 일어나는 모양이다. 그리곤 소리가 멈추더니 창문 내려가는 소리가 들린다.

지이이이잉—!

잠시 후 부시럭거리면서 지현이 창문 밖으로 나가는 듯하다. 왜 그러는지 알면서도 웃음이 나와 참느라 애를 썼다.

지이이잉—!

창문 올라가는 소리가 들린다. 그런데 내려갈 때보다 소리가 짧다. 넣었던 손을 빼야 하기 때문일 것이다.

"현수 씨! 어디 가지 마요. 금방 다시 올 테니!"

현수는 모르는 척하고 있었다.

잠시 후 눈을 떠보니 지현이 병원 안으로 들어가고 있다. 화장실을 간 것이 아니라면 환자를 살피러 간 듯하다.

그냥 갈까 했다. 그런데 그러면 섭섭해할 것 같다. 하여 보고 가기로 마음먹었다.

15분쯤 지났을 때 지현이 병원에서 나오는 모습이 보인다.

손에 뭔가를 들고 있다. 먹을 걸 사오는 듯하다. 현수는 짐짓 잠든 척 눈을 감았다.

딸깍―!

조심스럽게 문 열리는 소리에 이어 지현이 조수석에 앉는 느낌이 든다. 그리곤 조용히 속삭인다.

"현수 씨! 덕분에 환자는 괜찮아졌어요. 정말 고마워요."

쪼오옥!

갑자기 느껴지는 촉감에 현수는 화들짝 놀라 눈을 떴다. 지현의 감은 눈이 보인다. 입맞춤을 한 것이다.

눈을 뜨면 놀랄 것 같아 슬그머니 눈을 감았다.

잠시 후 지현이 떨어져 나갔다. 내심 안도의 한숨을 쉬었다.

단순한 입맞춤인 뽀뽀였기에 망정이지 프렌치 키스였으면 큰일 날 뻔했다는 느낌이 든 때문이다.

지현은 잠시 아무런 움직임도 없다.

대체 뭘 하는지 궁금하다. 하여 슬그머니 눈을 떴다. 그런데 자신을 빤히 바라보고 있었다.

"어머! 이제 깼어요?"

"아……! 지현 씨!"

현수는 짐짓 방금 전의 사건을 모르는 척했다.

"어젠 고마웠어요. 그리고 미안해요. 저 때문에 편한 잠도 못 주무시고……."

"아, 아니에요. 근데 언제 일어났어요?"
"방금 전에요."
둘은 거짓말쟁이 남녀이다.

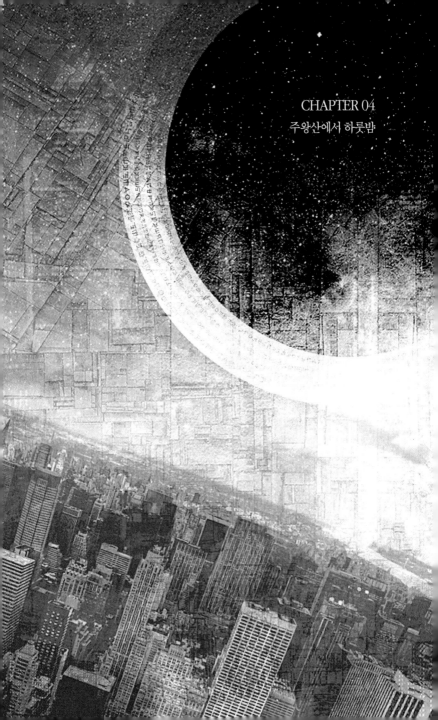

CHAPTER 04
주왕산에서 하룻밤

"그래요? 그나저나 우리 어떻게 하죠?"

"네……? 뭘 어떻게 해요?"

"세수도 안 하고, 이빨도 안 닦았잖아요."

"이 근처에 사우나 있어요. 거기 가서 씻고 나와요. 우리!"

"그래요? 그럼 그럽시다."

달리 할 말이 없기에 사우나에서 샤워를 마치고 나왔다.

"자아, 우선 이것부터 드세요."

지현이 내민 것은 부드러운 카스테라와 바나나우유였다. 아
마 아까 사온 것인 듯하다.

"지현 씬 안 먹어요?"

"전 벌써 먹었어요. 어서 드세요."

빵을 먹고 둘은 병원으로 갔다. 환자는 확실히 나아져 있다.

중환자 보호실에서 잠들어 있던 아이들에게 빵과 우유를 주면서 아빠가 많이 좋아진 것 같다고 하니 우르르 달려간다.

먹는 것보다도 아빠의 안위를 걱정한 아이들의 마음이 예뻐 보여 흐뭇한 미소를 지었다.

옆에 있던 보호자에게 돈과 쪽지를 써 주었다. 아이들더러 아침밥을 사먹으라고 돈을 맡긴 것이다.

밖으로 나와선 아이들의 학교로 전화를 걸었다. 상황을 설명해 주니 알았다고 한다.

"이 집 해장국이 맛있어요."

"그래요? 그럼 이걸 먹읍시다."

해장국을 먹으면서 지현은 이것저것을 묻는다. 콩고에서의 생활과 어려움을 물은 것이다.

푹푹 찌는 데다 전력 사정이 좋지 않다, 생수는 돈 주고 사 먹어야 하는데 한국보다 비싸다 등등을 이야기해 주었다.

지현은 마치 신기한 나라 이야기를 듣는다는 듯 눈빛을 빛내며 맞장구치곤 했다.

"어제 주왕산에 가신다고 했죠?"

"네."

"저도 같이 가요."

"네……? 직장 안 가고요?"

"월차 냈어요."

"월차요?"

"네, 오늘 하루 쉬려구요. 그리고 저도 주왕산 말만 들었지 아직 한 번도 못 가봤어요. 영화를 보고 언젠가는 꼭 가봐야지 했는데 마침 잘 되었네요."

"그럼, 지현 씨도 김 감독의 영화를 본 겁니까?"

"어머! 현수 씨도 그거 보셨어요?"

"네, 나도 그래서 거기 가려던 건데……. 까짓 거 그럽시다. 같이 가요. 우리!"

"호호, 좋아요."

졸지에 의기투합한 둘은 서둘러 해장국을 해치웠다. 현수가 돈을 내려고 했으나 지현이 먼저 계산했다. 그래서 커피는 현수가 사겠다고 해서 둘은 가까운 커피숍으로 들어갔다.

"어, 권지현 씨!"

"어머, 김 검사님. 응……? 이 검사님도 계셨네요?"

지현이 양복 차림 사내 둘에게 고개 숙여 인사를 하자 상대 역시 인사를 한다.

"근데 이 시간에 여긴 웬일이세요?"

"그러는 권지현 씨는 이 시간에 웬일이십니까?"

이 검사라 불린 사내가 현수의 아래위를 훑어본다.

아직 출근 시간 전이다. 그런데 남녀가 같이 있으니 수상하다는 표정이다. 이 시간에 같이 있으려면 꼭두새벽에 만났거나 밤새 같이 있는 경우뿐이다.

그런데 새벽부터 데이트하는 남녀가 얼마나 있겠는가!

그래서인지 이 검사의 눈빛은 '죄 지은 거 있으면 좋은 말로 할 때 몽땅 털어 놔' 라는 것과 비슷했다.

현수는 슬쩍 불쾌한 기분이 들었다. 상대의 시선에 담긴 적의 때문이다. 하나 지현은 이를 보지 못하고 있었다.

"전 오늘 월차 냈어요. 그런데 검사님들은 출근 안 하셔요? 설마 지청장님 안 계시다고 땡땡이 치는 건 아니겠죠?"

"아! 물론입니다. 땡땡이라니요? 지난밤에 있었던 사건 때문에 밤샘 작업하고 커피나 한잔하려고 온 겁니다."

"그럼요. 엉뚱한 상상하셔서 생사람 잡으시면 안 됩니다."

둘은 과장된 표정을 지어 보인다.

그런데 검사 대부분은 권위 의식에 젖어 산다. 그럼에도 이처럼 정중한 것은 지현 때문일 것이다.

검사나 판사는 자신들이 평범한 소시민보다 훨씬 우월한 지위에 있는 것으로 인식하는 듯하다.

이는 법정에서 잘 드러난다.

자질이 부족한 판사들은 원고이든 피고이든 무조건 반말이다. 나이가 많고 적음도 따지지 않는다.

자신이 하는 말은 절대 끊어지면 안 되지만 남들이 하는 말은 아무 때나 잘라먹고 들어가도 상관없다고 생각한다.

2010년엔 서른다섯 살 먹은 판사가 자기 아버지보다도 나이가 든 70대 노인에게 '버릇없다' 고 호통을 친 일이 있었다.

검사들 역시 그러하다.

방송사 PD가 전화를 걸어 존댓말로 묻는 말에 대놓고 반말하는 검사가 있었다.

일개 평검사도 아닌 검사장 급이었는데도 그랬다.

아무튼 권위 의식에 젖어 있는 검사들이 지현에게 이렇게 대하는 것은 그녀의 마음을 얻기 위함이다.

지현 본인은 잘 모르지만 대구와 인근의 총각 검사 및 판사, 그리고 변호사들 모두 지현을 노리고 있다.

탤런트 빰칠 빼어난 미모, 미스코리아 저리 가라 할 육감적인 몸매의 소유자다. 게다가 행정고시를 차석으로 통과할 만큼 명석한 두뇌까지 지녔다.

이밖에도 대구지방검찰청의 수장인 부친의 후광까지 동시에 얻을 수 있기 때문이다.

여기에 누구에게나 친절한 마음씨와 물려받을 막대한 재산까지 예상되니 침을 질질 흘리고 있는 것이다.

앞에 있는 이 검사와 김 검사 역시 그들 중 일부다.

그런데 새벽 댓바람부터 지현이 웬 사내새끼와 같이 있다. 어찌 질투가 나지 않겠는가!

지현이 커피를 사오겠다며 잠시 자리를 비우자 이 검사라는 사내가 다가와 묻는다.

"이봐, 당신 누구야?"

오는 말이 고와야 가는 말이 고운 법이다.

상당히 고압적으로 느껴지는 말이다. 마치 범죄자 취급을 받은 느낌이 드니 어찌 기분이 좋겠는가!

"뭐요? 이 양반이……! 어따 대고 당신이라 하는 거요?"

이전 같으면 꾹 눌러 참아야 했을 것이다. 하나 지구에 하나

뿐인 7써클 대마법사가 어찌 약한 꼴을 보이겠는가!

"뭐어? 어쭈……? 뭐 이런 놈이 다 있어? 야! 너, 우리가 누군지 알아?"

"내가 그걸 왜 알아야 하는데? 좋다. 그러는 니들은 뭐냐?"

"뭐어……? 그래, 좋다. 우린 대구지청 검사들이다."

"검사가 뭐하는 것들인데? 기껏해야 범인이나 잡으러 다니는 잡것들이 어디서 감히……. 재수 없으니까 저리 꺼져."

"뭐라고? 잡것……? 너, 이 자식! 너 이리 와봐."

"내가 왜? 내가 죄 지은 거 있어? 있음 증거 대. 아님 영장을 들고 오든지. 왜 선량한 사람한테 와서 반말로 찍찍 갈겨? 검사면 그래도 되는 거야?"

"어휴……! 뭐 이런 개자식이 다 있어?"

화가 나지만 차마 주먹을 휘두를 수 없다는 듯 양복 아랫자락을 뒤로 확 제낀다.

현수 역시 얼굴이 붉어져 있다. 가만히 있는 사람에게 다가와 시비를 걸었으니 어찌 화가 안 나겠는가!

"개자식……? 너 힘 세? 계급장 떼고 한판 붙어볼래?"

"야! 너어……."

지금껏 가만히 있던 김 검사까지 끼어든다.

"둘이 한꺼번에 덤벼도 좋으니까 한번 해볼 거야?"

이 검사는 학창시절 유도선수였다. 김 검사 역시 태권도로 단련된 몸이다. 그런데 호리호리한 놈이 싸우자고 덤빈다.

"맞아 죽어도 할 말 없기다."

"글쎄, 그건 두고 봐야지. 니들이나 검사 체면에 맞았다고 징징대며 울지나 마."

"좋아, 따라 나와."

"그래, 좋다! 가자면 못 갈 줄 알고?"

앞서 나온 이 검사는 커피숍 뒤쪽 주차장으로 이동했다. 그런데 문득 상대의 신분이 궁금해졌다.

검사라고 하면 죄가 없는 사람들도 벌벌 떠는데 그러기는커녕 대놓고 패겠다고 덤벼든다.

검사를 우습게 볼 정도로 고관이 아닌 것은 분명하다. 그렇다면 엄청난 세력을 지닌 가문의 자식일 수도 있다.

생각해 보니 지현이 평범한 사내를 만나줄 이유가 없다. 그녀 주변엔 널리고 널린 게 검사, 판사, 변호사다.

그러니 분명 뭔가 있는 놈이다. 그런데 잘못 건드렸다가 벌통이면 출세하는 데 지장있다.

"김 검사! 저 자식 세게 나오는데 혹시 뭐 있는 거 아냐?"

"글쎄……? 나도 그게 궁금해."

요즘 폭발적인 인기를 끄는 드라마가 있다.

한국인이지만 미국으로 이민 가서 재벌이 된 아버지를 둔 아들이 주인공이다.

결혼만은 한국 여자와 하라는 할아버지의 유명을 따르기 위해 한국으로 들어오는 것이 1화의 내용이었다.

입국한 사내의 주변엔 여섯 명의 보디가드들이 따라다닌다. 이밖에도 20여 명의 비서진들이 졸졸 쫓아다닌다.

주인공은 한국 사회를 경험하겠다면서 식당 종업원으로 위장 취업한다. 크지도 않은 그 식당의 딸이 너무 예뻐서 꼬시기 위함이다.

왕국의 왕자보다도 더 떠받드는 세상에서 살다 왔기에 많은 어려움이 발생된다.

이것을 해소해 주는 것은 스무 명에 달하는 비서들이다.

밤새 대신 빨래를 해주거나, 설거지를 하고, 양파와 감자 껍질을 벗겨준다. 여기까지는 소소한 웃음을 주는 드라마였다.

중반부가 넘어갈 무렵 이 식당을 찾은 조폭들이 나타난다.

제법 유명한 식당을 빼앗으려는 것이 그들의 목적이다. 믿는 구석이 있는 주인공이 나서서 막으려 한다.

조폭들은 주인공을 협박하다가 보디가드들에게 끌려가서 반병신이 된다. 경찰이 사태를 파악하고 폭력을 행사한 보디가드들을 잡으려 한다. 이때 NSI 요원들이 나타난다.

주인공의 아버지는 세계 최고의 재벌이다.

그가 운영하는 회사 가운데에는 핵융합발전소도 있다. 이것에 필요한 초전도 소자를 개발한 사람이 바로 주인공이다.

주인공은 한국에 입국하면서 치외법권을 요구했다. 대신 이것에 대한 설계도를 넘겨주기로 했다.

그래서 최상급 국가기관이 등장한 것이다. 결국 조폭들은 일망타진 당한다.

드라마가 후반부로 접어들자 국내 재벌가의 망나니 자식이 등장한다. 돈은 많지만 평판은 좋지 않은 재벌가이다.

우연히 식당을 들렀던 재벌가의 자식은 주인공과 사랑에 빠진 식당집 딸을 어떻게 해보려고 한다.

당연하게도 식당집 딸은 그것을 거절한다. 이미 가난하지만 착해 빠진 주인공과 사랑에 빠진 뒤였기 때문이다.

그러자 폭력을 동원했다. 가게의 장사가 어렵도록 식재료 구입까지 방해했다. 결정적인 순간 주인공과 보디가드들이 그들 모두를 처리한다. 그리곤 질질 끌려가 복날 개 패듯이 팬다는 것이 무엇인지를 확실히 보여준다.

며칠 뒤, 기세등등하던 재벌가는 공중분해된다. 주인공이 그 회사 주식 전체의 51%를 소유한 대주주였던 것이다.

사람들은 말도 안 되는 막장 드라마라 욕하면서도 본방을 사수한다. 다음엔 어떤 놈이 당할지 궁금하기 때문이다.

또 언제 어떤 방법으로 청혼을 할지 궁금했던 것이다.

이 검사와 김 검사도 이 드라마를 본다.

검사지만 재벌가의 위세는 이길 수 없어 시기심이 이는 게 사실이다. 그런데 그런 재벌들이 퍽퍽 나자빠지는 게 통쾌했던 것이다. 그리고 솔직히 재미있기 때문이다.

아무튼 현수의 태도는 조금 이상하다. 검사들을 상대로 너무 당당하다. 뭔가 있지 않고는 이럴 수 없을 것이다.

"김 검사, 이거 우리가 잘못 건드리는 거 아닐까?"

문득 이래선 안 된다는 생각이 든 모양이다.

"그래. 안 그러는 게 좋을 거 같다."

김 검사가 동의하자 이 검사가 걸음을 멈췄다. 그리곤 짐짓 두어 마디 내뱉는다.

"에이, 그래. 많이 배운 우리가 참자. 김 검사, 우리가 참자. 저깟 놈 때려서 뭐하겠냐? 안 그래?"

"그, 그래. 그러지 뭐. 이봐! 아니 형씨!"

현수는 여전히 화가 난 상태이다. 그렇기에 툴툴거렸다.

"왜? 싸우다 맞을까 겁나냐?"

"형씨! 이러지 말고 말로 합시다."

"왜? 조금 전엔 너라고 그러더니 왜 갑자기 형씨야?"

현수는 이들 뒤를 따라오면서 어떻게 작살을 낼지 고심했다.

주먹으로 때리면 분명 문제가 된다. 그래서 생각해 낸 마법이 있다. 브레인 믹싱(Brain Mixing)이 그것이다.

뇌를 휘젓는 것이 아니라 뇌 속의 모든 기억을 휘저어 백치로 만드는 마법이다.

물론 영구한 마법은 아니다. 하나 최소 한 달은 백치가 된다. 그럼 당연히 검사 자리에서 잘리게 될 것이다.

하여 마나 배열을 검토했다. 잘못된 마법으로 영구한 백치를 만들 생각은 없기 때문이다.

"우리가 반말해서 미안합니다."

"……!"

"솔직히 형씨랑 지현 씨가 아침부터 같이 있는 모습이 마음에 안 들어 욱했습니다."

"지금 그거 나한테 사과하는 거야?"

현수는 끝까지 반말이다. 하나 검사들은 갑작스럽게 주눅 들었는지 별다른 대꾸가 없었다.

"……!"

"알았어. 앞으론 조심해. 아무한테나 반말하지 말고."

"……!"

"난 지현 씨랑 커피 마셔야 하니까 니들은 다른 데로 가줬음 좋겠어. 그럴 거지?"

"네에."

둘은 축 늘어진 어깨로 사라졌다.

'짜식들……! 조금만 더 나대지. 확 바보로 만들어 버리려 했는데. 쩝……!'

현수가 커피숍으로 들어가니 지현이 기다리고 있다.

"어디 갔다 오셔요?"

"화장실엘 좀……."

"그러셨구나. 자, 여기 커피요."

"네, 고맙습니다."

"고맙기는요."

"우리 이거 마시고 얼른 가요. 호호! 호호호!"

"왜 웃어요?"

"신나서요. 그 영화 나온 게 2003년이니까 벌써 10년 전이 에요. 그때 고2였어요. 가보고 싶은데 공부하느라 꿈도 못 꿨 죠. 근데 드디어 오늘 가잖아요. 그러니 안 신나겠어요?"

"그렇군요. 벌써 10년이나 흘렀어요."

"그때 현수 씬 몇 학년이었어요? 대학생이었나요?"

"아뇨, 고3이었어요."

"그럼 저보다 한 학년 위였군요. 호호, 오빠야가 맞네요."

"그게 그렇게 되나요? 하하, 하하하!"

커피를 마신 둘은 주왕산으로 직행했다. 가는 도중 휴게실에 들렀을 때 현수는 트렁크에서 등산화와 등산복을 꺼내왔다.

지현을 위한 것이고, 아공간에서 꺼낸 것이다.

"어머, 이건 웬 등산복이에요?"

"어머니 드리려고 산 건데 임자는 따로 있나 봐요. 그리고 이거 신으세요. 구두 신고 산에 오를 수는 없잖아요."

"제가… 그래도 돼요?"

"네, 돼요. 등산화랑 옷은 또 사면 되니까요."

"제가 똑같은 걸로 사 드릴게요. 아무튼 고마워요."

지현은 굳이 사양하지 않고 옷을 갈아입었다.

이런저런 이야길 하며 산에 오른 것은 점심나절이다.

"어라……! 여기 절 어디 갔지요?"

"그러네요. 지금도 멋있지만 그 절이 있으면 더 고즈넉한 분위기가 만들어질 텐데……."

영화에서 보았던 저수지 한가운데의 절은 철거되었다. 이런 사실을 모르기에 그 절을 보러 왔던 것이다.

여기저기 둘러보며 한가로운 한때를 보냈다. 지현은 현수의 연인이라도 되었다는 듯 스스럼없이 팔짱까지 끼웠다.

내심 뿌리쳐야 한다 생각하면서도 지현이 상처받을까 싶어 모르는 척했다.

하산을 하고 내려와선 식당엘 들렀다. 여관을 겸업으로 하는 집인데 깔끔해 보여서 들어갔다.

찜닭과 더덕구이를 주문해서 먹었다. 화기애애한 분위기였다. 그런 도중에 지현의 아버지에 대한 이야길 들었다.

무심코 아버지는 뭐하시는 분이냐는 물음에 대한 대답이다.

지현은 법조계 계통에 계시는 분이라고만 말했다. 하여 현수는 법무사 정도 되나 보다 생각했다.

할아버지 이야기가 나오자 지현의 표정이 바뀐다.

얼마나 사랑하며, 얼마나 자랑스럽게 생각하는지 확연히 알 수 있을 정도였다.

배가 터지도록 먹고는 산책이나 하자며 슬슬 돌아다녔다. 그러다 산책로라 쓰인 팻말이 보여 그 길로 들어갔다.

해가 떨어지려면 멀었기 때문이다.

지현은 지저귀는 산새처럼 이런저런 이야기를 했다.

학교 다닐 때 이야기, 이상형 이야기, 최근에 본 영화 이야기 등등이다. 주로 지현이 말하고 현수는 짧게 대꾸하는 정도였다. 그런데도 무엇이 그리 좋은지 까르르 웃기를 반복했다.

지현은 주산지 구경을 했으니 다음은 어디로 갈 것이냐며 물었다. 하여 좋은 데 있으면 추천하라고 했다.

그랬더니 대뜸 지청으로 전화를 건다. 그리곤 하루 더 휴가를 내겠다고 한다. 그리곤 안동 하회마을로 가자고 한다.

내친 김에 가보고 싶었던 곳을 가자는 것이다.

대구로 되돌아갔다가 다시 와야 하는가를 생각하고 있는데 지현이 여관에 방을 잡는다.

그리곤 아예 이곳에서 묵고 새벽에 주산지를 한 번 더 올라가자고 한다. 새벽안개 꼈을 때의 풍경이 기막히다는 누군가의 말을 들은 모양이다.

성수기가 아니기에 방은 많았다. 하여 두 개의 방을 얻었고, 비용까지 모두 치렀으므로 물리지 말자고 한다.

현수로선 나쁠 것 없다.

하회마을도 가보고 싶었던 곳 중 하나이기 때문이고, 굳이 대구까지 갔다가 되돌아오지 않아도 되기 때문이다.

방도 따로 쓰니 부담도 되지 않는다.

하루 더 청송에 머무는 것으로 결정되자 아까 동동주를 마실 걸 그랬다며 깔깔댄다.

그렇게 천천히 이곳저곳을 거닐며 별의별 이야길 다했다. 그런데 둘은 어느새 손을 잡고 있다.

산행을 하는 동안 끌어줘야 하는 경우가 많았는데 그때 자연스럽게 잡게 된 것이다.

현수는 마나를 통하여 지현의 내부를 살펴보았다.

산행을 하는 동안 피로해지게 되는데 어떻게 해서 그렇게 되는 건지를 알고 싶었던 것이다.

저녁나절 식당으로 돌아온 둘은 옻닭과 도토리묵, 그리고 파전을 주문했다. 술은 동동주를 마셨다.

지현의 미모가 워낙 특출났기에 주인 아주머니가 와서 보고는 한참이나 예쁘다는 소리를 했다.

저녁을 먹고 둘은 밖으로 나왔다. 잠들기엔 너무 일렀기 때문이다. 달이 떠서 그리 어둡지도 않았다.

천천히 길을 따라 내려갔다가 다시 올라오기로 했다. 지현은 현수에게 매달리듯 붙어서 쫑알거렸다. 지치지도 않는 귀여운 산새 같은 여인이란 생각에 문득 희미한 웃음을 지었다.

산책을 마치고 천천히 걸어 올라갈 때였다. 문득 요의를 느낀 지현이 공중화장실로 들어갔다.

지현이 손을 씻고 밖으로 나오려는 순간 남자화장실에 있던 사내가 갑작스레 튀어나오더니 지현의 목에 칼을 들이댔다.

복면을 뒤집어써서 얼굴은 알 수 없다. 하나 건장한 체격의 사내인 것만은 분명하다.

"움직이지 마!"

"앗! 누구냐?"

화장실에 사람 하나가 있다는 것은 알고 있었다. 한데 이렇듯 느닷없는 기습을 할 것이라곤 생각지 않았다. 몬스터도 아니고 이곳은 아르센 대륙도 아니기에 긴장을 푼 때문이다.

"아무것도 묻지 말고 지갑부터 내놔."

"강도냐……? 지갑만 주면 사람은 놔줄 거지?"

"잔소리말고 지갑부터 내놔."

"좋아, 지갑을 주지."

현수가 안주머니에서 지갑을 꺼내 던졌다.

사내는 지현으로 하여금 그 지갑을 집도록 했다. 그러는 동안에도 지현의 목엔 칼이 닿아 있었다.

"좋아, 이제 뒤로 물러서라."

"달라는 거 줬으니 여자는 놔줘라."

"일단 물러서. 안 물러나면……."

"알았다. 진정해라."

"너는 날 따라와."

현수가 물러나자 사내 역시 지현을 데리고 조금씩 거리를 벌렸다. 안전거리가 확보되면 산속으로 튀려는 모양이다.

"저, 저기요."

"왜?"

지현의 물음에 강도가 퉁명스럽게 대꾸했다.

"난 어제도 강도당했거든요?"

"그래서?"

"이틀 연속 강도당하는 여자는 나밖에 없을 거에요."

"그래서? 대체 뭘 말하려는 거야?"

"놔달라는 이야기죠. 지갑도 받았잖아요."

"안 돼!"

"스테츄!"

사내가 단호한 음성으로 지현을 끌어당기려던 그 순간 현수의 마법이 구현되었다.

사내가 몸을 움직일 수 없는 상태가 된 것이다.

방금 전 지현의 귓가로 현수의 음성이 들렸다.

잠시 사내의 이목을 끌어달라는 것이었다. 하여 말문을 여는 순간 현수의 신형이 사라졌다.

퍼펙트 트랜스페어런시가 시전된 것이다. 그리곤 곧장 거리를 좁혔다. 연후에 스테츄로 꼼짝 못하게 만든 것이다.

현수는 사내의 칼을 먼저 빼앗았다. 그와 동시에 지현의 신형을 잡아당겼다.

"이젠 상황이 역전되었군. 먼저 내 지갑부터 내놓으시지."

사내의 품에서 지갑을 꺼낸 현수는 복면을 벗겼다.

40세쯤 된 평범한 사내이다.

그와 동시에 스테츄를 홀드퍼슨으로 바꿨다. 움직일 수는 없어도 말을 할 수 있는 상황이 된 것이다.

"당신은 누구요? 근데 내 몸이 왜 이러지?"

"지현 씨 핸드폰으로 경찰서에 연락해요. 노상강도 잡았다고."

"네에."

지현이 전화를 꺼내려는 순간 사내의 다급성이 터져 나왔다.

"저어, 제, 제발! 신고는 하지 마시오."

"신고를 하지 말라고?"

"그렇소. 신고는 하지 마시오. 내, 내일 스스로 자수할 테니 제발 부탁이오."

"무슨 소립니까?"

"나, 난 오늘 청송교도소에서 탈옥한 탈옥수요."

"네에……? 청송교도소에서 탈옥을 했다고요? 그 경비 삼엄한 곳을요?"

지현이 놀랍다는 표정을 지었다. 그도 그럴 것이 강력범들이 많아 경비가 삼엄하고 규율도 엄한 곳이기 때문이다.

"그, 그렇소. 꼭 해야 할 일이 있어서…… 제발 부탁이오. 하루만 꼭 하루만 움직일 수 있게 해주시오. 그리고 나면 내 발로 되돌아가겠소."

"흐음, 무슨 일인지 먼저 들어봐야겠습니다. 사정을 말해주시겠습니까?"

사내에게서 더 이상의 위협감을 느끼지 못했기 때문이다.

"말을 하면 내게 하루의 시간을 줄 것이오?"

"먼저 들어본다고 하지 않았습니까? 그러니 무슨 사정인지 말해보세요."

"여, 여기서……?"

공중화장실 앞이라 드나드는 사람이 있을 것 같은 모양이다.

"좋습니다. 저쪽으로 들어가 보십시다. 미리 경고하는데 도망칠 생각은 하지 마십시오. 지금 당신은 내 도술에 걸려서 움직일 수 없는 거니까요."

"도, 도술이오?"

"그렇소. 사람이 움직일 수 없도록 하는 도술이오."

지현은 현수가 두 번이나 죽을 위기에 처한 환자를 구했다는 것을 알고 있다.

그렇기에 일부러 도술이란 표현을 쓴 것이다.

"고, 고맙소! 근데 도술이라니⋯⋯."

움직일 수 있게 된 사내는 몸에 이상이 있는지 여부를 확인하고는 고개를 절레절레 흔들었다.

도술이라는 것이 진짜 존재한다는 걸 체감했기 때문이다.

"이보시오, 도사 양반! 아침부터 먹은 게 없어 배가 몹시 고픈데 혹시 먹을 게 있소?"

"배가 고파요?"

"그렇소. 아깐 너무 허기져서 절대 실례를 하면 안 될 아가씨에게 실례를 한 것이오. 미안하오."

"⋯⋯!"

"지현 씨! 가서 빵이랑 우유 좀 사다 줄래요?"

"네에. 금방 갔다 올게요."

"우린 이 안쪽에 있겠습니다."

잠시 후, 사내는 지현이 사온 빵과 우유를 허겁지겁 먹고 마셨다.

"자아, 이제 말씀하시오."

"난 7년 전에 살인사건의 범인으로 잡혀 들어갔던 고강철이라 하네."

"고강철 씨라면 도끼파 보복사건 말씀하시는 거예요?"

"어라? 아직 어린 아가씨가 그건 어찌 아오?"

"법무부 직원이거든요."

"아⋯⋯! 도끼파 보복사건 맞소."

"고강철 씬 제가 알기론 무기징역형을 언도받았는데 맞지요?"

"그것도 맞소."

"교도소가 지긋지긋해서 탈옥한 건가요?"

"아니, 이젠 교도소가 내 집 같이 편해졌다오."

"그런데 왜 탈옥을 하셨죠?"

"내 아내와 아직 어린 두 딸 때문에……."

"무슨 말씀이십니까?"

고강철은 자신에게 일어난 일들을 이야기하기 시작했다.

약 7년 전 대구를 떠들썩하게 했던 살인사건이 벌어졌다.

조폭들의 전쟁 결과라 기록된 이 사건은 세 명의 조폭이 목이 잘린 채 하수구에서 발견되면서 알려졌다.

사고가 있고 불과 열흘 만에 범인이 잡혔다. 고강철은 자신이 범인이며 단독 범행이었다고 진술했다.

평상시 알고 지내던 상대에게 술을 마시자고 접근한 뒤 수면제를 탄 것을 먹였다. 그리곤 잠든 사내들의 목을 차례로 베었다고 진술했다.

검찰 조사 결과 고강철의 진술은 사건 정황과 정확히 맞아떨어졌다. 곧이어 재판이 벌어졌고, 1, 2심에서 사형, 3심에선 무기징역형이 언도되었다.

그리곤 수감되었고, 세인들의 뇌리에선 이 사건이 지워졌다.

수감된 고강철은 편안한 표정이었다. 마치 죽음을 앞둔 사형수와 비슷한지라 같은 감방 죄수들이 감히 범접하지 못했다.

자다가 목 잘려 죽기는 싫었기 때문이다.

고강철은 자신이 그 사건의 범인이 아니라 하였다. 사촌형인 고인철과 그의 동생인 고진철이 진범이라는 것이다.

그런데 왜 죄를 뒤집어썼느냐고 물었다. 그랬더니 아내와 갓 태어난 아이들 때문에 그랬다고 한다.

교도소에 대신 들어가면 그들이 잘 성장하도록 돌봐준다는 약속을 믿은 것이다. 당시의 고강철은 아무런 희망도 없는 상황이었다. 그렇기에 어쩌면 사형 당할 수 있음을 알면서도 죄를 뒤집어 쓴 것이다.

처음엔 아내가 면회를 왔었다고 한다. 하나 그것도 처음 일년뿐이었다. 그 이후론 아내도 아이도 볼 수 없었다.

당연히 궁금했다. 하여 만기 출소하는 이들에게 아내와 자식의 상황을 알아봐 달라는 부탁을 하기에 이르렀다.

그런데 그들로부터 들어온 이야기가 충격적이다.

아내는 사창가에 팔려가 창녀가 되었고, 어린 아이들은 어딘지 알 수 없는 고아원으로 보내졌다는 것이다.

고인철과 고진철 형제는 아내가 몸을 팔아 버는 돈까지 뜯어다 쓴다고 한다.

하여 이를 갈고 탈옥을 결심했다. 그리고 오늘, 탈옥을 결심한 날로부터 무려 5년하고도 7개월 만에 성공했다.

그런데 어디가 어딘지를 알 수 없다. 하여 하루 종일 산속을 헤맸다. 큰길로 나가면 길을 알 수 있겠지만 그럴 순 없다.

경찰들이 쫙 깔렸을 것이기 때문이다.

새벽에 탈옥하여 저녁이 될 때까지 굶었기에 너무 배가 고파 화장실의 물이라도 먹으러 들어갔다.

그때 지현이 화장실로 들어갔던 것이다.

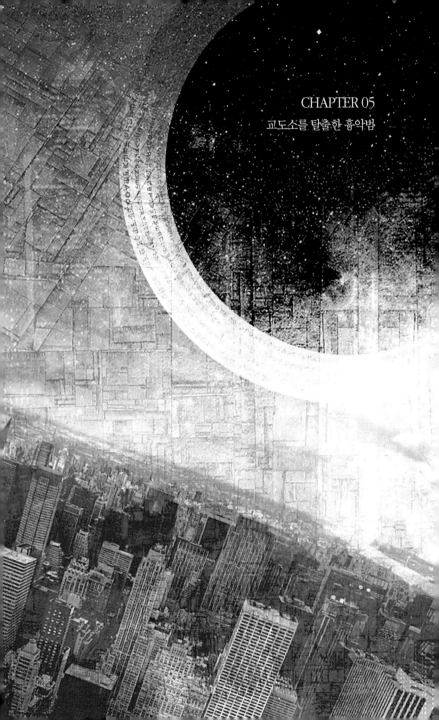

CHAPTER 05
교도소를 탈출한 흉악범

현수는 트루스 베러피케이션(Truth Verification) 마법을 구현
시켰다. 사실 여부를 확인하는 마법이다.

사실일 때엔 아무렇지도 않지만 거짓말을 했을 경우엔 머리
가 깨질 것 같은 고통을 느끼게 하는 것이다.

고강철은 전혀 고통을 느끼지 않았다.

"그 사건이 그들 형제의 짓이라는 증거가 혹시 있습니까?"

"당시 사용했던 도끼와 피 묻은 옷가지들을 감춰두었소."

고개를 끄덕이던 현수가 지현을 바라본다.

"지현 씨. 7년이나 지났는데 아직도 증거가 될까요?"

"지문이 지워지지 않았다면, 그리고 그 옷에 머리카락 한 올
이라도 남아 있다면 증거를 확보할 수 있어요."

현수는 고강철에게 시선을 돌렸다.

"그자들이 어디에 있는지는 아시오?"

"동대구역 근처에 놈들의 건물이 있소."

"그 근처에 사창가들이 좀 있어요."

지현의 부연설명에 현수가 고개를 끄덕였다.

"주소를 아시오?"

"주소는 모르지만 7년 전까진 왕실여관이란 여관이었소."

"풀어주면 어쩔 것이오?"

"가서 놈들을 처단하고……."

"그럼 진짜 살인자가 되는 것이 아닙니까?"

"아내를 보호해 준다던 놈들이 아내를 창녀로 만들어…….
흐흑! 내 손으로 반드시 죽여 버리고야 말겠소. 흐흑!"

고강철이 오열했지만 현수의 눈빛은 냉정했다.

"도끼와 피 묻은 옷가지가 있는 곳은 어딥니까?"

"왕실여관 후문 쪽에 예전에 쓰레기를 버리던 곳이 있소. 그
걸 비닐에 싼 뒤 거기에 넣고 시멘트로 발라 버렸으니 그걸 깨
면 나올 것이오."

"흐으음, 알겠습니다. 일단 좀 쉬십시오."

현수는 고강철의 목덜미의 한 부분을 누르는 시늉을 했다.
그러면서 나직이 중얼거렸다.

"슬립!"

쓰러지자 고강철의 몸을 누인 현수는 지현을 바라보았다.

"내가 볼 때 이 사람은 괜한 옥살이를 하는 것 같은데…….

지현 씨 생각은 어때요?"

"증거만 보존되어 있다면 진실을 밝힐 가능성은 충분해요. 문제는 이 사람이 탈옥했다는 거죠."

"무사히 감방 안으로 돌아가기만 하면 괜찮다는 겁니까?"

"그럴 수도 있어요. 근데 어떻게 그렇게 해요? 청송교도소는 함부로 들어갈 수도 없는 곳이란 말이에요."

"그건 내게 맡겨주시오."

"그럼 하실 수 있단 말이에요?"

지현의 눈은 어둠 속에서도 반짝였다.

"일단 갑시다."

"어디로요?"

"청송교도소까지 가야지요."

"정말 하시게요?"

"명색이 도사 아닙니까? 할 수 없이 도술을 부려봐야죠."

현수가 장난처럼 싱긋 웃음 지었다. 하나 지현은 걱정스럽다는 표정이다.

"하여간 갑시다. 나중 일은 나중에 생각하고."

"사방에 경찰들이 쫙 깔렸을 거예요. 근데 어떻게 거기까지 들키지 않고 가죠?"

"모르긴 몰라도 경찰들은 청송에서 벗어나는 곳을 중점적으로 확인할 거예요. 다시 되돌아갈 것이라곤 생각지 못할 테니까요. 등잔 밑이 어둡다는 말 알죠?"

"알아요. 그래도 걱정 되요. 이건 범인은닉죄가 될 수도 있단 말이에요."

"뭐, 그럼 우리가 잡아서 데리고 가던 중이라고 하면 되지 않나요? 지현 씨는 법무부 직원이니까 지현 씨가 설득했다고 하면 될 것 같은데……."

"그건 그러네요. 알았어요. 일단 가봐요."

현수가 차를 끌고 나와 고강철을 뒷좌석에 태웠다. 여전히 잠든 상태이다. 현수는 마법으로 술기운을 날리곤 곧장 청송 교도소로 향했다.

가는 동안 이런저런 이야길 나눴는데 지현의 착한 마음씨를 알 수 있었다.

청송교도소에서 그리 멀지 않은 곳에 당도한 현수는 지현만 남겨놓고 고강철을 어깨에 걸쳤다.

"조심하세요."

"걱정 말아요."

현수는 지현의 시야로부터 멀어지자 퍼펙트 트랜스페어런 시 마법을 시전했다. 둘 다 보이지 않음을 확인하곤 플라이 마 법으로 교도소의 담장을 넘었다.

그리곤 가장 귀퉁이에 고강철을 눕혀 놓았다.

플라이 마법으로 되돌아오니 지현이 발을 동동 구르며 자신 이 온 방향을 바라보고 있었다.

숲으로 들어가 마법을 풀고 밖으로 나오니 지현이 달려든 다.

"현수 씨! 정말 다행이에요. 얼마나 걱정했는지 알아요?"

가슴 부분에서 뭉클한 무엇인가가 느껴졌지만 개의치 않고 안아주었다. 진심으로 걱정해 준 것에 대한 보답이다.

여관으로 되돌아오는 동안 라디오에선 흉악범이 탈주했으니 조심하라는 말과 발견 즉시 신고하라는 뉴스가 긴급 속보로 방송되고 있었다.

고강철을 체포하는 경찰은 일계급 특진이 되고, 체포하는 데 결정적인 제보를 한 사람에겐 3,000만원의 포상금을 지불한다는 부분에서 둘은 마주보고 웃었다.

여관으로 돌아온 지현은 한바탕 활극을 치르고 온 듯하다며 맥주 한 잔을 마시자고 한다.

식당이 문을 닫았기에 둘은 현수의 방에서 술을 마셨다. 안동 하회마을은 기억 속에서 사라진 지 오래이다.

짹짹! 짹짹짹!

"끄으응……! 으응……?"

산새 우는 소리를 들으며 깨어난 현수는 팔에서 느껴지는 묵직한 느낌에 눈을 떴다.

지현이 현수의 팔을 베고 잠들어 있다.

"이런……!"

살며시 일어나 보니 빈 맥주 캔들이 굴러다닌다. 둘이서 열 개 이상 해치운 것이다.

다행히 별일은 없었던 듯하다. 현수는 살며시 이불을 덮어주었다. 그리곤 나직이 중얼거렸다.

"잠든 모습이 천사 같네."

현수가 나가자 지현의 눈이 뜨였다. 그리곤 배시시 미소 지었다. 지현은 현수보다 일찍 깼다. 새벽 네 시면 일어나서 공부하던 습관이 있었기 때문이다.

한참 현수 얼굴을 바라보다 그의 팔을 베고 다시 누웠다. 품속으로 파고들고 싶었지만 차마 그러진 못했던 것이다.

"아하암! 잘 잤어요?"

"지현 씨도 잘 잤죠?"

"네에. 우리 아침 산책하고 나서 밥 먹어요."

"이빨도 안 닦고요?"

"전 벌써 닦았는데 아직 안 닦으셨어요?"

"그래요? 나도 닦았어요. 자아, 그럼 갑시다. 아침 산책!"

"네에."

지현이 냉큼 달려들어 팔짱을 낀다. 그리곤 현수의 어깨에 머리를 기대었다. 하룻밤 사이에 엄청 친숙해진 느낌이다.

주산지의 아침 안개는 신비스런 분위기를 연출했다. 너무도 아름다운 광경에 넋을 잃고 바라보았다.

"우리 나중에 여기 또 와요."

"네……?"

"나중에요. 여기 한 번 더 오자구요."

"그, 그래요."

둘은 식사 후 곧장 동대구역 부근으로 가서 왕실여관을 찾았다. 지현은 지청에 연락하여 곽 검사라는 사람에게 출동해

줄 것을 요청했다.

그러는 사이에 도주할 것이 우려된 현수는 지현으로 하여금 역전지구대를 방문토록 하였다. 법원 5급 공무원이기에 경찰의 협조를 얻어낼 수 있을 것이기 때문이다.

잠시 후 현수는 여관으로 잠입했다. 전능의 팔찌를 이용한 퍼펙트 트랜스페어런시 마법이 구현된 상태이다.

많은 객실에 손님들이 있었다. 하여 언락 마법으로 객실을 일일이 확인했다. 그러다 둘을 발견할 수 있었다.

고강철이 말한 40대 중반과 후반이라곤 딱 둘밖에 없었기 때문이다. 이들에게 슬립 마법을 걸어 웬만해선 깨지 않도록 하곤 밖으로 나왔다.

그러는 사이에 왕실여관 주변엔 경찰관들이 깔려 도주로를 차단한 상태였다.

오전 아홉 시쯤 영장을 들고 나타난 곽 검사는 서른 살쯤 된 사내였다. 그의 지시에 따라 수사관들이 투입되어 어렵지 않게 고인철과 고진철 형제를 체포했다.

그리곤 후문 입구에 있던 쓰레기 배출구를 털어냈다.

과연 비닐에 싼 범행 도구들이 담겨 있었다. 이것들은 즉시 감식반으로 보내졌다.

일련의 과정은 모두 캠코더로 녹화되었다. 이는 재판 과정에서 증거 자료로 제출될 것이다.

고인철, 진철 형제가 끌려간 뒤에도 경찰은 포위망을 풀지 않았다. 그리곤 투숙객 가운데 성매매를 한 남녀 모두를 연행해 갔다.

그런데 고강철의 아내인 이숙희만 보이지 않았다.

곽 검사의 협조를 얻어 그녀를 발견한 곳은 지하실이다. 창고 비슷한 곳에 눕혀져 있었던 것이다.

서둘러 119에 연락했다. 뼈만 앙상할 정도로 말라 있었기 때문이다. 병원에선 극심한 영양 실조와 과로라는 진단을 내렸다.

잘 먹고 쉬기만 하면 낫는다기에 그런 줄 알고 있었다.

그런데 또 다른 진단이 내려졌다. 매독이다. 그런데 너무 쇠약하여 당장은 치료하기 어렵겠다고 한다.

현수는 회복 포션 한 병을 꺼내서 먹였다. 마나를 너무 많이 소모시켜서 회복 마법을 쓸 수 없었기 때문이다.

지현은 법원으로 출근하여 상황을 알아보겠다며 갔다.

할 일이 없어진 현수는 잠시 휴식을 취했다. 그리곤 고인철, 진철 형제를 어찌할 것인지를 고심했다.

인간답지 못한 놈들이기에 단순히 교도소에 수감하는 것만으론 처벌이 적당치 않다 판단한 것이다.

"여보세요. 오광섭 씨 핸드폰 맞습니까?"

"맞습니다. 그런데 누구십니까?"

"아……! 맞군요. 나 김현수라 합니다."

"김현수요……? 앗! 도, 도사님! 아니 형님!"

오광섭의 당황한 표정을 떠올린 현수는 피식 실소를 지었다.

"지금 대구에 와 있는데 잠깐 볼 수 있을까요?"

"무, 물론입니다. 어디 계십니까? 형님."

"여기 동대구역 근처예요."

"그럼 그 근처의 아무데나 편한 데 계십시오. 지금 즉시 나가겠습니다."

"흐음, 그러지요."

기다린 지 불과 10분도 되지 않아 전화가 걸려온다.

"형님, 동대구역 앞인데 어디 계십니까?"

"으음, 여긴 크라운 관광호텔 커피숍입니다."

"네, 알겠습니다. 금방 가겠습니다."

오광섭은 평범한 직장인이라고 해도 믿을 정도였다. 덩치가 크기는 하지만 말끔한 정장 차림이다.

"형님! 안녕하셨습니까? 아프리카로 출장 가신다 하셨는데 언제 귀국하셨습니까?"

"며칠 되었습니다."

"아이고, 형님! 말 놓으십시오. 제가 아우 아닙니까?"

"에구, 나보다 오광섭 씨가 한 살 더 많은 걸 아는데 어찌 말을 놓습니까?"

"형님, 정신연령은 형님이 저보다 훨씬 위에 계십니다. 그러니 속세 나이는 따지지 마십시오."

"에구……."

오광섭의 표정을 보니 정말 형님으로 생각하는 듯하다.

"그나저나 대구엔 웬일이십니까? 아, 형수님 만나러 오셨군요? 아직 못 만나셨습니까?"

"지현 씬 어제 만났어요."

"형님! 말 놓으시라니까요. 제가 불편해 미칩니다. 어떻게 하늘같은 형님에게 존댓말을 듣습니까? 그러니 제발 말을 놓아주십시오."

"끄으응! 알겠네."

현수는 할 수 없이 말을 놓았다. 하나 완전한 반말은 할 수 없었다. 하여 어투가 다소 이상한 것이다.

"알겠네가 뭡니까, 노인처럼! 아, 아니다. 형님이 저보다 훨씬 정신연령이 높으시니……. 네, 좋습니다. 계속하십시오."

"아버님은 좀 어떠신가?"

"헤에, 형님 덕에 완쾌되셨습니다. 정말 감사드립니다. 아버지가 언제 한번 꼭 뵙자고 하셨습니다."

"그래? 다행이네."

"근데 형님, 뭐 안 좋은 일 있으십니까?"

"대구에 말이네. 성매매 업소들이 꽤 있지?"

"네, 제법 많죠. 이 근처에도 많고, 대구역 앞이나 자갈마당도 유명하죠. 근데 갑자기 왜……? 혹시 형수님 몰래 객고를 푸시려고 하는 겁니까? 그렇담 그런 데 가지 마십시오. 제가 아는 후배들이 하는 업소에 괜찮은 애들이……."

"에구, 내가 그런 델 왜 가나? 그게 아니라 성매매 업소들이 줄어들어야 할 것 같아서 하는 말이지. 아우님 휘하에도 그런 업소들이 있나?"

"아이고, 어데예……! 저흰 그런 유흥업에서 손을 싹 씻었습니다. 아버지가 앞으론 절대 그런 업종에 손대지 말라고 해서 안 합니다."

"다행이군. 아우님 영향력이 어떤지 모르겠지만 대구에서라도 성매매 업소들이 사라지도록 힘 좀 써주게."

"으음, 어려운 일이긴 하지만 한번 해보겠습니다."

"내가 지현 씨에게 말을 해놓을 테니 필요하면 검찰과 협조하는 것도 좋을 것이네."

"네에……? 검찰과 협조하라고요?"

조폭 출신이라 그런지 당황해하는 표정이 역력했다.

"이제 음지에서 양지로 발돋움했으니 평범한 시민처럼 살아야지. 안 그런가?"

"그, 그렇습니다. 그래도……."

"당장 그러라는 게 아니니 천천히 그렇게 하게."

"네, 형님!"

"그리고 내가 한 여인을 아우님에게 부탁하고 싶은데 보살펴 줄 수 있겠는가?"

"그럼 권지현 형수님말고 또 다른 아가씨를……?"

"아니, 그런 건 아니고……. 아우님 혹시 고강철이라고 아나?"

"고강철이라면……. 어제 청송교도소를 탈옥했다고 떠들썩했던, 예전에 세 놈 머리통을 잘라냈던 그……."

"그래, 그 사람의 부인을 부탁하고 싶네."

"그, 그래요?"

화들짝 놀라는 표정이다. 대체 어떤 인연이기에 살인마를 아는가 싶었던 것이다.

"알고 보니 억울한 옥살이를 하고 있더군. 오늘 진범들이 잡혀갔는데 녀석들이 그녀에게 성매매를 시켰어."

"……!"

"현재 심신 쇠약 상태인 데다가 매독까지 걸려 있어서 운신조차 힘드네. 근데 난 서울로 올라가 봐야 하니 아우님에게 부탁하고 싶어서 전화했네."

"알겠습니다. 형님! 제가 보살피지요."

"고강철도 얼마 후면 풀려날 것이네. 그 사람도 데리고 있어 주게. 이야길 들어보니 의지할 데라곤 없나 보네."

"형님, 그 친구 나오면 저희 직원으로 채용하여 데리고 있겠습니다. 그러니 걱정 마십시오."

"고맙네."

"아이구, 고맙기는요. 형님 말씀이시니 당연히 따라야 하죠."

"참, 그 사람의 아이들이 고아원에 맡겨졌다는데 어디로 갔는지도 알아봐 주게. 지현 씨에게도 부탁하겠지만 아우님도 나름대로 알아봐 주면 좋겠네."

"네, 형님! 꼭 찾아내겠습니다. 근데 어제 그 소동, 형님이 그러신 겁니까?"

"무슨 소동……?"

"고강철을 도로 교도소에 데려다놓은 거 말씀입니다."

"신문에 그렇게 났나?"

"네, 탈옥이 분명한데 하늘에서 뚝 떨어진 듯 다시 교도소 안에 있어서 한바탕 소동이 벌어졌다고 합니다. 그거 형님이 그러신 거죠? 신통방통한 도술로……!"

오광섭의 눈빛이 반짝이고 있다. 하여 진실을 밝혔다.

"그렇네. 내가 데려다 주었지."

"우와! 정말 대단하십니다. 그 학교는 담 넘기가 불가능한 곳이라 했는데……."

오광섭은 진실로 존경한다는 표정이다.

"에구, 학교가 뭔가?"

"아차! 죄송합니다. 버릇이 돼서……. 하하!"

현수는 병원에서 이숙희를 오광섭에게 인계했다. 회복 포션을 복용해서 그런지 안색이 눈에 뜨이게 좋아진 듯하다.

그리곤 지현에게 전화했다. 고강철의 아이들을 꼭 찾아주라고 했고, 이제 서울로 올라간다고 했다.

지현은 몹시 아쉬워했다. 하루만 더 있어주면 안 되겠느냐는 말에 잠시 망설였다. 하나 이내 마음을 정했다.

급작스레 너무 가까워진 듯한 느낌이 든 때문이다.

남들 같으면 김태희처럼 예쁜 아가씨와 있는 것에 환장하겠지만 현수의 뇌리엔 강연희 대리가 화인처럼 박혀 있는 상황이다. 그렇기에 괜스레 죄스런 마음이 들어 거절한 것이다.

통화 말미에 언제 출국하느냐는 물음에 앞으로 두 달 정도는 있을 것이라는 말을 했다.

　서울로 올라오는 내내 마음이 편치 못했다.

　양심도 없는 나쁜 놈들 때문에 너무도 어려운 삶을 사는 사람들이 많다는 것을 새삼 느낀 것이다.

　평일인지라 고속도로는 붐비지 않아 시원스런 질주가 가능했다. 현수는 라디오를 켰다.

　고강철 탈옥사건에 대한 보도가 있었다.

　분명히 탈옥을 했었다. 그런데 어느 누구도 들어올 수 없는 교도소 안에서 발견되었다. 나가는 것보다 몰래 들어가는 것이 더 어려운 곳인데도 그렇게 된 것이다.

　본인에게 물어봤지만 나간 적이 없다는 말만 하곤 함구하고 있어 사건의 전말이 모호하다는 것이다.

　곧이어 고강철 사건의 진범이 잡혔다는 보도가 있었다.

　예전에 고강철을 진범으로 지목했던 경찰은 당황했고, 진범을 잡은 검찰은 체면치레를 했다는 식의 보도였다.

　현수는 피식 웃음 짓고는 앞을 향해 달렸다.

　부우우웅! 부우우웅!

　전화가 어서 받아달라는 듯 진저리를 친다.

　"아, 이은정 씨! 무슨 일 있어요?"

　"네, 사장님! 사무실로 손님이 오셨는데 사장님을 꼭 만나뵙고 싶다고 해서요."

　"손님……? 우리 사무실에 올 사람이 누가 있지? 혹시 제약사 직원입니까?"

"그건 아닌 것 같습니다. 아무튼 사장님을 뵙기 전에는 가지 않겠다며 앉아 있는데 어쩌지요?"

"휴가 중이라 하고 일단 돌려보내세요."

"네에, 그랬는데도 안 가고 있네요. 어떻게 하죠?"

"흐음, 오늘이 5월 30일이죠?"

"네."

"그럼 6월 3일에 다시 오라고 하세요."

"6월 3일이요?"

"그래요. 월요일 오전 열 시쯤 오면 만날 수 있다고 하고 돌려보내세요. 그리고 그날까진 사무실 문 열지 말고요."

"네에. 알겠습니다."

누군지 알 수 없지만 무작정 기다린다 해서 만나줄 이유가 없다. 그렇기에 이렇게 한 것이다.

대구에서 출발한 현수는 계룡산으로 향했다.

한반도엔 산이 많다. 그 많은 산 가운데 무당들이 제일 많이 찾는 산이 계룡산이기 때문이다.

평소에도 왜 그런지 궁금했었다. 이 기회에 확인해 보려는 것이다. 당도해 보니 그 이유를 알 수 있었다. 마나의 농도가 다른 곳보다도 훨씬 농후했던 것이다.

현수는 떡본 김에 제사지낸다는 식으로 자리를 잡았다.

그리곤 결계를 치고 안에 들어가 마나를 모았다. 당연히 타임 딜레이 마법이 걸렸고, 마나 집적진 위에 앉은 채이다.

결계 밖 시간으로 만 24시간, 결계 안 시간으론 180일간 마나를 모은 결과 마나는 가득했다.

전능의 팔찌를 확인해 보니 차원이동이 가능했다. 하여 아르센 대륙으로 향했다. 그쪽도 궁금했기 때문이다.

"마나여, 나를 아르센 대륙으로……. 트랜스퍼 디멘션!"

쉬리리리리링!

*　　　*　　　*

테세린 외곽에 도착한 현수는 깊은 숨을 들이쉬었다.

"흐으으으음! 역시……!"

계룡산은 서울과는 비교할 수 없을 정도로 공기가 맑은 곳이다. 그럼에도 이곳 아르센 대륙의 공기에는 훨씬 못 미친다.

물론 늦봄이라 따뜻한 한국과 이제 초봄에 접어든 이곳의 싸늘한 날씨의 기온 차 때문이기도 하다.

하나 마법사인 현수에게 있어 마나의 양이 훨씬 풍부한 이곳의 공기가 훨씬 좋게 느껴지는 것이다. 하여 기회만 닿으면 이곳으로 오고픈 마음이 드는 것인지도 모른다.

자유기사 복장으로 갈아입고는 코찔찔이 세실리아 여관으로 향했다. 그리곤 이곳에서 어찌 처신할지를 생각해 두었다.

직장인 김현수가 아니라 마법사라는 것과 코리아 제국의 백작 임을 자각시킨 것이다.

"흐음, 이번엔 날짜가 어떻게 되었을까? 지구에 머문 기간이 한 세 달쯤 되지만 진짜 한 달만 지났을까? 그렇다면 오늘이 3월 20일이겠지? 뭐, 아님 말고⋯⋯!"

세실리아 여관의 문에는 사정이 있어 당분간 휴업한다는 쪽지가 붙어 있다. 문을 밀어보니 빗장을 질러놓은 듯하다.

건물을 빙 돌아 뒷문으로 들어갔는데 아주 조용하다. 또한 실내가 어두컴컴하다. 오랫동안 영업을 하지 않은 듯하다.

"흐음, 너무 어둡군. 마나여, 빛을 밝혀라. 라이트!"

사방이 환해지는데 문 두드리는 소리가 들린다.

쿵쿵! 쿵쿵쿵!

"이봐, 이봐! 왜 영업을 안 하는 거야? 이 술집은 왜 한 달째 문을 안 여는 거냐고?"

누군가 글을 읽을 줄 모르는 모양이다.

쾅쾅! 쾅쾅쾅!

"문을 열어! 술 마시고 싶으니까. 어라? 이건 또 뭐야? 뭐라고 써놓은 거야?"

홀을 가로질러 가는 동안에도 계속 문을 두드린다.

약간 짜증이 나 문을 벌컥 여니 삼국지에 나오는 장비처럼 생긴 텁석부리장한 하나가 서 있다.

"뭐야? 왜 문을 닫았⋯⋯? 아니, 왜 닫았습니까?"

현수의 차림을 이제야 본 모양이다. 자유기사도 기사이다. 당연히 평민보다 높은 신분인 것이다.

"오늘은 영업 안 한다."

"저어, 왜 그런지 여쭤봐도 되겠습니까?"

"주인에게 사정이 생겨 장사 못한다고 했다."

"네에. 알겠습니다."

장한이 가고 난 뒤 문을 다시 닫아 걸었다.

얼마 지나지 않으면 누군가가 또 문을 두드리고 똑같은 말이 반복되었다.

"얀센, 이 친구는 대체 어디에 있기에……?"

여기저기를 둘러보았으나 인기척이 없다.

쿵쿵! 쿵쿵쿵……!

누군가 또 문을 두드린다. 그런데 얀센 부부가 나올 생각을 하지 않는 듯하다. 아무런 기척도 없었던 것이다.

"에이, 휴업한다고 써 붙여놨는데 또 글을 못 읽는 건가?"

슬슬 귀찮아지려 한다. 10분에 한 번 꼴이었기 때문이다.

현수는 느린 걸음으로 다가가 문을 열며 물었다.

"누구시오?"

"어라? 누구세요? 전 세실리아예요!"

"응……? 세실리아구나. 뒷문으로 들어오지."

"어……! 아저씨 언제 오셨어요? 와……! 반가워요."

현수는 와락 달려드는 세실리아를 안아주었다.

"조금 전에 왔어. 그나저나 어딜 그렇게 싸돌아다니다 이제 와? 점심은 먹었어? 근데 이 아가씨는 누구지?"

세실리아 곁에는 묘령의 여인 하나가 서 있다.

나이는 스물을 조금 넘긴 것 같다. 이곳에선 보기 드문 짙은 갈색 머리카락의 미녀이다.

영화배우 안토니오 반데라스와 함께 출연한 마스크 오브 조로(1998, The Mask Of Zorro)에서 엘레나 역을 맡았던 캐서린 제타 존스(Catherine Zeta—Jones)와 비슷한 스타일이다.

키는 166~7㎝ 정도 되는데 몸매가 장난이 아니다. 다소 풍성한 상의를 걸쳤음에도 확연히 드러났기 때문이다.

가슴골의 일부가 보이는지라 현수의 시선은 저도 모르게 그리로 향해 있었다. 현수 역시 남자가 분명하다는 뜻이다.

"세실리아, 이분이 네가 말한 그분이시니?"

"네, 우리 아저씨예요. 헤헤, 제가 말한 대로 정말 잘 생기셨지요? 이 다음에 크면 아저씨한테 시집갈 거예요."

세실리아는 얼른 현수의 손가락 하나를 잡는다. 낯선 이 앞에서 친밀감을 자랑하려는 의도일 것이다.

"아가씨는 누구십니까?"

"안녕하세요? 저는 이레나 상단의 미판테 지부를 맡게 된 카이로시아라고 해요."

"이레나 상단의 카이로시아 씨……?"

"네, 저희 이레나는 아르센 대륙의 거의 모든 나라와 장사를 하는 상단이지요."

"흐음, 그런데 무슨 일이시죠?"

"잠깐 안에 들어가 이야기해도 되겠습니까?"

"……!"

현수가 대답 대신 옆으로 비켜서자 카이로시아가 들어선다.

그런데 악취가 나지 않는다.

'신기하군. 세실리아 자작부인이나 로잘린에게서도 냄새가 났었는데 일개 상인의 몸에서 냄새가 나지 않는다? 킁킁, 내 코가 이상해진 건가?'

현수는 고개를 갸웃거렸다.

카이로시아가 자리를 잡자 맞은편에 앉은 현수가 물었다.

"무슨 용무로 날 찾았는지를 먼저 말해주시오."

"네, 하인스 기사님. 먼저 만나서 반갑다는 말씀을 드립니다. 카이로시아 에델만 드 로이어가 인사 여쭙니다."

"흐음! 반갑소. 한데 귀족이었소?"

"네, 아버지가 라이서 제국의 백작이십니다."

"흐음, 그렇군. 좋소. 그건 그렇고 용무는……?"

"제가 실례를 무릅쓰고 기사님을 찾은 이유는 세실리아라는 아이 때문입니다."

"세실리아가 무슨 잘못을 저지른 것이오?"

"그건 아닙니다."

"그럼 무슨 일 때문이오?"

카이로시아는 잔뜩 긴장한 표정이다.

오늘 카이로시아는 배를 타고 이곳 테세린에 당도하였다.

얼마 전까지 브론테 왕국 지부에서 일을 했는데 이곳으로 발령 났기 때문이다.

테세린 지부는 더 발전 가능함에도 수년간 정체되어 있는 지부였다. 매출이 늘지도, 줄지도 않는 상황이 유지된 것이다. 본점에선 이런 분위기를 일신하기 위해 카이로시아를 파견했다.

오랜 항해 끝에 항구에 당도한 카이로시아는 새롭게 둥지를 테세린의 이곳저곳을 돌아다녔다.

그러다 잠시 쉬는 동안 코찔찔이 세실리아가 친구들과 뛰노는 모습을 발견하게 되었다.

현재 전쟁의 위험 속에 있는 아드리안 공국을 제외하곤 대륙 전체가 평화를 구가하고 있다.

그렇기에 아이들이 노는 모습은 일상적인 것이다. 그런데 뭔가 이상하다는 느낌이 들었다.

하여 시선을 고정시켰다. 그리곤 이내 예리한 관찰력으로 세실리아가 친구들과 다른 점을 찾아낼 수 있었다.

첫째는 의복이다.

분명 평민의 아이이다. 그런데 의복이 지나치게 깨끗하다. 살펴보니 오랜 기간 동안 입었던 것이다.

여기저기 헤져 있음이 그 증거이다.

그럼에도 무늬랄지 색감이 새것처럼 생생하다.

둘째는 머리카락을 고정시키고 있는 머리집게이다.

처음엔 천으로 묶어 놓은 것으로 알았다. 그런데 아닌 것 같다. 하여 놀고 있던 세실리아를 불러냈다.

그리곤 머리집게를 보자고 했다. 그런데 와락 울어버린다. 빼앗으려는 것으로 오해한 것이다.

얼른 다독이고는 딱 한 번만 보자고 했다. 물론 뇌물이 있었다. 평민들은 맛보기 어려운 설탕 약간을 준 것이다.

언뜻 보기엔 누리끼리하다. 그리고 약간의 끈적임이 있는 것이다. 그럼에도 세실리아는 그것이 무엇인지 안다.

맛본 적이 있기 때문이다.

아무튼 세실리아가 달콤한 설탕 덩어리를 입에 물고 있는 동안 카이로시아는 머리집게를 살펴보았다.

한 번도 본적이 없는 물건이다. 그런데 그 기능이 놀랍다. 움켜쥔 머리카락을 웬만해선 놓지 않기 때문이다.

게다가 디자인이 매우 아름답다. 나비의 날개 모양인데 표면에 작은 보석이 자잘하게 박혀 있다.

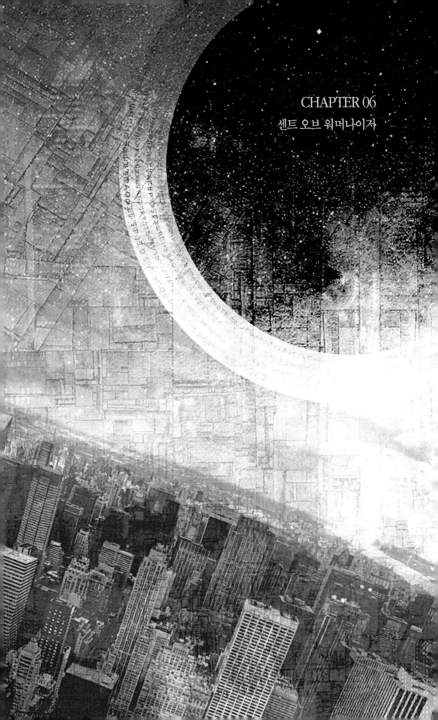

CHAPTER 06

센트 오브 워머나이저

전능의팔찌

THE OMNIPOTENT
BRACELET

　결코 평민의 아이가 가질 만한 물건이 아니다. 하여 출처를 물었다. 그래서 이곳으로 온 것이다.

　오는 동안 카이로시아는 이 물건의 가치에 대한 생각을 했다. 많은 장신구를 가져보았기에 웬만해선 마음 흔들리지 않는 자신조차 갖고 싶은 물건이다.

　그렇다면 이건 대박을 낼 물건이다.

　부피는 적고, 결코 상하지 않으며, 이익은 많은 물건이야말로 모든 상단이 바라마지 않는 상품이 아니던가!

　카이로시아는 어떻게든 이 상품을 입수해야 한다는 생각에 자신의 신분을 드러냈다.

　그래야 상대로부터 신뢰를 받을 것이기 때문이다.

"하인스 기사님! 세실리아에게 주신 머리집게는 어디에서 구한 것인지요?"

"그건 왜 묻습니까?"

"저희 상단에서 그 물건을 취급하고 싶어서 그렇습니다. 어디에서 구했는지를 알려주시면 후사하겠습니다."

"흐으음……."

현수가 잠시 말을 끊자 카이로시아가 재차 입을 연다.

"솔직히 말씀드려 머리집게는 상당한 이익을 창출시킬 상품입니다. 어쩌면 저희 이레나 상단이 재도약할 수 있는 발판을 제공해 줄 수도 있는 거지요."

"……!"

"저희가 이 상품을 취급할 수 있도록 정보를 제공해 주십시오. 부탁드립니다."

카이로시아는 정중히 머리 숙여 절까지 한다.

자신은 분명 귀족이다.

세실리아에게 이야기 듣기로 하인스는 기사라 했다. 따라서 자신의 신분이 더 높지만 상단을 위해 고개 숙인 것이다.

현수는 잠시 생각에 잠겨 있다 입을 열었다.

"미안하지만 말해줄 수 없소."

"네……?"

"말해줄 수 없다고 했소이다."

카이로시아는 설마 자신의 청을 거절할 것이라곤 생각지 않았는지 황당하다는 표정이었다.

"하인스 기사님! 정말 말 안 해주실 건가요?"

"그렇소. 내가 굳이 그것까지 밝힐 이유가 없질 않소?"

"그, 그거야 그렇지만……."

"더 이상의 용무가 없는 것 같은데 가주시오. 나대로 할 일이 있으니……."

"네에, 오늘은 이만 물러가죠. 실례 많았어요."

카이로시아가 가고 난 뒤 문을 닫았다. 그리곤 잠시 생각에 잠겼다. 머리집게 같이 하찮은 물건도 이곳 대륙에선 비싼 값에 팔릴 것이란 생각 때문이다.

'흐음! 하인스 상단에서 취급해야 하겠군.'

자신이 해야 할 일을 도울 세력을 만들려면 많은 돈이 필요하기에 이런 생각을 한 것이다.

"아……! 하인스 백작님, 언제 오셨습니까?"

방금 목욕을 마치고 나왔는지 수건으로 덜 마른 머리의 물기를 털며 들어서던 얀센이 반색한다.

"조금 전에 왔네. 잘 있었는가?"

"네에, 덕분에요! 별일 없으셨지요?"

얀센은 현수의 위아래를 훑어본다.

혹시 상처 입은 데라도 없나 살피는 듯하다. 괜스레 기분이 좋아진다. 진심으로 자신을 걱정해 준다는 느낌 때문이다.

"그렇네. 나는 괜찮네. 자네도 별일 없었지?"

"네에, 그럼요. 참……! 정말 고맙습니다. 백작님 덕분에 요즘 정말 개운한 기분을 느끼면서 살고 있습니다."

이때 얀센의 부인이 들어선다. 보아하니 그녀 역시 방금 목욕을 마치고 나온 듯하다.

"어머, 오셨군요, 오랜만입니다. 그리고 감사합니다. 백작님!"

진심이 담긴 인사였다. 그리고 보니 산달이 얼마 남지 않은 듯 배가 많이 나와 있었다.

이를 본 순간 현수의 뇌리를 스치는 상식 하나가 있다.

임산부에게 가장 결핍되기 쉬운 게 철분과 엽산이다.

철분이 부족하면 사산이나 조산의 위험이 있다.

엽산 부족 시엔 태아의 신경관 결손, 무뇌증, 지능 장애, 뇌성마비, 저체중아, 언청이 발생률이 높다.

따라서 철분과 엽산이 필요한데 음식만으론 충분치 못한 경우가 많다. 그래서 별도로 복용할 필요가 있다.

현수는 아공간에서 이를 해결할 것들을 찾았다. 철분과 엽산 보충제, 그리고 임산부를 위한 종합비타민을 꺼낸 것이다.

"얀센, 자네 부인의 이름은 뭔가?"

"로사라고 합니다. 백작님!"

"로사, 이건 임산부에게 좋은 것이오. 한 번에 한 알씩 하루에 두 번 물과 함께 먹도록 하시오."

"네, 네에……!"

주니까 받기는 했다.

귀족이 주는 것을 거절해도 죄가 되는 세상이기 때문이다. 하나 로사는 무슨 영문인지 몰라 아무런 말도 하지 않았다.

"그걸 먹으면 아주 건강한 아기가 태어나오. 코리아 제국의 귀족 거의 모두가 사용하는 것이니 염려치 마시오."

"아이고, 고맙습니다요. 백작님!"

"어허! 임산부가 어찌……. 게다가 목욕까지 했는데……. 어서 일어나시오."

대강 청소는 했지만 바닥엔 여전히 흙먼지가 있다. 그런데 로사가 털썩 엎드려 고개를 조아린 것이다.

"아닙니다. 백작님! 이년이 남편에게 들었습니다. 백작님 덕분에 우리가 잘 살게 되었다는 것을요. 또한 세실리아에게 많은 것을 베풀어주셨다는 것도 들었습니다요. 고맙습니다. 정말 고맙습니다요. 그런데 어찌 이처럼 귀한 것을 또……."

"얀센더러 열심히 일하라는 뜻에서 주는 것이오. 그러니 가르쳐 준 대로 매일 매일 먹으시오."

"네, 고맙습니다요."

로사는 비타민 등을 보물인 양 귀중하게 간수했다.

"로사, 괜찮다면 뜨거운 물을 만들어주겠소? 목이 컬컬하여 차나 한 잔 마시려 하오."

"백작님! 차를 직접 만드시려 합니까?"

"흐음, 여러 말하는 것보다 한 번 보는 것이 나을 것이니 가서 물이나 뜨겁게 데워오시오."

"알겠습니다요."

로사가 물러간 후 현수는 얀센을 자리에 앉히고 연막탄에 대한 설명을 해주었다. 후춧가루와 달리 잘못 사용하면 질식사를 유발할 수 있는 제품이기 때문이다.

또한 반드시 구멍들을 메워야 하는 이유도 설명했다.

"백작님, 여기 뜨거운 물 대령했습니다."

"고맙네."

로사로부터 물을 받은 현수는 아공간에서 세 개의 찻잔을 꺼냈다. 입술을 대는 부분은 금박이 입혀져 있고, 몸통엔 붉은 장미가 그려져 있는 아주 화사한 커피잔 세트이다.

다음에 꺼낸 것은 커피믹스와 녹차 티백이다.

"어머! 이 향기는……? 너무 향기로워요."

"이걸 마시면 밤에 잠을 못 자네. 으음, 이것도 좀 그렇기는 하겠군, 아무튼 얀센과 로사는 이것을 마셔보게."

"백작님, 이게 뭡니까?"

"녹차라 하는 것이네."

"네에……? 그럼 수도에 계신 고위 귀족 분들도 가끔 맛보실 수 있다는 그 귀한 차라는 말씀이십니까?"

"그렇지. 하여간 맛이나 보게."

"아이고, 감사합니다."

현수는 아르센 대륙에 온 이후 딱 한 번 커피를 마셨을 뿐이다. 그렇기에 뜨거운 물을 청했던 것이다.

"흐으음……!"

"오오오……!"

얀센과 로사는 비슷한 소리를 냈다. 생전 처음 마셔보지만 어찌 그 깊고 그윽함이 느껴지지 않겠는가!

현수 역시 커피 향을 느끼며 안락한 기분을 만끽했다.

"이보게, 얀센!"

"네, 백작님."

"전에 주었던 후춧가루는 어찌 되었나?"

"그거 다 팔렸습니다."

"뭐어? 그 많은 걸……?"

"네, 로잘린 영애와 자작님 덕분에 불과 며칠 만에 완전히 동이 났습죠."

"그래? 그래서 얼마나 받았는가?"

얀센이 다소 흥분한 음성으로 보고를 시작했다.

병에 담긴 것은 2골드, 통에 담긴 것은 8골드를 받았다고 한다. 예상했던 금액의 딱 2배이다.

매출총액이 무려 1,000골드이다. 한화로 10억 원이다.

이 가운데 20%는 로니안 자작이 구매했다. 왕실과 중앙 귀족들에게 보낼 선물용이다.

판매대금은 안전을 위하여 로니안 자작에게 맡겼다고 한다.

서류를 확인한 현수는 얀센에게 100골드를 배당해 주었다. 한국 돈으로 환산하면 1억을 번 것이다.

당연히 황송해한다.

아무튼 로잘린과 얀센은 개업 후 며칠 만에 곧바로 폐업을 심각하게 고려했다고 한다. 하지만 얼굴은 환했다.

얀센은 평생 동안 꿈도 못 꿀 액수를 받게 되어서 웃은 것이고, 로잘린은 장사가 너무 잘 돼서 기분이 좋았던 것이다.

"그러니 물건을 더 주셔야겠습니다. 요즘도 날마다 로잘린 영애가 와서 백작님을 찾거든요."

"하하, 알겠네. 더 주지. 참, 조금 전에 이레나 상단에서 사람이 왔다 갔네."

"이레나 상단이요?"

"그렇네. 이곳 테세린 지부의 지부장이라는 여자였네."

"여자가 지부장이라고요?"

얀센은 놀랍다는 표정이다. 상행위가 결코 만만치 않기 때문이다. 그러거나 말거나 현수의 말이 이어졌다.

"그래. 세실리아의 머리집게를 취급하고 싶다고 했네. 자네 생각은 어떤가? 우리 상단에서 취급하면 어떠냐는 물음이네."

"저어, 죄송하지만 그 집게가 많이 있습니까?"

"있기는 많이 있네."

"혹시 제가 물건을 볼 수 있는지요?"

"그러지. 잠시만 기다리게."

현수는 짐짓 자신의 방으로 가서 머리집게들을 꺼냈다. 백두마트 평촌점에서 팔리던 것이다.

"우와아, 세상에나……. 굉장히 화려하군요. 여기 박힌 것들 전부 보석이겠지요?"

얀센은 머리집게에 자잘하게 박힌 채 반짝이는 것들을 보석으로 여기는 듯하다. 아니라고 할 이유가 뭐가 있겠는가!

"정확히는 모르지만 아마 그럴 것이네."

잠시 상품들을 만지작거리던 얀센이 고개를 들었다.

"솔직히 말씀드려도 되겠습니까?"

"그러게."

"이 상품은 상당히 고가에 팔릴 물건이지만 우리가 취급하기엔 역부족인 겁니다."

"이유를 설명하게."

"이게 전부 보석이라면 우리보다는 더 큰 상단에서 취급하는 것이 맞습니다. 우린 스스로를 보호할 힘이 아직 없으니까요."

무슨 뜻인지 어찌 모르겠는가!

대부분의 상단은 스스로를 호위할 무력을 가지고 있는데 하인스 상단은 그런 게 없다는 뜻이다.

후춧가루는 괜찮지만 머리집게가 안 되는 이유는 식품과 보석이라는 차이 때문이다.

"흐음, 그런가? 그럼 이레나 상단은 어떤가?"

"신용있고 공정한 거래를 하는 상단으로 평가됩니다. 힘도 있구요. 믿고 맡겨도 된다는 거지요. 게다가 대륙 전체를 아우르기에 이런 상품을 취급할 능력이 충분합니다."

"흐음, 그런가? 알겠네."

현수가 고개를 끄덕이자 얀센이 부연설명을 한다.

"이레나 상단의 유통망은 대륙 전체에 거미줄처럼 퍼져 있습니다. 훨씬 빨리 팔릴 것이고, 더 많은 값을 받을 겁니다. 또한 나중에라도 우리에게 필요한 물건을 쉽게 구할 수 있는 길이 열리게 될 겁니다."

"좋아, 알겠네. 그렇게 하지."

"단, 너무 일찍 넘기지는 마십시오. 애가 닳아야 좋은 값을 받으실 수 있는 겁니다."

과연 장사꾼다운 생각이라 여겼기에 현수는 호탕한 웃음을 터뜨렸다.

"하하하, 알겠네. 내 꼭 그리하도록 하겠네."

다음날, 그리고 또 다음날에도 카이로시아가 방문했다.

물론 머리집게의 출처를 알기 위함이다. 현수는 얀센의 당부대로 고심하는 척하며 애만 태우게 했다.

그렇게 7일이 지났다. 카이로시아는 하루도 빼놓지 않고 매일 저녁 세실리아 여관을 찾아왔다.

하루 일과가 끝나면 곧장 오는 모양이다. 그런데 꼭 저녁식사 시간에 오는지라 같이 먹지 않을 수 없었다.

오늘도 왔다. 그간 일곱 번이나 저녁을 같이 먹었기에 이제 조금 편해진 사이가 되었다.

열심히 음식을 먹더니 식탁을 치우자마자 출처를 묻는다. 그런데 별로 기대하는 표정이 아니다.

한편, 현수는 오늘도 시큰둥한 표정을 짓고 있었다.

"오늘도 안 가르쳐 주실 건가요? 정말 너무하세요."

새침한 표정을 짓는데 참 예쁘다는 생각이 든다. 현수는 짐짓 어렵게 입을 뗀다는 표정을 지었다.

"사실, 출처를 밝히는 것은 어렵지 않소."

"그래요? 어디죠? 그걸 구한 데가?"

카이로시아가 바싹 다가앉는다.

"그 머리집게는 코리아 제국의 물건이오."

"네에……? 코리아 제국이요? 그런 나라도 있어요?"

한 번도 들어보지 못한 국가명에 카이로시아는 어리둥절한 표정을 감추지 못했다.

그러다 자신의 실수를 깨닫고는 얼굴 고개 숙인다.

"아……! 죄송해요. 처음 듣는 국가명이라……."

"아니오. 이곳 아르센 대륙엔 알려지지 않은 나라일 것이오. 바닷길로 20,000㎞쯤 떨어진 곳에 위치해 있으니까."

현수는 짐짓 지구 둘레의 절반 길이를 댔다.

찾아갈 마음을 원천봉쇄하기 위함이다.

"네에……?"

카이로시아는 이제 틀렸다고 생각했다.

육지가 아닌 바다로 20,000㎞면 못 가는 곳이라 생각해야 한다. 바다가 얼마나 위험한지를 잘 알기 때문이다.

그렇기에 낙심한 표정을 지었다.

"그런데 아직도 머리집게를 상품으로 취급해 보고 싶소?"

"혹시 여분으로 갖고 계신 것이 있는 거예요?"

다시 생생해지는 표정이다. 그런데 참 아름답다.

'로잘린도 예쁘지만 카이로시아라는 이 여인도 엄청 예쁘구나. 지구에 가면 단박에 할리우드로부터 러브콜을 받겠어.'

현수는 카이로시아의 미모를 인정하지 않을 수 없었다.

"다행히 집을 떠나 있는 동안 혹시 필요할까 싶어 가져온 것들이 조금 있소."

"그, 그래요……? 얼마나 되죠?"

카이로시아는 다급한 마음에 환한 미소까지 지었다. 무릇 장사꾼이란 손해를 보든 이익이 남든 무표정해야 한다.

그래서 카이로시아는 '아이언 페이스'라는 별명으로 불렸다. 철가면처럼 표정의 변화가 없었기 때문이다.

그런데 오늘은 전혀 그렇지 못하다. 게다가 허둥지둥이다. 평소의 그녀답지 않은 모습이다.

"그전에 먼저 묻고 싶은 게 있소."

"말씀하세요."

"실례가 될 수 있는 질문이지만 다른 뜻이 있어 그러는 것이 아님을 먼저 말씀드리오."

"……?"

"이곳 사람들은 몸에서 냄새가 나오. 그것이 의복에 배어 어떤 이는 악취를 뿜더이다. 일전에 이곳 영주성에 들러 영주부인과 영애를 만나고 왔소."

"그런데요?"

"귀족인 그녀들에게서도 구리구리한 냄새가 났소. 그런데 카이로시아 양에게선 냄새가 느껴지지 않았소. 그 비결은 뭐요?"

"네에……?"

카이로시아의 얼굴은 금방 빨개졌다.

사내가 자신의 체취를 맡았다는데 어찌 부끄럽지 않겠는가!

현수는 '아차!' 하는 마음이 들었다. 하나 어쩌겠는가!

"다른 뜻이 있어 그런 건 절대 아니오. 아까 내 옆을 스쳐 지나가는데 아무런 냄새도 나지 않아 묻는 것이오."

"어머나, 그럼……!"

카이로시아의 얼굴은 더욱 빨개졌다.

오늘 입은 옷은 가슴 부위가 푹 파져 있는 것이다.

얼마 전까지 오랜 항해를 해서 살이 많이 빠졌다. 당연히 옷이 크다. 그 결과 옆에서 보면 가슴의 절반 이상이 보인다.

그런데 옆에서 보았다고 하니 어찌 부끄럽지 않겠는가!

게다가 약간 발끈하는 마음이 들었다.

정보를 얻기 위해 왔는데 하찮은 여인 취급을 받았다 생각한 까닭이다. 그렇기에 저도 모르게 쏘아붙였다.

"실례예요. 숙녀의 가슴을 훔쳐보는 건!"

"훔쳐보다니? 무슨 말을……. 아니오. 결코 카이로시아 양의 가슴을 훔쳐보지 않았소."

"흥……! 아니긴요? 옆을 스쳐 지날 때 보셨을 거 아니에요."

"아니오. 냄새에 신경 쓰느라 정말 못 보았소."

"그래도 전 믿지 못하겠군요."

카이로시아는 사내가 어떤 족속인지 너무도 잘 안다. 그렇기에 본능적으로라도 시선이 갔을 것이라 판단한 것이다.

"분명히 말하지만 보지 못하였소. 아니, 안 보았소."

"그래도 사과하세요. 이성으론 보지 못했어도 본능으론 보았을 것이니……."

현수는 카이로시아의 말에 반박을 할 수 없었다. 솔직히 들어서자마자 발달된 가슴부터 보았던 때문이다.

"쩝……! 미안하오. 하나 진짜로 본 것은 없소."

"하인스 기사님, 사내답지 못하시군요. 실망했습니다."

"허어, 이런……!"

꼼짝없이 치한으로 몰린 현수는 입을 열지 못했다. 어떤 말을 해도 상대가 믿지 않을 테니 어쩌겠는가!

"아무튼 냄새가 나지 않는 이유를 알려주시오."

"먼저 제 가슴을 훔쳐본 것에 대한 정중한 사과를 해주시면 흔쾌히 알려 드리지요."

"끄으응……!"

현수가 나직한 침음을 내자 카이로시아는 어떻게 할 것이냐는 표정으로 바라본다.

같은 순간, 현수는 져주는 게 이기는 거라는 생각을 했다. 여자와 다퉈 좋을 게 하나도 없다는 아버지의 말도 떠올랐다. 그렇기에 가볍게 고개를 숙였다. 사과 한 번 한다고 죽는 것도 아니고, 돈이 줄어드는 것도 아니지 않던가!

"좋소. 사과하지. 내 잘못이 크오."

"조금 더요."

모처럼 기선을 제압한 카이로시아는 일부러 도발했다. 상인으로서 주도권을 쥐기 위함이다. 현수는 앙큼 맞은 속셈을 눈치챘지만 짐짓 모르는 척했다. 아무리 그래도 주도권이 자신에게 있다는 것을 너무도 잘 알기 때문이다.

"숙녀의 가슴을 훔쳐보았소. 용서하시오."

"좋아요. 이제야 사내답군요. 사과를 하셨으니 왜 냄새가 나지 않는지 알려 드리지요. 대신 제 가슴을 본 것은 영원히 잊어주세요."

'제기랄! 보지도 못한 걸 어찌 잊어? 한 번 보고나 이런 경우를 당하면 억울하지나 않지. 진짜 확 한 번 볼까?'

억울한 마음에 현수는 잠시 말을 하지 않았다.

"대답이 없으시네요."

"알겠소. 깨끗이 잊겠소."

"호호, 고마워요. 근데 제 가슴이 큰가요? 작은가요?"

"뭐요……?"

"호호, 농담이었답니다."

상대의 허를 찔러 반응을 보려 했던 카이로시아는 교소를 터뜨리며 생긋 미소 짓는다.

눈이 반달처럼 둥글게 휘는데 참 예쁘다는 생각이 든다.

마음에도 없었던 사과 몇 마디에 이처럼 즐거워하기에 현수의 마음은 조금 더 너그러워졌다.

"우리 가문의 영지인 로이어는 온통 산으로 둘러싸여 있어요. 땅은 척박하고 산에는 몬스터들이 많아 발전하기 어려운 영지이지요."

카이로시아의 설명은 이어졌다.

로이어 영지는 상행위 이외엔 발전 가능성이 없는 곳이라 일찌감치 장삿길로 눈을 돌렸다.

아니면 먹고살기조차 힘든 땅이기 때문이다.

아무튼 카이로시아가 어렸을 때가 가장 발전하던 시기였다. 그러던 어느 날, 카이로시아가 숲에서 길을 잃었다.

다섯 살 무렵이다.

길을 잃고 울고 있던 카이로시아 앞에 나타난 것은 오크 두 마리였다. 야들야들한 먹이를 앞에 둔 오크는 침을 질질 흘리며 달려들었다.

카이로시아는 겁에 질린 얼굴로 도망치는 것 이외엔 아무것도 할 수 없었다. 그러다가 돌부리에 걸려 엎어졌다.

아픔을 무릅쓰고 일어나 달리려 했다. 그런데 그럴 수가 없었다. 정강이뼈가 복합골절된 것이다. 뼈가 피부를 뚫고 나온 상황이 되어 카이로시아는 일어설 수 없게 되었던 것이다.

꼼짝없이 몬스터의 먹이가 될 상황이다. 그때 위기에 처한 카이로시아를 구한 것은 숲의 종족 엘프였다.

화살 두 방으로 오크를 물리친 엘프는 어딘지 알 수 없는 곳으로 카이로시아를 데리고 갔다.

골절로 인한 상처를 치유하기 위함이다.

하지만 엘프 마을은 인간 출입이 금지되어 있다.

남자든 여자든, 아이든 노인이든 절대 출입 금지이다. 하여 엘프 장로 하나가 마법으로 카이로시아를 낮게 하였다.

그리곤 곧장 영지로 되돌아오게 되었다.

이야기가 끝나자 현수가 카이로시아와 시선을 맞췄다.

"그러니까 엘프 장로의 마법 덕에 몸에서 냄새가 나지 않게 되었다는 것이오?"

"현재로선 그게 가장 합리적인 답이에요."

"흐음, 대체 어떤 마법이기에……?"

현수가 잠시 생각에 잠기자 카이로시아는 주점 내부를 둘러 보았다. 아무도 없다.

잠시의 침묵이 흐른 후 카이로시아가 묻는다.

"그런데 머리집게 말이에요. 그거 얼마나 가지고 계시죠?"

"제법 많이 있소."

"그래요? 다행이군요. 근데 보여주실 수 있나요?"

"뭐 그럽시다. 잠시만 이곳에 기다리시오."

"여긴 아무도 없어서 조금 그래요. 같이 가시지요."

뭔가 다른 물건도 있을 것이라 생각한 듯하다. 현수는 참 장 삿속이 밝은 여인이라는 생각을 하곤 고개를 끄덕였다.

"어머, 이 방 참 깨끗하네요. 킁킁, 냄새도 안 나고……."

현수는 대답 대신 마법 배낭 속의 아공간에 손을 넣어 머리 집게 종류들을 끄집어냈다.

고른다고 골랐는데 머리집게 말고 다른 형태의 머리핀들도 딸려 나온다. 헤어밴드도 나왔다.

"어머! 이건……. 정말 예뻐요. 어머나! 이건……? 이렇게 하는 거죠? 어머머머! 이건 또 뭐래요? 어머, 어머머머! 와아아!"

카이로시아의 감탄사는 끝이 없었다.

현수는 백두마트 평촌점에서 가져온 머리 관련 액세서리를 거의 모두 꺼냈다.

방의 절반 이상 될 정도로 많은 분량이다.

그러거나 말거나 카이로시아는 휘황찬란한 각종 액세서리에 정신이 팔려 있었다.

감탄사가 끝난 것은 거의 한 시간 가량 지나서이다.

"후후, 카이로시아 양! 이제 대충 감상이 끝났으면 슬슬 상담을 해야 하지 않겠소?"

"어머나! 죄송해요. 너무 너무 예쁜 것들이 많아 제가 잠시 제정신이 아니었네요. 근데 하인스님! 여기 있는 이거 전부 제가 팔 수 있게 해주실 거죠? 헤에……!"

'흐음……! 뭐야? 애교까지 겸비한 거야?'

눈웃음치는 카이로시아를 본 현수는 고개를 끄덕였다.

거의 본능이 시킨 것이다. 이토록 아름다운 여인의 청이라면 무조건 들어주라고!

"그렇게 하겠소. 그런데 가격이 문제가 아니겠소?"

"그, 그렇군요. 그럼 가격을 매겨볼게요. 근데 어휴……! 이렇게 많았어요? 정말 산더미 같네요."

"많으면 많을수록 좋은 것 아니오?"

"호호, 그건 당연히 그렇지요."

가지런히 쌓아 올리지 않았지만 부피가 엄청나긴 하다.

1톤 트럭으로 하나 가득 될 정도이다. 방이 크기에 망정이지 작은 방이었다면 발 디딜 틈조차 없을 뻔했다.

어느새 카이로시아는 물건 하나하나에 대한 감정을 하고 있다. 기록하는 것을 보니 장사꾼답게 꼼꼼하다.

그런데 언제 이 많은 물건을 감정하겠는가!

무어라 말을 걸려고 가까이 다가갔던 현수는 얼른 뒤돌아섰다. 물건 값 매기기에 정신없는 카이로시아의 발달된 가슴의 절반 이상을 본 때문이다.

마침 물건을 집어 드느라 약간 상체를 숙였기에 현수는 최대치까지 보고야 말았다.

같이 있다간 계속해서 몰래 보게 될 것이다. 그러다 걸리면 대망신이다. 하여 황급히 아래층으로 내려갔다.

카이로시아는 다음날에도, 그 다음날에도 방문하여 계속해서 가격을 결정했다. 물량이 너무 많았던 때문이다.

그러는 사이 현수는 아래층에서 커피를 즐겼다. 얀센 부부 역시 녹차를 마셨다. 그리곤 앞으로의 상행위에 대한 의견을 주고받았다. 그런데 카이로시아의 음성이 끼어든다.

"어머······! 이게 무슨 향기랍니까? 킁킁! 킁킁킁!"

사냥개도 아니건만 코를 벌름거리는 미녀를 본 현수는 피식 웃음 지었다. 웃겨 보인 것이다.

"왜······? 맛 좀 보시겠소?"

"저 주실 것도 있나요?"

"있긴 한데 이건 마시면 탈이 날 수도 있는 것이오."

"그런데 하인스님은 왜 드십니까?"

"나야 마셔도 괜찮지만 카이로시아 양은 오늘 밤에 잠을 못 잘 수도 있소. 그래도 괜찮겠소?"

"바, 밤에 잠을 못 자요? 왜요?"

"흐음, 그건 설명하기가 조금 어렵소. 아무튼 이걸 마시면 오늘 밤 잠들기가 조금 어려울 것이오."

현수는 커피와 녹차에 포함되어 있는 카페인[1]을 설명할 방법이 없어 이렇게 말했다.

그런데 카이로시아는 셋을 차례로 바라본다. 물론 현수와 얀센, 그리고 그의 아내인 로사이다.

그러다 문득 떠오른 기억이 있다.

세상엔 아주 달콤함 냄새를 풍기는 음료가 있다고 한다.

요정들이 빚어냈다는 그것은 센트 오브 워머나이저(Scent of Womanizer)라는 민망한 이름을 가졌다.

'오입쟁이의 향기' 라는 뜻이다.

여자들이 향기에 이끌려 이것을 마시면 100에 95는 신세를 망친다는 풍문이 있다. 다만 남자에겐 풍미 그윽한 음료 그 이상은 아니라고 한다.

이 때문에 많은 귀족가의 여식들이 신세를 망쳤다고 한다.

---

1) 카페인(caffeine):커피나 차 같은 일부 식물의 열매, 잎, 씨앗 등에 함유된 알칼로이드(Alkaloid)의 일종, 중추신경계에 작용하여 정신을 각성시키고 피로를 줄이는 등의 효과가 있으나 장기간 다량을 복용할 경우 중독을 야기할 수 있다. 화학식 $C_8H_{10}N_4O_2$

보아하니 얀센과 로사는 부부이다. 당연히 센트 오브 워머나이저를 얼마든지 마셔도 되는 사이이다.

현수는 남자니까 별 효과가 없을 것이다.

카이로시아는 말로만 듣던 그거라는 생각이 스치자 약간 상기된 표정으로 현수를 바라보았다.

아무렇지도 않다는 듯 커피 한 모금을 마신다. 그런데 들고 있는 커피잔이 예사롭지 않다. 재질이 뭔지 알 수는 없다.

유심히 보니 모양이며 무늬 등이 예술적이다. 장사꾼으로서 당연히 자세히 살펴보고 싶은 것이다.

사실 이레나 상단은 상당히 많은 품목을 거래한다.

그런데 현수가 들고 있는 커피잔은 본 적조차 없는 것이다.

머리집게와 마찬가지로 취급하기만 하면 단번에 대박을 칠 물건이 틀림없다.

그렇지 않아도 이곳에 도착한 이후 어찌 하면 미판테 지부를 최고의 지부로 성장시킬 것인지를 곰곰이 생각해 보았다.

그러기 위해선 남들에겐 없는 품목을 취급해야 한다는 결론을 내린 바 있다. 그런데 생전 처음 보는 머리집게와 커피잔 세트를 보게 되었다.

당연히 자세히 들여다보고 싶은 마음이 들었다. 그렇기에 한참을 고민하다 입을 열었다.

"저어, 괜찮으시다면 저도 한 잔 주시겠어요?"

"밤에 조금 곤란할 텐데 그래도 괜찮겠소?"

"그, 그럼요. 흠흠! 주세요. 전 괜찮을 겁니다."

잠시 머뭇거리던 카이로시아는 단정적으로 자신있다는 표정을 지었다. 정신이 나약한 귀족가의 여식들이나 센트 오브 워머나이저 때문에 순결을 잃지 자신은 결코 그러지 않을 것이란 생각을 한 것이다.

100에 95만 당한다고 했으니 자신은 나머지 5에 속할 자신이 있었던 것이다. 하나 내심 두렵기는 했다.

센트 오브 워머나이저에 취해 버리면 오늘 밤 순결을 잃을 수도 있다는 생각이 스친 때문이다.

이런 속내를 모르는 현수는 선택권을 준다.

"이건 커피라는 것이고, 이것은 녹차라 하는 것이오. 카이로시아 양은 어떤 것을 드시겠소?"

'흐음! 센트 오브 워머나이저에 두 종류가 있다는 것은 처음 알았네. 그런데 내게 선택권을 준다? 잘못되면 책임을 회피하기 위함인가?'

카이로시아는 순식간에 생각을 정리했다.

'이쪽은 부부, 하인스 님은 혼자. 어떤 걸 골라야 하나?'

CHAPTER 07
커피와 녹차가 억울해!

잠시 생각에 잠겼던 카이로시아는 커피를 골랐다.

부부가 마시는 것이 보다 위험하다 판단한 것이다.

졸지에 위험물질로 취급당하는 커피와 녹차 입장에선 몹시 억울할 것이다.

"로사, 물을 또 데워야겠는데?"

"네에, 곧 대령하겠습니다. 백작님!"

"네에……? 백작님이라니요?"

카이로시아는 경악했다는 표정을 지었다.

기껏해야 신기한 물건을 많이 가진 기사 정도로 생각했는데 고위 귀족이라니 어찌 놀라지 않겠는가!

"내가 말하지 않았나? 코리아 제국의 백작이라고……."

별일 아니라는 듯 무심히 말하는 현수를 본 카이로시아는 이제야 이해된다는 듯 고개를 끄덕였다.

처음 만났을 때 분명 라이서 제국 백작가의 여식임을 밝혔다. 그럼에도 일개 기사 주제에 공대하지 않고 평대하는 느낌이었다. 그래서 슬쩍 불쾌한 기분을 느끼기도 했다.

거래를 성사시키기 위해 고개를 숙일 때도 속으론 조금 불만족스러웠었다.

그때에도 현수는 아무렇지도 않은 표정을 지었다.

이제와 생각해 보니 이레나 상단의 상단주인 에델만 백작과 동급이기에 그랬던 것이다.

로사가 물을 가져오고 현수가 커피믹스를 넣고 티스푼으로 이를 잘 저어 카이로시아에게 넘겼다.

"흐으음……!"

헤이즐넛의 그윽한 향취를 맡은 카이로시아는 황홀한 표정을 지었다. 맹세코 이런 냄새는 처음이기 때문이다.

묘한 향기를 뿜는 짙은 갈색 액체를 바라보는 카이로시아의 시선은 복잡했다.

윌리엄 셰익스피어의 햄릿엔 "To be or not to be that is the question!"이라는 유명한 구절이 있다.

'죽느냐 사느냐 그것이 문제로다!'라는 뜻이다.

지금 카이로시아의 심정이 이러하다.

마셔야 할지, 마시지 말아야 할지 갈피를 잡기 힘들다.

100중 95라 했으니 적어도 다섯은 센트 오브 워머나이저의 마수로부터 벗어날 수 있다.

막연히 자신은 나머지에 속할 것이라 생각하고 달라고는 했다. 그런데 그 나머지에 해당되지 못하게 될 수도 있다는 생각을 하니 겁이 덜컥 났던 것이다.

"식으면 맛이 덜한데……."

아니라곤 하지만 하인스 백작은 자신의 가슴을 훔쳐봤다. 그런 사람이 나직이 속삭인다. 이건 사내의 욕심을 채우기 위한 악마의 속삭임일 것이다.

그런데 이 악마는 자신에게 선택권을 줬다. 그리고 그 전에 분명히 경고도 했다. 밤에 잠 못 이룰 것이라고……!

이게 무엇을 뜻하겠는가?

어쨌든 자신 스스로 둘 중 하나를 골랐다. 두 명의 증인이 있으니 순결을 잃더라도 책임을 물을 수 없을 것이다.

그런데 이제 마실 것을 강요받았다. 물론 완곡한 표현이다. 하나 거절하기 어려우니 강요는 강요이다.

"마, 마실게요. 근데 이 잔 참 예쁘네요."

어떻게든 위기를 모면하고 싶은 마음과 장사꾼으로서의 상품을 살피고 싶은 마음이 만들어낸 대사이다.

"어라! 이건 설마……?"

카이로시아의 눈은 커졌다. 더 놀라운 것을 보았기 때문이다. 그러거나 말거나 현수는 홀짝이며 자신의 커피잔을 비웠다. 얀센과 로사 역시 녹차의 찻잔을 비웠다.

둘은 남은 티백을 보며 어찌해야 하는가 싶다.

"그건 한 번 더 우려먹을 수 있으니 나중에 물을 더 부어도 되네. 다만 너무 오래되면 안 되네."

"아, 그렇습니까?"

여관을 하니 먹고 나면 텁텁한 기분을 느끼게 하는 스테이크 종류가 주식이다. 그런데 녹차를 마시니 입안은 물론이고 위와 창자까지 깨끗해지는 기분이다.

그래서 기분이 좋아진 얀센 부부는 환하게 웃었다. 그러다 맞은편의 여인을 바라보았다.

카이로시아라는 상단 소속이지만 귀족가의 여인이다. 그런데 하인스 백작에게 호감을 가진 것 같다.

그렇다면 자리를 비워줘야 한다. 눈치 빠른 얀센은 로사의 옆구리를 쿡 찌르고는 먼저 자리에서 일어났다.

"백작님, 소인들은 정리할 것도 있고 하니 물러가겠습니다요. 필요하신 게 있으면 언제든 불러 주십시오."

"그러지. 가서 좀 쉬게."

"네에……!"

둘만 남겨지자 카이로시아는 괜스레 이상한 기분이 들었다. 그렇게 잠시 침묵이 흘렀다. 뭔가 어색한 분위기이다.

"저어, 이거 말이에요."

"말씀하시오."

"이걸 뭐라고 부르나요?"

"그건 티스푼이오."

시선이 모아진 것은 어디서나 볼 수 있는 스테인리스 티스푼이다. 그런데 스테인리스라는 놈의 특징은 아주 밝은 은색이다. 그리고 반짝인다.

"이거 혹시 미스릴 합금으로 만든 건가요?"

"미스릴……? 그것보다 조금 더 강도가 셀 거요."

현수는 별 생각 없이 대답했다. 티스푼의 재질인 스테인리스강의 강이 강철을 뜻한다 생각했기 때문이다.

실제로 스테인리스강에는 세 가지 종류가 있다.

오스텐나이트(Austennite)계, 페라이트(Ferrite)계, 마르텐사이트(Martensite)계가 그것이다.

각각의 계열엔 또 다시 여러 가지로 분류된다.

크롬(Cr)이나 니켈(Ni)의 함유 정도에 따라 나뉘는 것이다. 이들 중에는 강철보다도 더 강한 것도 있다.

따라서 현수의 말이 아주 틀린 것은 아니다.

어쨌거나 받아들이는 카이로시아에겐 이건 충격이다.

티스푼의 용도는 빤하다.

차를 만들 때 휘젓는 것이 전부일 것이다. 물론 스푼 모양을 하고 있으니 뭔가 소량을 덜어낼 때에도 유용할 것이다.

그런데 이게 무기를 만들 때 최상의 강도를 보이는 미스릴보다도 더 강하다고 한다.

도대체 코리아 제국이라는 곳은 어떤 곳이기에 한낱 티스푼을 만드는데 이런 엄청난 재료를 사용한단 말인가!

놀라움의 연속이다. 하여 한참을 멍한 표정으로 있었다.

"혹시 이것도 여러 개 있으세요?"

"있소."

"그것도 제가 팔 수 있도록 해주시겠어요?"

"뭐, 그럴 수도……. 근데 값은 다 매겼소?"

"아……! 그건 아니에요. 너무 많아요. 어떤 건 아주 가지런히 포개져 있어서 숫자를 세는 것조차 어려울 지경이거든요."

"그럼 안 팔려고?"

포기하면 액세서리들을 얀센과 로잘린에게 맡겨볼 생각에 물은 것이다.

"어머, 그건 아니에요. 다만 시간이 더 걸릴 것 같아서 말씀 드리려고 내려왔던 거예요."

"그렇구려."

"근데 이것 말이에요."

"티스푼 말하는 것이오?"

"네, 티스푼은 물론이구요. 이 찻잔도 제가 팔 수 있도록 해주시면 안 되나요?"

"찻잔까지……? 욕심이 너무 과한 거 아니오?"

지나가는 말로 한 것이다. 상대가 욕심을 낼수록 아무것도 아닌 척해야 몸이 달기 때문이다.

"물론 그렇게 생각하실 수 있어요. 하지만 저는 상인이에요. 당연히 많은 이문이 남을 상품을 탐내지요."

"흐음, 시간을 두고 생각해 봅시다."

현수는 별 뜻 없이 한 말이다. 그런데 카이로시아는 그렇게 받아들이지 않았다. 완곡한 거절로 생각한 것이다.

"저, 이거 다 마실게요. 네……? 그러니 이 찻잔과 티스푼도 제가 팔게 해주세요."

'커피를 다 마실 테니 달라고……? 아직 뜨거울 텐데? 뭐야? 개그 프로그램을 본 건 아닐 테고. 근데 커피를 다 마시는 게 뭐 어쨌다고? 흐음, 이상하군.'

카이로시아는 센트 오브 워머나이저를 마셔서 순결을 잃는 한이 있더라도 이 거래를 성사시키겠다는 뜻이었다.

하나 현수가 어찌 이를 짐작이나 하겠는가!

그저 찻잔과 티스푼을 팔고 싶은 욕심에 아무 말이나 한 것으로 받아들였다.

이쯤 되면 동상이몽도 이런 동상이몽이 없을 것이다.

"흐음, 일단 방에 가봐야겠소. 이제 곧 밤이 될 텐데 너무 어질러 놓았으면 자기 힘들 테니."

"저, 이거 다 마시고 곧 따라서 올라갈게요. 먼저 가 계세요. 아셨죠?"

"뭐, 그럼 나야 좋지."

현수는 카이로시아가 올라와서 정리하는 것을 도와준다는 뜻으로 받아들였다. 하나 카이로시아는 아니다.

센트 오브 워머나이저를 다 마시고 올라와 순결을 바쳐주면 좋겠다는 뜻으로 받아들인 것이다.

현수가 올라가고도 한참 동안 카이로시아는 찻잔을 뚫어지게 바라보았다.

마시느냐 마시지 않느냐를 갈등한 것이다.

입술을 잘근잘근 깨물며 고심하던 카이로시아는 어느 순간 결심했다는 듯 입술을 굳게 다물었다.

그리곤 찻잔을 들어 올렸다.

현수의 물건만 독점할 수 있다면 이레나 상단은 대륙제일의 상단으로 발돋움하게 될 것이다.

이는 곧장 로이어 영지를 부유하게 하는 일이다.

부친인 에델만 백작의 꿈은 지상에서 가장 풍요롭고, 살기 좋은 영지를 운영하는 것이다.

이레나 상단이 창설되면서 조금씩 조금씩 나아지는 상황이지만 아직 꿈을 이루려면 멀었다고 했다.

로이어 영지보다 더 살기 좋은 곳이 많기 때문이다.

만일 머리집게와 커피잔, 그리고 티스푼을 취급할 수 있게 된다면 아버지의 꿈은 보다 쉽고 빠르게 이루어질 것이다.

카이로시아는 가문의 일원으로서 가문의 발전을 위한 희생을 결심한 것이다.

진한 갈색 액체를 잠시 바라보던 카이로시아는 천천히 입술을 벌렸다. 그리곤 커피잔 가까이 입술을 가져갔다.

순간, 어차피 마실 거라면 철저히 즐기자는 마음을 먹었다. 하여 폐부 깊숙이 향기를 먼저 들이마셨다.

헤이즐넛의 향기는 기분을 좋게 해준다.

하여 과연 센트 오브 워머나이저라는 생각을 했다. 냄새만으로도 황홀함을 느끼게 하기 때문이다.

다음엔 한 모금 들이켰다. 달콤하면서도 쌉쌀한 맛이 느껴진다. 그런데 달고, 너무 맛이 좋다. 그래서 지긋이 눈을 감은 채 천천히 음미하면서 커피를 마셨다.

'아⋯⋯! 너무 맛이 있어. 과연 마물은 마물이야.'

어쩌면 자신의 순결이 깨지게 할 물건이다. 그것을 알면서도 도저히 멈출 수가 없었던 것이다.

그렇게 잔을 비웠다. 마침내 바닥이 보이자 카이로시아는 잊고 있었다는 듯 흠칫했다.

'어쩌지⋯⋯? 나도 모르게 다 마셔 버렸어. 어떻게 하지? 도망갈까⋯⋯? 그런데 가다가 약효가 발휘되면 어쩌지?'

길바닥에 즐비한 평민이나 농노들을 떠올린 카이로시아는 밖으로 나갈 수 없었다.

귀족의 일원으로 태어나 귀족으로서의 삶을 살아왔다.

그런데 귀족은 평민이나 농노들을 사람 취급하지 않는다.

언제든 자신들이 시키는 대로 움직여야 하는 가축 정도로 생각하기 때문이다.

밖에 나갔다가 약효가 발휘되면 그런 가축에게 순결을 잃을 수 있다는 생각을 했기에 나갈 수 없다 생각한 것이다.

한참을 물끄러미 찻잔만 바라보던 카이로시아는 결심했다. 그리곤 그것들을 챙겨 들고 계단으로 올랐다.

똑똑!

"들어오시오."

삐이꺽—!

"……!"

카이로시아는 자신의 예상이 맞았음에 잠시 몸을 떨었다. 문을 열자 현수가 침대를 정리하고 있었던 것이다.

"찻잔과 티스푼도 취급하고 싶다고 했소?"

"네, 백작님!"

"좋소, 취급하게 해주리다. 대신……."

"……!"

현수가 잠깐 말을 끊자 카이로시아는 두 눈을 질끈 감았다.

이제 하룻밤 잠자리 시중을 들라는 말이 나올 것이다. 어쩌면 이곳에 머무는 내내 요구할지도 모른다.

그런 요구를 한다 할지라도 받아들이겠다는 결심을 한 카이로시아는 대답 대신 고개를 숙였다.

괜스레 눈물이 나오는 것 같더니 이내 방울져 떨어진다.

귀족의 딸로 태어나 비록 상행위를 하곤 있지만 이렇게 될 것이라곤 상상조차 한 일이 없다.

장사하느라 혼기를 놓치기는 했다. 하나 어디 내놔도 뒤지지 않을 미모와 몸매, 그리고 학식과 교양이 있기에 좋은 남편 감을 얼마든지 고를 수 있을 것이라 생각했다.

실제로도 로이어 영지엔 카이로시아를 아내로 맞아들이고 싶다는 청혼이 쇄도하고 있다.

이레나 상단이 점점 부유해지기에 이를 탐내는 무리들도 섞여 있을 것이다. 그러면 어떤가!

평생 자신만을 사랑해 줄 신랑감만 찾을 수 있다면 그깟 욕심 따위는 용서해 주리라 마음먹었다.

그런데 오늘 아무런 보장 없이 순결만 잃게 생겼다. 하여 괜스레 서러운 기분이 들어 눈물을 흘린 것이다.

하나 얼른 눈물을 닦아냈다. 현수가 보고 기분 나빠하면 안 되기 때문이다. 그리곤 시선을 맞췄다.

드디어 현수가 입을 열려고 한다.

"대신… 이 자리에서 판매 가격을 정하지 맙시다."

"네에……?"

전혀 뜻밖의 말이기에 반문했다.

"물건은 공급해 주겠소. 대신 물건이 팔리면 팔린 가격을 기준으로 이익금을 나누자는 것이오."

"그럼 어떻게……?"

"이레나 상단은 대륙 전체를 아우른다 하였소. 맞소?"

"네, 그렇습니다."

"그렇다면 신용이 있는 상단 같아서 하는 말이오."

"저는 무슨 뜻인지 알지 못하였습니다."

"내가 내놓을 찻잔이나 티스푼은 분명 비싼 가격에 팔려 나 갈 것이오. 안 그렇소?"

"그렇습니다. 모두 고위 귀족가에 팔려나가겠지요."

"그렇게 팔려 나간 값을 기준으로 이문을 나누자는 것이오. 먼저 말해보시오. 얼마면 되겠소?"

"……!"

"예를 들어 찻잔 하나에 10골드를 받았다고 칩시다. 물건은 내가 내놓았고, 판매는 전적으로 이레나 상단이 맡았소. 그럼 우리가 이를 얼마씩으로 나누는 것이 적합하겠느냐고 묻는 것이오."

"아……!"

이제야 현수의 말을 알아들은 카이로시아는 눈빛을 빛냈다. 열정적으로 맡은 바 임무를 수행할 때의 눈빛이다.

"비율로 정하는 것이 제일 편할 것이오."

"제 생각엔 6대 4 정도면 어떨까 싶어요."

"흐음……! 6대 4라면 조금 박한 느낌이 드는데."

현수는 이레나 상단이 6, 자신이 4인 것으로 받아들였다.

사실 한국에서도 상품을 만드는 사람보다 유통시키는 사람들이 돈을 더 많이 번다.

예를 들어, 배추 농사를 지은 농부는 한 포기에 200원을 받고 밭떼기로 넘긴다.

이를 수매한 산지 도매상은 다른 도매상에 넘기면서 500원도 받고, 600원도 받는다. 배추가 자라는 동안 물 한 번 안 줬음에도 농부보다 더 많이 버는 것이다.

이게 가락동 농수산물 센터 같은 곳을 거쳐 일반 소비자의 손으로 들어가면 2,000원이 되기도 하고, 3,000원이 되기도 한다. 장사꾼들이 마진을 붙이기 때문이다.

농부들로선 배가 아플 것이다. 산지 가격의 열 배 내지 열다섯 배로 거래되니 어찌 안 그렇겠는가!

가끔은 이마저도 못 받아 애써 농사 지은 배추밭을 트랙터로 갈아 엎어버리는 것이다.

어쨌거나 카이로시아는 얼른 현수의 말을 받았다.

"그럼 7대 3으로 해요. 우리 이레나가 3, 하인스 백작님이 7. 이 정도면 어때요?"

"내가 7……?"

"네, 백작님 몫을 8까지 생각해 봤는데 운송과 세금 등을 고려해 보니 그건 조금 어려울 것 같아요. 그러니 7로 만족해 주시면 안 될까요?"

카이로시아는 현수가 꺼려하더라도 7대 3으로 고정시킬 자신이 있다. 이제 곧 침대에 같이 들어갈 텐데 그때 이 비율로 확정시키리라 마음먹은 것이다.

베갯머리송사라는 말이 있지 않던가!

이는 잠자리에서 아내가 남편에게 바라는 바를 속살거리며 청하는 것을 일컫는다. 그리고 이는 대부분 성사된다.

가장 기분이 좋을 때 청을 넣으니 들어주는 것이다.

카이로시아 역시 현수가 한창 기분 좋아할 때 속삭여 원하는 바를 이룰 생각을 한 것이다.

한편, 현수의 입장에선 많은 돈이 필요하던 터이다. 용병들을 고용하여 세력화하여야 하기 때문이다.

그런데 자신의 몫을 7까지 준다니 흡족하다.

하나 어찌 이를 겉으로 드러내겠는가!

그저 담담한 표정을 지으려 애를 썼을 뿐이다.

"이쪽으로 오시오."

침대 정리를 끝낸 현수의 부름에 드디어 올 것이 왔다 생각한 카이로시아는 입술을 잘끈 깨물고는 다가갔다.

이제 순결을 잃는 일만 남았기 때문이다.

그런데 상황이 또 이상하다. 현수가 마법 배낭에서 찻잔과 티스푼을 꺼내 놓기 시작한 것이다.

이번에 꺼낸 것들 역시 백두마트 평촌점에서 가져온 것들이다. 더 있지만 다 꺼내 놓으면 방이 꽉 찬다.

하여 나머지는 일단 보류한 것이다.

카이로시아는 현수가 내놓는 물건들을 보면서 연신 감탄사를 터뜨린다. 모두가 예술품의 반열에 올려놓아도 좋을 명품들이었기 때문이다.

그러는 동안 현수는 모든 비닐 종류를 제거했다.

"세상에 이렇게나 많이……."

결국 문을 열고 옆방까지 물건을 쌓아야 했다.

"자아, 이제 얼추 다 꺼낸 것 같소. 이 정도면 만족하오?"

수많은 물건들을 꺼내 놓고 들어서는 현수를 본 카이로시아는 너무도 기쁜 마음에 저도 모르게 소리를 낸다.

"백작님! 아홍……! 백작님!"

"어, 어어어……!"

현수는 와락 품에 안겨드는 카이로시아의 동체를 받아 안으며 당혹성을 터뜨렸다.

가슴에서 느껴지는 뭉클함 때문이다.

"백작님, 너무 멋져요. 아아, 백작님!"

쪼오옥―!

카이로시아는 현수의 입술에 뽀뽀를 했다.

느닷없는 입맞춤에 현수는 정신이 나갈 지경이다. 그러거나 말거나 카이로시아의 말이 이어졌다.

"이거 열심히 팔게요. 팔아서 백작님 점점 더 부자가 되게 해드릴게요. 고마워요. 정말 고마워요."

"나야 뭐…… . 부자가 되게 해준다니 고맙소. 근데 언제까지 이렇게……?"

"에구머니나……!"

자신이 현수를 부둥켜안고 있음에 화들짝 놀란 카이로시아가 얼른 떨어져 나간다.

'쩝……! 괜히 얘기했다. 조금 전에 좋았는데.'

미녀가 안아주는데 싫어할 사내가 누가 있겠는가!

"미, 미안해요. 팔 물건이 너무 많아서……. 너무 기뻐서……."

카이로시아는 고개도 들지 못한 채 어쩔 줄 몰라 하고 있다. 과년한 처녀가 먼저 사내를 안고 뽀뽀까지 했다.

만난 지 이제 겨우 열흘쯤 되었고, 이름만 아는 사내이다.

어찌 당황스럽지 않겠는가!

"험험! 아무튼 이걸 다 팔 수 있다니 대단하오."

"네에……."

무슨 말을 더 하겠는가!

카이로시아는 두 볼이 상기됨을 느끼고 옷자락만 만지작거렸다. 그때 문득 스치는 상념이 있다.

'센트 오브 워머나이저의 효과는 언제 나타나지? 설마 내가 나머지 다섯에 속하는 건가?'

오입쟁이의 향기라는 마물을 마시면 절로 몸이 배배 틀리고, 달뜬 호흡을 하게 된다고 한다. 이때 사내의 손길이 닿으면 그가 누구든 무조건 상대하게 된다고 했다.

그런데 몸이 배배 틀리지도 않고, 호흡도 정상이다.

"카이로시아 양!"

"네에."

"출출한데 뭣 좀 먹으러 내려가겠소?"

'역시……! 그래. 어쩌겠어? 어차피 언젠가는 잃을 순결이 잖아. 그래, 그러자. 가문을 위하여……. 하인스 백작이라고 했지? 키도 크고 저 정도면 얼굴도 잘 생겼잖아.'

밥 먹고 나서 같이 밤을 보내자는 뜻으로 받아들인 카이로 시아는 생각을 정리하곤 얼른 고개를 끄덕였다.

"네에, 저도 백작님과 함께하고 싶었어요."

'뭔 소리야? 뭘 함께해? 아……! 밥을 같이 먹고 싶었다고? 하긴 혼자 먹는 건 조금 그렇지.'

"사람을 불러 물건부터 치워야 하지 않겠소?"

"물론이에요. 잠시만 기다리세요."

방 안에 어질러져 있던 물건들이 모두 치워진 것은 얀센과 로사 부부가 정성 어린 음식을 만든 뒤였다.

"어머……! 이 스테이크에선 냄새가 안 나요. 이거 어떻게

요리한 거죠? 특별한 고기인가요?"

카이로시아의 질문에 답한 이는 로사이다.

"아니에요. 백작님이 주신 후춧가루를 쳐서 그럴 거예요."

"후춧가루……? 그럼 혹시 이것도……?"

카이로시아의 시선을 받은 현수는 싱긋 웃음 지었다.

"카이로시아 양! 후춧가루는 하인스 상단만의 품목이니 탐내지 마시오. 그리고 말 나온 김에 정식으로 인사를 나누시오. 이쪽은 하인스 상단 테세린 지부 지부장인 얀센이오."

"반갑습니다. 얀센입니다."

"이쪽은……."

현수는 말을 잇지 못했다. 카이로시아가 나섰기 때문이다.

"이레나 상단의 미판테 지부장을 맡고 있는 카이로시아 에델만 드 로이어라고 해요."

"네! 이레나 상단……. 말은 많이 들었습니다. 상당히 정직한 상단이지요."

"좋은 평가에 감사드려요. 상인의 생명이 무어겠습니까? 신용과 정직이지요. 이레나는 이걸 철칙으로 여기고 있죠."

카이로시아는 짐짓 자랑스럽다는 표정을 지었다. 그러다 문득 생각났다는 듯 말을 이었다.

"그런데 후춧가루라는 건 뭐죠?"

"아! 그건……."

현수 대신 얀센이 설명한다. 이제부턴 그가 전문적으로 팔아야 할 물목이기 때문이다.

"치이, 제가 백작님을 조금 더 일찍 만났어야 하는 건데…… 아깝군요. 하지만 어쩌겠어요? 축하드려요. 얀센! 이제 부자 되는 일만 남았군요."

"하하, 네! 그렇습니다. 백작님을 만나서 벌써 제 팔자가 폈습니다. 제 생각에도 큰 부자가 될 것 같습니다."

역시 상인이다. 후춧가루에 대한 간단한 설명만으로도 얼마나 많이 팔릴지 감 잡는 것을 보면……!

현수는 새삼스런 눈으로 카이로시아를 바라보았다.

운이 좋아 귀족가에서 태어났고, 상단 운영에 참여하면서 경험을 약간 쌓은 정도로 생각했다.

그런데 안목이 상당히 높다는 것을 인정하게 된 것이다.

식사를 하는 동안 거품입욕제에 대한 이야기가 나왔다. 카이로시아의 눈이 반짝인 것은 당연지사이다.

세탁비누 이야기도 나왔다. 카이로시아는 아예 의자를 당겨 앉았다. 강한 호기심과 흥미의 결과이다.

냄새를 없애주는 락스와 페브리즈 이야기까지 나오자 현수의 의자 옆에 자신의 것을 딱 붙였다.

"하인스 백작니임!"

"……?"

"전 아직 하인스 백작님의 풀 네임을 몰라요."

저녁 먹는 동안 카이로시아는 어떤 방법으로든 현수의 곁에 남기로 마음먹었다.

제국의 백작이다.

게다가 신기한 상품을 무궁무진하게 가지고 있는 듯하다. 이런 사람이 자신에게 센트 오브 워머나이저를 주었다.

오늘 밤, 순결을 잃어도 좋다. 아니, 꼭 잃어야 한다.

그래야 이 대단한 사내를 휘어잡을 빌미가 생기는 것이기 때문이다.

많이 아프겠지만 여자라면 누구나 한 번은 겪는 일이라 들었다. 그렇다면 그 고통을 오늘 겪고야 말겠다는 결심한 것이다.

그렇다면 아양을 미리 떤다고 손해 볼 일은 없을 것이다.

하여 축농증 환자처럼 코맹맹이 소리로 현수를 부른 것이다.

한편, 현수는 멀쩡하던 여자가 갑자기 왜 이러나 싶은 생각에 말없이 바라만 보았다.

"그리고 저요, 저도 그 거품입욕제라는 거 한번 써보면 안 될까요? 제 옷도 세탁비누라는 걸로 한번 빨아보고, 페브리즈라는 걸 한번 뿌려보면 안 돼요? 네?"

"⋯⋯!"

카이로시아는 갑자기 팔짱을 낀다. 그리곤 몸을 배배 틀며 콧소리를 낸다. 그러다 현수가 얼핏 그녀의 가슴을 보게 되었다.

보고 싶어 본 것이 아니라 카이로시아가 몸을 틀면서 앞섶이 벌어져서 보게 된 것이다. 너무도 뇌쇄적이다.

"아잉! 한 번만 하게 해줘 봐봐요. 나도 한번 해보고 싶단 말이에용. 하게 해주실 거죠? 그죠? 로시아도 그거 한 번 해보고 싫어용. 백작니임! 네⋯⋯? 하게 해주실 거죠? 그죠?"

"끄으응⋯⋯!"

현수는 나직한 침음만 낼 수 있을 뿐이다.

카이로시아는 미녀 중에서도 미녀라 할 수 있다.

어찌 보면 캐서린 제타 존스와 닮았지만 자세히 보면 그녀보다 더 아름답다.

아무런 화장도 하지 않은 맨얼굴이기 때문이다. 여기에 한국의 현란한 화장 기술이 더해지면 어떻겠는가!

어쩌면 캐서린 제타 존스가 추녀처럼 느껴질지도 모른다. 이런 미녀의 뇌쇄적인 애교를 어찌 감당하겠는가!

"알았소. 알았으니 이제 그만⋯⋯."

"호호, 고마워요. 기왕 하게 해주신다고 했으니 저녁 먹고 할게요. 로사 아주머니, 그래도 돼요?"

"물론입니다. 카이로시아 아가씨! 더운 물은 얼마든지 쓰셔도 됩니다. 오늘도 여관 문을 열지 않을 것이니 마음 놓고 쓰십시오."

"고마워요. 로사 아주머니!"

현수는 카이로시아를 또 다시 재평가했다. 평민인 로사에게 하대하지 않고 반 공대하는 모습 때문이다.

'좋아, 기왕에 하게 해주는 거니 아주 끝장을 내주지.'

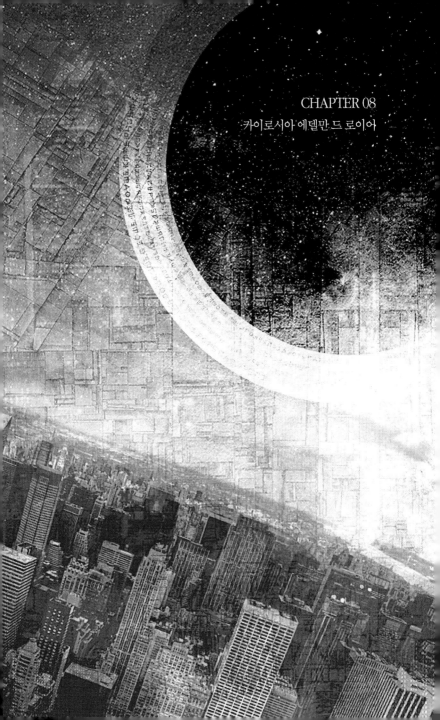

CHAPTER 08
카이로시아 에델만 드 로이어

저녁 식사 후 카이로시아는 커피 한 잔을 더 마셨다.

센트 오브 워머나이저!

수많은 처녀들로 하여금 순결을 잃게 만든 것이지만 아주 달게 마셨다. 안 주면 달래려고 했던 것이다.

식사 전에 먹었던 것에 문제가 있었는지 효과가 나타나지 않았다. 이걸 두 잔째 마시니 이번엔 효과가 확실할 것이란 생각에 아주 기분 좋게 마셨다.

실제로도 매우 달아 입이 즐거웠다.

먼저 욕실로 간 현수는 거품입욕제 가운데 페퍼민트향을 뿜는 것을 풀어 넣었다.

페퍼민트 정유에는 멘톨(Menthol)이라는 성분이 들어 있다.

하여 피부와 점막을 시원하게 해주는 효능을 낸다.

뿐만 아니라 정신적 피로와 우울증을 완화시켜 주는 효능이 있으며, 항균과 통증 완화 효과까지 있다.

현수는 곳곳에 아로마[2] 향초까지 켜두었다.

자욱한 수증기 속에서 가물거리는 빛을 내니 냄새는 물론이고 로맨틱한 분위기까지 난다.

여기에 세면용 비누와 일회용 샴푸도 꺼내 놓았다.

비누야 환경오염을 덜 시켜 여러 번 꺼냈지만 샴푸는 웬만해선 꺼내지 않던 것이다.

하나 착한 마음을 가진 카이로시아를 위해 꺼낸 것이다.

물론 다 쓴 껍질은 회수할 생각이다.

카이로시아가 목욕하는 동안 돕던 로사가 나오자 그녀로 하여금 벗어놓은 옷을 세탁하도록 했다.

차마 손수 빨래를 해줄 수는 없었기 때문이다.

쓰고 남은 세탁비누를 쓰게 하려다 옥시크린을 쓰도록 했다.

원룸에서 혼자 지내는 동안 현수는 여러 세제를 사용한 바 있다. 그러던 중 흰 옷은 더욱 희게 해주고, 색깔 옷은 더욱 선명하게 해준다는 이걸 써본 적이 있다.

찌든 때를 빼는 것은 물론이고, 얼룩이 있다면 제거해 준다.

뿐만 아니라 각종 세균을 멸균시키고, 냄새까지 제거해 준

---

2) 아로마(Aroma):사람에게 이로운 식물의 향기 또는 이를 사용하기 편리하도록 정유(精油) 상태로 가공한 방향(芳香) 물질.

다는 제품이 아니던가!

세탁을 하던 로사는 너무도 쉽게 때가 빠지자 놀라는 표정을 지었다. 마지막은 역시 샤프란이다.

현수는 하늘색 블루 비앙카를 쓰도록 했다. 맑게 개인 하늘처럼 청명하고 상쾌한 향을 뿜는다 생각했기 때문이다.

빨래를 하던 로사는 참 많은 것을 경험한다 생각했다. 그리곤 하인스 백작을 만난 것을 천운으로 여겼다. 거만하지도 않고, 아랫사람들을 잘 보살펴 주는 좋은 주군이 될 듯하다.

아무튼 목욕을 마친 카이로시아는 목욕타월로 몸을 감고 나타났다. 이런 건 가르쳐 주지 않아도 아는 모양이다.

물론 현수가 있는 방은 아니다.

현수는 도끼빗과 앤틱 거울 하나를 꺼내서 보냈다. 심부름은 코찔찔이 세실리아가 했다.

자작가의 딸을 한 달 동안 부려먹을 월급과 맞먹는 것인데 거저 꺼내서 준 것이다.

카이로시아는 샴푸로 머리를 감고는 감탄하지 않을 수 없었다. 기름기가 쏙 빠지면서 너무도 부드러운 느낌을 주었기 때문이다.

나와서는 머리를 빗으며 또 한 번 감탄했다.

전에는 머리를 빗을 때마다 엉킨 것 때문에 아픔을 느꼈다. 그런데 빗질을 하면 그냥 부드럽게 넘어간다.

처음 욕실에 발을 들여놓았을 때 카이로시아는 페퍼민트의 청량한 향을 느끼곤 감탄했다.

그리곤 몸에서 나오는 때를 보고 부끄러워했다.

엄청난 양이 나온 것이다. 목욕 전에 이것이 피부 노폐물이라 들었기에 상당히 부끄러웠다.

그러거나 말거나 로사는 이태리타월로 북북 때를 밀었다.

목욕을 마치곤 수분 흡수가 너무도 잘 되는 타월에 또 한 번 감탄했다. 이런 건 왕궁에도 없는 물건이라 생각했다. 그래서 제국의 공주가 된 기분이었다.

그러다 하인스 백작이 도대체 뭘 얼마나 더 가지고 있을지를 생각하던 카이로시아는 애써 고개를 흔들었다. 더 이상 생각지 않기로 한 것이다. 그리곤 입술을 깨물었다.

현수와 만난 지 열흘쯤 되었다. 하지만 오늘 무슨 일이 있어도 같이 밤을 보내야 한다. 그러면 그가 가진 것이 무엇인지 확실히 알 수 있을 것이기 때문이다.

그러면서도 걱정이 태산이다.

'만일 하룻밤 인연이면 어쩌지? 그럼 난 어떻게 되나?'

순결을 잃고도 이를 속인 채 시집가는 여자들이 많다는 것을 안다. 하나 어찌 양심상 그럴 수 있겠는가!

결혼을 하면 상대와 평생을 살아야 하는데 처음부터 속이고 들어가는 것이기 때문이다.

'어떻게든 백작님이 날 좋아하게 만들어야 해. 그래야 나도 살고 가문도 살아!'

카이로시아는 망해가지도 않고, 오히려 점점 더 잘나가는 가문까지 들먹이며 자신의 결심을 공고히 했다.

"자아! 여기 있습니다."

로사가 내민 옷을 받아든 카이로시아는 또 한 번 놀랐다. 너무도 깨끗이 세탁되어 마치 새 옷 같았던 때문이다.

음식을 먹다 흘린 흔적이 있었는데 감쪽같이 사라졌다.

이걸 걸치던 카이로시아는 옷이 내뿜는 향기를 느끼곤 아예 할 말을 잃었다.

어찌 이럴 수 있단 말인가!

어떻게 옷에서 이토록 향기로운 냄새가 날 수 있단 말인가!

이건 드래곤의 마법으로도 불가능한 일이다.

카이로시아는 또 한 번 자신의 결심을 굳게 할 수밖에 없었다. 물론 오늘 밤 순결을 잃을 결심이다.

한편, 현수는 카이로시아에게 베푼 것에 흐뭇해하고 있었다. 놀라워하는 표정을 떠올리면 절로 웃음이 나왔다.

'후후! 후후후!'

"아가씨 드십니다."

"……!"

방문이 열리고 들어서는 카이로시아를 본 현수는 순간적으로 말을 잃었다.

아프로디테(Aphrodite)!

그리스 신화에 등장하는 사랑과 풍요와 미의 여신이다.

카이로시아는 가히 여신과 비교할 수 있을 만큼 아름다웠다. 반짝이는 눈빛, 오똑한 콧날, 그리고 선홍빛 입술.

화사한 빛깔의 드레스와 가지런히 정리된 머릿결, 그리고 그것을 잡아주는 나비 모양 머리집게는 카이로시아의 미를 더욱 돋보이게 하고 있다.

"고맙습니다, 백작님! 오늘 백작님 덕분에 굉장한 호사를 누렸어요. 다시 한 번 진심으로 감사드립니다."

카이로시아는 말없이 자신만 바라보는 현수를 향해 아름다운 미소를 지으며 고개 숙여 인사했다.

그런데 다른 건 다해도 인사는 하지 말았어야 한다. 현수가 또 한 번 봐서는 안 될 것을 본 때문이다.

'끄으응! 총각 가슴에 불을 지르네. 어휴……!'

현수는 나직한 신음을 냈다.

"오늘 곁에서 지내고 싶은데 괜찮으신지요?"

"곁에서……?"

"네. 백작님!"

카이로시아는 조신한 처녀의 모습을 보이고 있다.

의도적인 유혹이다. 조금 전 인사를 할 때에 앞섶을 가리지 않은 것도 사실은 계획적인 것이다.

"뭐, 그러시구려. 로사, 내 방 옆에 방 비었소?"

"네, 백작님!"

"얀센, 모든 구멍을 막아주게. 무슨 말인지 알지?"

"물론입니다. 백작님."

"로사, 미안한데 침대보 한 번 더 빨아야겠는데 괜찮겠소?"

"그럼요. 물론입니다. 후딱 빨겠습니다."

"좋아, 그럼 부탁하네."

"네에."

얀센 부부가 내려간 후 카이로시아는 현수의 맞은편 의자에 앉았다.

"이 고마움을 뭘로 표현해야 할지 모르겠어요."

"고맙긴……. 별거 아니니 신경 안 써도 되오."

"어머, 아니에요. 근데 조금 전에 구멍을 막으라 하셨는데 그건 왜 그런 거죠?"

새로운 뭔가가 있다는 것을 직감으로 아는 모양이다.

"오늘 카이로시아 양이 지낼 방을 청소하도록 시켰소."

"아……! 그랬군요."

카이로시아는 코리아 제국의 풍습이 조금 특이하다는 생각을 했다. 남녀가 밤새 같이 있는 게 아니라 볼일 다 보면 각기 다른 방에서 잠을 잔다 생각한 것이다.

그럼에도 자신을 위해 신경 써주는 것이 마음에 들었다. 하여 화사한 웃음을 지었다.

"언제고 로이어 영지를 한번 방문해 주서요."

"말 나온 김에 물어봅시다. 로이어 영지가 라이셔 제국에 있다고 들었는데 어디쯤 있는 것이오?"

"이곳으로부터 직선거리로 약 3,000㎞ 정도 떨어진 곳에 있어요. 제국의 수도인 코린의 서북방에 위치해 있어요. 갈비온 산맥과 헤포린 산맥 사이지요."

"흐음! 멀구려."

"네, 상당히 멀지요. 그래도 꼭 한번 방문해 주서요."

"기회가 되면 꼭 그러리다."

"고마워요. 근데 언제쯤 주무실 건가요?"

"아마, 두어 시간은 있어야 할 거요."

"왜죠? 밤이 깊어가는데······."

현수는 연막탄 이야길 했다. 카이로시아는 또 탐냈다.

하나 하인스 상단의 독점 품목이라는 말에 얼른 욕심을 거뒀다. 지금은 조그만 꼬투리라도 잡혀선 안 된다.

일단 쌀이 익어 밥이 되게 해야 한다. 그러면 떼도 쓸 수 있다 생각한 것이다.

연막탄은 이번에도 탁월한 성능을 선보였다. 수많은 벌레들의 사체가 치워지고 샤프란으로 행군 침대보가 씌워지기까지 현수는 카이로시아의 궁금증을 풀어주어야 했다.

모든 것이 끝난 후 현수는 자신의 방으로 들어갔다. 카이로시아는 현수의 부름을 기다리다 지쳐 잠들고 말았다.

쩍쩍! 쩍쩍쩍!

"아함······!"

새들 지저귀는 소리에 깬 카이로시아는 잠시 멍한 시선으로 있었다. 어디에 있는지를 가늠한 것이다.

"아차······! 혹시 백작님이 부르셨을지도 모르는데. 미쳤어! 내가 미쳤어. 아무리 피곤해도 그렇지······. 그냥 자버리다니. 어휴······! 이 바브탱이."

카이로시아는 화들짝 놀라며 얼른 침상에서 내려왔다.

삐이꺽!

현수는 잠결에 문 열리는 소리를 들었다. 새벽부터 노크도 없이 문을 열었다면 분명 코찔찔이 세실리아일 것이다.

피식 웃음 지었다. 귀여운 녀석이다.

하여 안아주겠다는 뜻으로 이불을 들추고 팔을 벌렸다. 예상대로 착 안긴다. 그런데 아이치고는 조금 크다.

아무튼 말없이 품속을 파고든다. 잠결인지라 별 생각 없이 안아주었다. 그리곤 못 다한 잠을 마저 잤다. 몸을 옆으로 누이고 꼭 안은 채 잠든 것이다.

쩍쩍! 쩍쩍쩍쩍……!

"하아암! 잘 잤다. 헉……!"

기지개를 켜던 현수는 화들짝 놀라지 않을 수 없었다. 카이로시아가 곁에서 자고 있었기 때문이다.

아주 곤히 잠들었기에 현수가 일어난 것을 모르는 모양이다. 살그머니 일어난 현수는 기억을 더듬었다.

어제 술은 마시지 않았다. 따라서 술김에 실수한 것은 아니다. 방을 둘러보았다. 자신의 방이 맞다.

그런데 카이로시아가 어찌 이 방에 있단 말인가!

현수는 잠잘 때 갑갑한 것을 싫어한다.

하여 팬티 바람으로 잠들었다. 카이로시아 역시 얇은 잠옷 차림이다. 로사의 것을 빌린 것이다.

'대체 뭐가 어찌 된 거지?'

"하암! 어머⋯⋯! 일어나셨어요?"

"어⋯⋯! 일어났소?"

"네, 덕분에 아주 잘 잤어요. 백작님도 잘 주무셨죠?"

"그, 그렇소. 그런데 어찌 카이로시아 양이 여기에⋯⋯?"

"그보다 먼저 옷을 입어주시면 안 될까요? 제가 보기에 조금 부끄럽네요."

"허걱⋯⋯!"

현수는 얼른 옷을 걸치기 시작했다. 팬티바람으로 있었던 것이다.

그러는 동안 카이로시아는 이불을 머리까지 끌어올렸다. 그리곤 나직이 중얼거렸다.

"지금부터 잘해야 해."

"험험! 허허험⋯⋯!"

"다 입으셨네요."

"그, 그렇소."

"그럼 저도 제 방으로 가서 옷 좀 갈아입을게요. 잠시 몸을 돌려주시겠어요?"

"그, 그럽시다."

현수가 몸을 돌린 사이 카이로시아는 혹시 돌아보면 부끄럽다는 듯 까치발로 살금살금 걸어가 문을 열었다.

삐이꺽!

"아아, 아가씨. 여기 계셨군요. 전 어디 가셨나 했습니다. 백작님도 일어나셨지요?"

로사의 음성이다.

"끄으응……!"

현수는 나직한 침음을 냈다.

"어머, 로사 아주머니! 백작님하고 저하고 같이 잔 거 절대 비밀이에요. 아셨죠? 쉬이잇!"

보나마나 둘째손가락을 세워 입술에 대고 있을 것이다.

"네에, 카이로시아 아가씨! 알았어요. 호호호!"

"로사 아주머니! 약속 지킬 거죠?"

"물론입니다. 제 입술은 아주 무겁답니다. 아무튼 식사 준비 다 했으니 조금 있다가 내려오세요."

"네에, 고맙습니다. 곧 내려갈……. 어머나, 세실리아!"

"어라……! 귀족 언니가 왜 그 방에서 나와요? 어젯밤에 하인스 기사님하고 같이 잔 거예요?"

"끄으응……!"

현수는 또 한 번 침음을 냈다.

"으응! 그게 그냥……. 세실리아, 언니가 백작님하고 같이 잔 거 아무한테도 말하면 안 된다. 알았지?"

"언니가 백작님이랑 같이 잔 거 말하지 말라구요?"

"그래, 조금 있다가 설탕 덩어리 또 줄게."

"헤헤, 네에! 알았어요. 헤헤, 친구들한테 자랑해야지."

우당탕탕탕……!

현수와 카이로시아, 그리고 로사는 세실리아의 약속이 지켜지지 않으리라는 것을 깨달았다.

서둘러 계단 내려가는 소리가 그 증거이다.

"제기랄……!"

현수는 곤란한 상황이 벌어져 카이로시아가 불편해질 것을 우려하여 투덜거렸다.

같은 순간 카이로시아의 생각은 다르다.

'세실리아, 잘한다! 나가자마자 친구들한테 확 불어라. 알았지? 동네방네 다 돌아다니면서 계속해서 불어야 한다. 호호, 우리 세실리아……! 언니는 너만 믿는단다. 호호호!'

어째 뭐가 바뀌어도 단단히 바뀐 느낌이다.

카이로시아가 다시 성장을 하는 동안 현수 역시 옷을 제대로 갖춰 입었다.

똑똑!

"백작님, 카이로시아예요. 들어가도 돼요?"

"험험! 들어오시오."

삐이껵!

"어머, 벌써 다 입으셨네요. 백작님, 식사 준비 다 되었대요. 내려가요."

"허험! 그, 그럽시다."

현수는 괜스레 미안한 기분이 들어 카이로시아의 얼굴을 볼 수 없었다.

이때 카이로시아가 아주 자연스럽게 팔짱을 끼운다.

현수는 팔을 빼려다가 멈췄다. 상대에게 모멸감을 줄 수 있기 때문이다. 그러거나 말거나 카이로시아가 입을 연다.

"백작님, 너무 심려치 마세요. 우리가 같이 자기는 했지만 무슨 일이 있었던 것은 아니잖아요. 그죠?"

"그, 그럼요."

"그런데 왜 신경 써요? 우리만 떳떳하면 되잖아요. 안 그래요? 그러니 그런 표정 짓지 마세요."

"······!"

"저는요. 소문이 나도 상관없어요."

"그게 무슨 말이요? 자칫 카이로시아 양의 혼사길이 막힐 수도 있는데. 그래도 괜찮단 말이오?"

"쳇······! 그깟 시집 못 가면 그만이죠."

카이로시아는 짐짓 초연한 척했다. 하지만 현수는 초연할 수 없는 상황이다. 그렇기에 얼른 반문했다.

"그만이라니요?"

"그냥 그렇다는 말이에요. 전 떳떳해요. 근데 남자 쪽에서 제 순결을 의심해서 결혼하지 않겠다고 하면요······."

"하면······?"

"그런 남자랑은 결혼 안 하면 그만이에요."

"그건 그 남자 잘못만은 아니지 않소? 세상 남자들은 모두 자신의 부인이 될 여자가 순결하길 바란단 말이오."

"그러니까 하는 말이에요. 백작님이 알다시피 어젯밤 우린 아무 일도 없었어요. 그죠?"

"그럼요."

얼른 고개를 끄덕였다. 아니라고 하면 큰일이기 때문이다.

"그것 때문에 시집을 못 간다면 안 가고 말 거예요. 그냥 혼자 살면 되죠. 가끔 백작님의 품을 생각하면서…… 세상에 태어나서 처음으로 안겨본 남자의 품이었거든요."

"……!"

현수는 아무런 대꾸도 할 수 없었기에 입을 다물었다.

"제게 몽유병[3]이 있나 봐요. 자고 일어나 보니 백작님 품에 안겨 잠들어 있었어요. 근데 너무 편했어요. 이런 기분 때문에 여자들이 시집을 가려고 하나 봐요."

"……!"

"백작님, 만일 제가 시집을 못 가게 되면 그건 백작님 책임도 조금 있는 거예요. 그러니까 가끔 품에 안겨서 자게 해줘요. 그 정도는 해줄 수 있죠?"

"네에? 그, 그게 무슨……"

"치이……! 백작님, 남자답지 못하시다. 전엔 제 가슴을 보고도 안 봤다고 발뺌하다 결국 사과하셨으면서…… 오늘 또 그러시려는 거예요?"

"그, 그게……!"

현수는 우물쭈물했다. 뭐라 말해야 할지 난감했던 것이다.

"백작님! 절 안고 주무시긴 했지요?"

"그, 그렇소. 그렇지만 그건……"

"그 이유는 중요치 않아요. 그런데 그것 때문에 제가 시집

---

3) 몽유병:수면보행증(睡眠步行症, Somnambulism)이라고도 함. 잠자는 상태에서 잠자리를 벗어나 걸어다니거나 이상한 행동을 보이는 증세.

못 가면 백작님께 책임이 조금은 있는 거지요? 그쵸?"

"그, 그게 그렇게 되는 건가요?"

"당연하죠! 아무튼 책임이 조금은 있는 거죠?"

"그, 그렇소."

현수는 할 수 없이 대답을 했다. 그런데 그 말은 곧바로 발목 잡히는 말이었다.

"그럼 남자답게 책임지셔야죠."

"네에? 채, 책임을……?"

"네, 책임이래 봤자 뭐 별거 아니에요. 제가 백작님 때문에 시집을 못 갔는데 남자 품이 그리워 못 견딜 때마다 품만 빌려주시면 되는 거니까요."

"끄으응……!"

이쯤 되면 분명 농담이다. 근데 대꾸할 말이 없다. 하여 침음성을 냈다.

"치이……! 남자답지 못하게 또 그러신다. 백작님 이러시는 거 조금 비겁해요."

"비겁……?"

"네, 그러니까 빨리 대답 안 해주시면 매일 밤마다 백작님 품이 그립다고 안아달라고 할지도 몰라요. 아셨어요?"

"아, 알았소."

그냥 놔뒀다간 얼마나 더 진도가 나갈지 알 수 없는 상황이다. 그렇기에 얼른 대꾸한 것이다.

"좋아요. 그럼 약속의 증표를 주세요."

"증표라니요?"

"약속은 했는데 나중에 나 몰라라 하면 어떻게 해요? 그러니 제가 척 보여주면 오늘 한 약속이 생각나게 하는 그런 물건 하나 달라는 거예요. 반지 같은 거 혹시 없어요? 너무 큰 물건 주시면 갖고 다니기 힘들잖아요."

카이로시아는 아무렇지도 않은 표정이었지만 속은 아니다. 어떤 수를 쓰든 현수의 발목을 잡아야 하기 때문이다.

그렇기에 현수가 거절하면 어쩌나 하는 마음이다. 만일 아니라고 하면 목이라도 매야 하는가라는 생각이 스쳤다.

하나 둔감한 현수는 카이로시아의 말을 곧이곧대로만 해석했다. 지금껏 여자를 사귀어본 적이 없기 때문이다.

"반지……?"

"네, 실반지도 괜찮고, 그냥 평범한 것도 괜찮아요."

"알았소. 잠시만……."

현수는 아공간을 뒤졌다. 그러다 백금으로 세팅한 1캐럿짜리 다이아몬드 반지를 꺼냈다.

사실 이게 다이아몬드인지 큐빅(Cubic)인지, 모이사나이트(Moisanite)인지 모른다.

보석에 아무런 관심도 없기 때문이다.

그럴 듯하고 크기도 적당한 듯 싶어 꺼낸 것이다. 짐작으로 꺼낸 반지임에도 다행히 손가락에 꼭 맞았다.

"어머……! 이건 다이아몬드네요. 알도 제법이고……. 제 마음에 쏙 들어요."

카이로시아는 환한 웃음을 지으며 손가락에 낀 반지를 계속 해서 들여다보고 있다.

현수는 그저 약속의 증표로 준 것이지만 카이로시아는 아니 다. 결혼을 약속한 예물의 의미로 받아들인 것이다.

조금 전에 말했다.

언제든 현수의 품이 필요하다면 안아주기로……!

당장은 아니지만 오늘 밤, 아니면 내일 밤부터 늙어 죽을 때 까지 날마다 그립다면 어쩌겠는가!

결국엔 혼인을 한 것이나 다름없다. 그렇기에 예물의 의미 로 생각한 것이다.

"참! 여기에 백작님의 이니셜을 새겨주세요. 제 것두요. 그 래야 약속을 상기하기 쉽지 않겠어요?"

"알겠소. 이리 주시오."

반지를 되돌려 받은 현수는 하인스의 첫 글자 H와 카이로시 아의 첫 글자 K를 새겼다.

폭이 좁았지만 카이로시아 모르게 인라지 마법을 거니 별로 어려운 일이 아니다. 새겨놓고 보니 왠지 허전하다.

딱 두 글자만 있으니까 심심해 보이는 것이다. 하여 문자와 문자 사이에 ♡를 그려 넣었다.

한국에선 사랑한다는 의미로 쓰이지만 이곳에선 이게 무엇 인지 모를 것이라 생각한 것이다.

"자, 여기……!"

"네에. 고마워요. 어머……! 우리 이니셜 사이에 하트를 새겨주셨네요. 고마워요. 이것 덕분에 오늘 일은 죽을 때까지 잊히지 않을 거예요."

"에엥……? 하트를 아시오?"

"그럼요. 사랑하는 부부끼리 서로 미치도록 사랑한다는 뜻으로 쓰는 상징이잖아요."

연인도 아니고 부부란다. 현수는 벙찐 표정을 지었다.

"……!"

"설마 이게 무슨 뜻인지 모를 것이라 생각하셨던 거예요?"

"그게… 코리아 제국에서도 그 뜻으로 쓰이긴 하는데……."

현수는 엉겁결에 해서는 안 될 말을 했다.

여우같은 카이로시아가 어찌 이 기회를 놓치랴!

"어머나! 만난 지 겨우 열흘밖에 안 되었는데 백작님이 저를 마음에 두신 지는 몰랐네요. 고마워요. 백작님의 마음……! 소중히 간직할게요. 그리고 영원히 잊지 않을게요."

말을 마친 카이로시아가 소중한 반지라는 뜻으로 입을 맞추고는 자신의 가슴에 안는 시늉을 한다.

"끄으응……!"

현수는 지금 카이로시아가 장난한다 생각했다.

솔직히 한국에서의 김현수는 별 볼일 없는 사내였다.

삼류 대학 수학과 출신이다.

가난한 집의 자식이고, 모아놓은 재산은 쥐뿔도 없다. 당연히 물려받을 재산도 없다.

직장은 있지만 남들보다 빠른 진급을 할 확률은 거의 없었다. 오히려 잘리지만 않아도 용한 것이었다.

물론 멀린을 만나기 이전의 김현수가 이렇다.

그러고 보니 진짜 재수가 좋아 과장이 된 거다.

반면 카이로시아는 백작가의 영애이다. 거대 상단을 운영하기에 물려받을 재산도 상당히 많을 것이다.

지금껏 귀족가의 여식으로 성장하면서 제대로 된 제반 교육을 받아 교양까지 넘친다.

게다가 미녀 중의 미녀라 할 수 있을 정도로 빼어난 외모의 소유자이다. 또한 몸매까지 남자들의 이상형이다.

이런 여자가 만난 지 열흘 만에 자신을 사랑하는 것처럼 말을 하니 어찌 장난한다 생각하지 않겠는가!

현수가 이런 생각을 하고 있는 동안 잠시 반지를 매만지던 카이로시아가 갑자기 한쪽 무릎을 꿇는다.

그리곤 장난기 하나 없는 진지한 표정으로 입을 열었다.

"저, 카이로시아 에델만 드 로이어는 오늘부터 하인스 멀린 백작님의 여인으로서 늙어 죽을 때까지 사랑할 것이며, 영원히 곁에 머물며 내조할 것입니다."

"카, 카이로시아 양……!"

현수가 말렸지만 그럴 생각이 없는지 말을 잇는다.

"이는 대지 여신인 가이아님의 이름으로 하는 맹세이니 만일 제가 이 맹세를 어기거든 저를 지옥의 활활 타오르는 불길 속에 내던지소서."

"카이로시아 양! 어째서……?"

현수는 너무도 당황하였기에 말을 잇지 못했다. 하나 카이로시아는 아니다. 다시 한 번 정색하며 입을 연다.

"백작님! 여자의 몸으로서 알몸에 가까운 상태로 백작님의 품에 안겨 있었던 것만으로도 저는 이미 다른 사내와 혼인할 자격을 잃었어요. 그런데 지금껏 혼인하지 않고 평생을 살고프다는 생각은 해본 적이 없답니다. 제가 싫지 않으시다면 저를 반려로 맞아주시면 안 되나요?"

"……! 카이로시아 양!"

"제게 부족한 점이 있다면 채워 넣을게요. 고쳐야 할 점이 있다면 반드시 고칠게요. 마음에 들지 않으면 백작님의 마음에 들도록 노력하고 또 노력할게요."

"카이로시아 양!"

"솔직히 전 아직 백작님을 잘 몰라요. 그럼에도 백작님과 한평생을 같이 하고 싶어요. 왠지 좋은 분 같아서요. 그리고 솔직히 말해서 백작님께 끌려요. 그러니 허락해 주세요."

"으으음……!"

현수는 농담이 아니라는 것을 눈치채곤 침음을 냈다.

이곳은 아드리안 공국의 위기를 벗겨주기 위해 온 것이다.

임무만 달성되면 대한민국으로 되돌아가 천지건설의 부속품이 되어 살아야 한다 생각했다.

부모가 그곳에 있기 때문이다.

그런데 백작가의 영애인 카이로시아가 본심을 드러냈다.

남자로서 환호작약하며 기쁨의 환성을 지르고도 남을 일이다. 너무도 아름답고, 영리하며, 부자인 데다가 선한 여인을 차지하게 되었으니 왜 안 그러겠는가!

하나 결혼을 하게 되면 아이를 갖게 된다. 아르센 대륙에 혈육관계가 성립하는 존재가 생기게 되는 것이다.

'그렇다면 지구는……?' 이라는 생각이 들기에 쉽게 대답하지 못하고 있는 것이다.

"지금 당장 대답해 달라는 것은 아니에요. 저를 가까이 두고 살피세요. 고치라는 것은 고치고, 버리라는 것은 버릴게요. 그러다 내키시면 그때 취하셔도 돼요."

말을 마친 카이로시아는 고개를 숙였다. 여자로서 모든 자존심을 버리고 매달렸기 때문이다.

이제 결정은 하인스 백작이 하게 될 것이다.

받아들여 준다면 하늘을 날 듯한 행복감을 느끼겠지만 거절한다면 목을 매리라 마음먹었다.

그렇기에 카이로시아의 표정엔 비장함이 어려 있었다.

"흐으음……! 카이로시아 양."

"말씀하세요."

"지금은 내가 반드시 해야 할 일이 있어요. 그걸 해결하기 전까진 카이로시아 양을 부인으로 받아들이겠다는 약속을 드릴 수 없습니다."

"왜지요?"

"목숨을 잃을 수도 있는 일을 해야 하오. 그런데 난 카이로시아 양이 미망인이 되는 걸 바라지 않소."

"……!"

"그러니 우리의 인연은 조금 더 두고 결정하면 어떻겠소?"

"순전히 저의 입장을 생각해서 하시는 말씀이세요?"

"으음! 맞아요."

현수가 시인한 것은 세세한 속사정까지 속속들이 말할 수 없기 때문이다.

"그렇다면 제가 미망인이 되어도 좋다면 어찌 하시겠어요? 아니 저 과부 되어도 좋아요. 늙어 죽을 때까지 재혼 따윈 생각도 안 할게요. 저, 단 하루뿐이라 할지라도 하인스 백작님의 아내가 되고 싶어요."

"헐……!"

현수는 대꾸할 말을 잃었다. 카이로시아의 결심이 확고하다는 것을 충분히 알 수 있었기 때문이다.

그래도 어찌 이곳에서 혼인을 할 수 있다는 말인가!

"카이로시아 양! 내게 말 못 할 비밀이 있소. 그래서 혼인을 한다 하더라도 그 생활이 남들과 같지 못할 것이오."

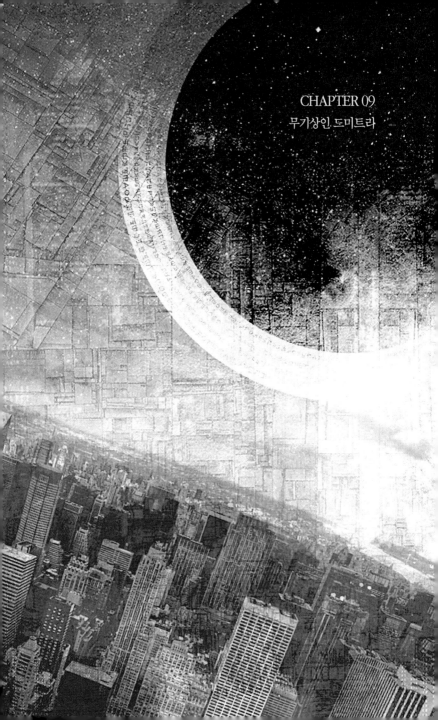

CHAPTER 09
무기상인 도미트라

"그래도 좋아요. 하루라도 백작님과 함께하면 저는 그것으로 만족할게요."

'진드기도 아니고……. 어휴! 배울 만큼 배운 여자가… 갑자기 이러는 것은 대체 뭣 때문일까?'

현수는 카이로시아의 마음을 헤아릴 수 없어 고개만 절레절레 흔들었다.

"백작님, 앞으로는 카이로시아 양이라 부르지 마시고 그냥 로시아라고 불러주세요."

"로시아?"

"네, 그렇게 불러주시니 정감이 느껴져서 좋네요."

'어휴……. 모르겠다! 될 대로 되라지.'

현수는 깊이 생각하여 머리가 아프느니 차라리 되어가는 대로 놔두자고 마음먹었다.

둘은 아침식사를 위해 계단을 딛고 내려왔다. 식사하는 내내 카이로시아는 활짝 핀 장미처럼 화사한 미소를 지었다.

장래의 부군에게 아름다운 모습을 보이기 위함이다.

카이로시아는 열흘 정도 자리를 비운다고 했다. 이웃 영지의 영주를 만나 담판지어야 할 일이 있기 때문이라고 했다.

카이로시아가 나간 후 후춧가루와 연막탄을 꺼냈다.

얀센의 입은 귀까지 찢어졌다. 후춧가루는 병에 든 것 200개, 통에 든 것 100개이다. 1,200골드어치이다.

연막탄도 200개를 꺼내 놓았다. 이것들은 일회용이므로 서비스 차원에서 하나당 50실버만 받으라고 했다.

이것까지 합치면 모두 1,300골드가 된다.

현수는 얀센을 불러 검술 수련을 위해 며칠 산으로 들어갈 것이니 당분간 찾지 말라 하였다. 그리곤 테세린 외곽에서 다시 한 번 차원이동을 했다.

"마나여, 나를 지구로 보내다오. 트랜스퍼 디멘션!"

쉬리리리링—!

현수의 신형이 마치 안개가 스러지듯 그렇게 사라졌다.

*　　　　*　　　　*

"성공이군! 근데 공기가 왜 이리 탁해?"

피톤치드가 풍부하다 못해 넘쳐나는 곳에 있다 오니 호흡하는 것이 불편할 지경이다.

"이번엔 아르센에 열흘밖에 못 머물렀군. 제기랄, 언제쯤 되면 마음놓고 일을 볼 수 있을까?"

마나도 풍부한 청정지역에서 마나라곤 희박하기 이를 데 없는 오염지역으로 왔기에 투덜거린 것이다.

그리고 보니 월요일에 누군가를 만나기로 했다.

"그나저나 대체 어떤 놈이 온 거지? 에이……!"

휴가를 방해받은 기분이 된 현수는 살짝 불쾌감이 들었다.

대구에서의 일은 어떻게 매듭지어지는지 궁금해서 핸드폰을 켜보니 방전되어 있다.

할 수 없이 시동을 걸고 출발했다. 집에 당도한 것은 늦은 오후였다. 샤워부터 하고 저녁식사를 했다.

그리곤 날짜를 확인했다. 이번엔 계산한 대로 6월 2일이다. 이제야 팔찌 사용법을 제대로 익힌 셈이다.

권지현에게 전화를 걸었다.

범행에 사용된 흉기에서 고인철, 고진철 형제의 지문을 찾아냈으므로 곧 재판이 벌어질 것이라 한다.

문제는 아무리 추궁해도 자백하지 않는다는 것이다. 그리곤 모든 죄를 고강철에게 뒤집어씌우고 있다고 한다.

하나 조만간 시인하게 될 것이라면서 웃었다.

고강철의 아이들을 찾는 것은 어렵지 않을 것 같다고 한다. 고진철이 어디에 맡겼는지 순순히 말했기 때문이다.

통화 말미엔 출국하기 전에 꼭 한번 대구에 들러달라고 했다. 약속했던 여행을 가자는 것이다.

다음엔 오광섭에게 전화를 걸었다.

이숙희의 건강 상태는 눈에 뜨이게 좋아졌다고 한다. 밥도 잘 먹고, 잠도 잘 잔다고 한다.

조금 더 나아지면 비뇨기과에서 매독 치료를 받고, 정신과 치료도 받게 하겠다고 하여 안심하였다.

통화를 마치고 팔찌를 확인해 보았다. 예상대로 검은색이었던 마나석이 회색으로 변해 있다.

"흐음, 언제 틈이 날지 모르니 이 주변에도 결계를 칠 만한 곳이 있나 확인해 봐야겠군."

지도로 확인해 보니 아차산은 용마산, 망우산과 이어져 있다. 그런데 마땅한 곳이 없다. 사람들의 왕래가 많기 때문이다.

"인적 드문 곳 어디 없나?"

위성지도로 여기저기를 검색해 봤지만 마땅한 곳이 없다.

워낙 인구밀도가 높기에 깊은 산속이라도 마음놓을 만한 곳이 드물었던 것이다.

전방지역은 산이 많아 적당한 곳이 많다. 하지만 불을 켜면 군인들이 득달처럼 달려올 것이다.

DMZ도 고려해 보았는데 남북한 양쪽 군인들이 한꺼번에 올 것 같아 포기했다. 그리곤 한참을 고심하였다.

"결국 덕항산밖에 없는 건가?"

현수는 텔레포트 마법으로 덕항산으로 향했다. 그리곤 밤새 마나를 모았다. 현실 시간으론 약 일곱 시간이지만 안의 시간은 52일 정도이다. 그럼에도 마나석은 짙은 회색이다. 계룡산보다 마나가 희박함을 확인할 수 있는 시간이었다.

*   *   *

"사장님! 나오셨어요?"

"아……! 이은정 씨, 좋은 아침이에요. 근데 학교 안 가요?"

"네. 교수님께서 취업했다고 수업 안 들어도 학점 준다고 하셨거든요. 근데 휴가는 잘 다녀오셨어요?"

"덕분에……. 이은정 씨는 어땠어요? 좀 쉬었어요?"

"네……? 아, 네에."

왠지 대답이 시원치 않았다. 방에 콕 박혀 있었던 모양이다.

월급을 받아 돈은 많이 있지만 아까워서 쓰지 못했을 것이다. 하나 캐물을 일이 아니기에 더 묻지는 않았다.

그러다 사장실을 열어보곤 눈을 비볐다. 분위기가 달라도 너무 많이 달라져 있었던 것이다.

창마다 커튼이 달려 있고, 최고급 호텔에 들어온 양 아기자기한 소품과 꽃으로 가득하다.

"아, 이은정 씨……!"

"죄송해요, 제 마음대로 해서……. 근데 마음에 드셔요?"

"물론이에요. 너무 좋군요. 이걸 어떻게 혼자서……."

전에는 아무렇게나 놓인 서류와 각종 샘플 등으로 인해 약간 산만한 분위기였다. 그런데 먼지 한 점 없을 정도로 깨끗하고, 잘 정리정돈되어 있다.

업무 의욕이 절로 솟을 만한 공간으로 변모한 것이다. 아기자기한 소품과 화분들이 분위기를 완전히 바꿔놓은 것이다.

"마음에 드시는 것 같아 다행이에요. 커피 한 잔 드릴까요?"

"아, 네에."

은정이 타온 커피는 진짜 맛이 없었다.

늘 경제적으로 어려웠기에 커피 마실 기회가 별로 없어서 커피와 프림, 그리고 설탕의 배합 비율을 모르는 것 같다.

그래도 어찌 타박하겠는가!

괜찮은 척하며 모두 마셨다.

하나 속으론 중학교 때 배운 '양약(良藥)은 고어구(苦於口)하나 이리어병(而利於病)하다' 라는 말을 반복해서 암송했다.

그만큼 썼던 것이다.

은정은 혹시나 하는 눈으로 바라보다가 다 마시는 걸 보고야 안도하는 듯하다. 쓴웃음을 지은 현수는 앞으로는 커피믹스를 쓰라는 말을 해야겠다고 마음먹었다.

어찌나 쓴지 사약 먹는 기분이 들었던 것이다.

"사장님, 직원들 뽑았어요. 오늘부터 출근할 거예요."

"그래요? 잘 했네요."

"아홉 시까지 오라고 했으니 아마 곧 올 거예요."

"그나저나 날 찾아왔다는 그 손님은 누구지요?"

"아……! 잠시만요."

밖으로 나갔던 이은정이 명함 하나를 건넨다. 알파벳으로 된 이름만 달랑 쓰여진 것이다.

"드미트리 알렉세이 다닐로프? 러시아 사람인가 보군요."

"어떻게 이름만 보고도 아시는 거죠?"

"러시아 사람들의 이름은 보통 자기 이름 다음에 부칭, 그리고 성의 순서로 이루어지거든요."

"네에, 그렇군요. 아무튼 그 사람은 40대 백인이었어요."

"무슨 용무라 하던가요?"

"그건 저도……. 죄송합니다. 뭐라고 말은 했는데 제 영어 실력이 짧아서 알아듣지 못했습니다."

"그래요? 이은정 씨, 영어 실력 괜찮잖아요."

"저도 그런 줄 알았어요. 영어 공부 정말 열심히 했으니까요. 근데 그분이 하시는 영어는 알아듣기가……."

"알았어요. 무슨 뜻인지."

은정이 송구스럽다는 표정을 짓는 순간 문이 열린다. 그리곤 두 여인이 들어섰다. 키가 큰 쪽은 탤런트 왕지혜를 닮았고, 작은 쪽은 시크릿 가든의 하지원을 닮았다. 사내들의 음흉한 시선이 싫다고 할 만한 늘씬한 미녀들이다.

"어, 왔어? 수진아, 지혜야. 인사드려. 우리 사장님이셔."

"아, 안녕하세요? 김수진입니다."

"저는 이지혜예요. 잘 부탁드립니다."

"하하, 어서 오세요. 김현수입니다. 두 분 다 굉장한 미인이네요. 앞으로 잘 해봅시다."

"어머, 미인은 무슨…… 저희 미인 아니에요."

"맞습니다. 사장님! 쟤 미인이 아니고 전 미인입니다. 앞으로 잘 부탁드립니다."

하지원 닮은 이지혜가 아주 씩씩하게 고개를 꾸벅거렸기에 현수는 환한 웃음을 지었다.

그러나 문득 생각난 것이 있어 입을 열었다.

"이은정 씨! 오늘 저녁 때 신입사원 환영회 한번 합시다."

"네에."

친한 친구들과 같은 직장에서 근무하게 된 것이 즐거운지 은정의 입가엔 예쁜 미소가 어려 있었다.

수진과 지혜 역시 취직된 것이 기쁘다는 표정이다.

이들 둘은 지난 며칠간 은정으로부터 많은 이야기를 들었다.

그렇기에 겉보기엔 황량하기만 한 이실리프 무역상사가 사실은 황금알을 낳는 거위라는 것을 안다.

급여는 대기업 신입사원 수준이고, 다른 회사와 달리 어음이나 수표를 사용하지 않기에 도산할 우려가 전혀 없는 최우량 기업이다. 게다가 모셔야 할 상사라곤 현수 하나뿐이다.

그런데 조만간 외국으로 나가게 된다고 들었다. 직장 생활하면서 스트레스 받을 일이라곤 하나도 없을 회사이다.

그러니 어찌 기분이 좋지 않겠는가!

게다가 오늘은 출근 첫날이라 아홉 시까지 오라고 했지만 내일부터는 탄력 근무를 해도 된다고 했다.

수습 기간이 지나면 원하는 시간에 출근하여 정해진 시간만큼만 근무하면 된다는 뜻이다. 하지만 관공서 등을 상대로 한 업무를 볼 때엔 그들 시간에 맞춰 근무해야 할 것이다.

그래도 이런 직장이 어디에 있는가!

현수는 이실리프 무역상사를 자신이 꿈꾸던 회사로 만들고 싶어 사원들에게 각종 편의를 제공하려는 차원에서 탄력 근무를 허용한 것이다.

자리 배치를 하고 업무에 관한 이야기를 하고 있을 때 은정이 말하던 손님이 왔다. 키도 크고 덩치도 큰 사람이다.

눈매는 약간 날카로운 느낌이다. 처음 보는 순간 군인이라는 느낌이 들 정도였다.

하나 헤어스타일을 보니 군인은 아닌 듯 싶다.

"어서 오십시오."

"반갑습니다. 드미트리 알렉세이 다닐로프입니다."

"러시아 분이시죠?"

"네, 그렇습니다."

"영어가 편치 않으신가 봅니다."

드미트리의 영어는 악센트가 괴상했다. 그리고 너무 빠르다.

대체 어디서 배운 영어인지 알 수 없다. 그렇기에 은정이 알아듣기 힘들었던 것이다.

"네에. 조금……."

여기까지가 영어로 대화한 내용이다. 현수는 상대를 배려하는 차원에서 러시아어로 이야기하기 시작했다.

"그렇다면 편한 언어로 대화하죠. 나는 이실리프 무역의 대표인 김현수입니다."

"아……! 우리말을 아십니까?"

드미트리는 반색을 한다. 그도 그럴 것이 현수의 러시아어가 너무도 유창했던 때문이다.

"조금……. 하나 의사 소통을 하는 정도에 불과합니다."

현수의 말이 끝날 즈음 은정과 수진, 그리고 지혜는 멍한 시선으로 그를 바라보고 있었다. 조금 전의 영어는 다들 알아들었다. 아주 간단한 대화였기 때문이다.

그런데 방금 한 말은 영어가 아니다.

상대가 러시아 사람이라 하였으니 아마도 러시아어일 것이다. 그런데 유창해도 보통 유창한 것이 아니다.

드미트리와 거의 비슷한 수준이라 느껴진 것이다.

그렇기에 놀랍다는 표정을 지었다. 러시아어를 이렇듯 잘하는 사람은 본 적이 없기 때문이다.

그러거나 말거나 둘의 대화는 이어졌다.

"아닙니다. 상당히 유창합니다. 본토 사람이라고 해도 믿겠습니다. 혹시 러시아에서 유학하셨습니까?"

"그건 아닙니다. 그냥 공부해 둔 겁니다. 그나저나 어떻게 저를 찾아오셨는지요? 저는 드미트리 씨를 처음 뵙는데……."

"그건… 말하자면 조금 깁니다."

"아, 미안합니다. 안으로 들어가시지요."

현수가 드미트리를 사장실로 안내하자 은정이 따라 들어와 음료 주문을 받았다. 곧이어 드미트리의 입이 열린다.

"김현수 사장님! 콩고민주공화국에 주재하셨지요?"

"그렇습니다. 천지건설의 직원으로서 근무했습니다."

"그럼, 마투바를 아시지요?"

러시아 사람이 어찌 알겠는가 싶었지만 굳이 묻지는 않았다. 이야길 들어보면 저절로 알게 될 것이기 때문이다.

"물론입니다. 저희 킨샤사 지부의 여직원이지요."

이때 은정이 들어선다. 차를 가지고 온 것이다.

현수에겐 여전히 맛없는 커피를, 드미트리에겐 콜라를 주었다. 잔을 내려놓는 동안에도 드미트리의 발언은 이어졌다. 러시아어를 알아들을 여직원은 없기 때문일 것이다.

"김현수 사장님! 저는 탄압받는 후투족을 돕고 있습니다."

"그게 무슨 뜻이지요?"

"콩고민주공화국의 현 정권은 독재정권입니다. 아시지요?"

"그런데요?"

현수는 굳이 반박하지 않았다. 그럴 이유도 없지만 독재국가라는 말이 국제적인 평가와 일치하기 때문이다.

"저는 온건파 후투족이 정권을 되찾도록 도움을 주고자 합니다. 그러려면 김현수 사장님의 도움이 절실합니다."

"무슨 말씀이신지 모르겠습니다."

"천지건설이 댐과 발전소 공사를 수주해서 조만간 대규모

인력 파견과 더불어 각종 장비들이 반출되지요?"

잘은 모르지만 그렇게 될 것이다. 콩고민주공화국엔 건설 장비들이 거의 없기 때문이다. 하여 고개를 끄덕였다.

"아마도 그렇게 되겠지요."

"제가 알기론 김현수님은 여전히 킨샤사 지부 직원으로 되어 있습니다. 이것 또한 맞지요?"

"뭐어… 아직은 그렇습니다."

아직 발령 난 바 없으니 드미트리의 말은 맞는 말이다.

"또한 신형섭 대표이사에게도 좋은 인상을 주셨더군요."

"그런 것도 파악이 됩니까?"

드미트리는 대답 대신 자신의 말을 이었다.

"네, 그리고 제가 알기론 휴가가 끝나면 일단 킨샤사로 가셔야 할 텐데 그때 도움을 요청하려 방문했습니다."

"잠깐만요. 우리 회사 사정을 어찌 그리 잘 아시지요?"

현수가 의아하다는 표정을 짓자 드미트리가 웃는다.

"그건 다 아는 방법이 있습니다."

"으으음……!"

상대에 대해 하나도 아는 것이 없는데 나에 대해 속속들이 알고 있을 때 어떤 기분이 들겠는가!

살짝 불쾌해지려는 순간 드미트리가 정중히 고개를 숙인다.

"죄송합니다. 허락없이 김현수님에 대해 알아본 것에 대해 진심으로 사과드립니다. 이는 사안의 중요성 때문이니 양해하여 주셨으면 합니다."

웃는 낯에 침 못 뱉는다는 말이 있다. 국적을 떠나 나이 많은 사람이 고개 숙여 사과하는데 어찌 화를 낼 수 있겠는가!

현수는 가볍게 고개를 끄덕였다. 중요한 일이기에 세세한 부분까지 조사를 한 모양이라 생각한 것이다.

"좋습니다. 내게 뭘 도와달라는 겁니까?"

"천지건설에서 발송한 건설 장비 등이 콩고민주공화국으로 들어갈 때 컨테이너 몇 개가 추가되도록 해주시면 좋겠습니다."

"컨테이너……? 그 안엔 무기가 들어가게 되겠지요?"

"그건……. 그렇습니다. 어차피 아시게 될 일이니 사실대로 말씀드리는 게 낫겠지요. 온건파 후투족에게 제공될 무기가 반입되는 거 맞습니다."

"소총류인가요?"

"유탄발사기와 각종 탄약들도 포함되어 있습니다."

"양은 얼마나 되지요?"

"20피트짜리 컨테이너 스무 개 분량입니다."

"상당히 많은 양이군요. 그렇다면 생각해 볼 문젠데요?"

"그렇겠지요. 하지만 마음만 먹으면 가능하지 않겠습니까?"

"무슨 근거로 그런 말씀을 하시는 거죠?"

"김현수님은 현재 가에탄 카구지 내무장관과 상당히 밀접한 관계가 있잖습니까. 게다가 이번 공사에 반입될 물량은 무관세 통관되는 것으로 알고 있습니다."

현수는 어찌 알았느냐는 눈빛으로 드미트리를 쏘아보았다.

"그것도 아셨습니까?"

"저희들이 파악한 바로는 그렇습니다. 안 그렇습니까?"

"그건 그렇지요. 내무장관 덕분에 공사를 수주했으니…….
아무튼 드미트리씨의 제안은 당장 결정할 수는 없습니다. 생
각해 볼 시간이 필요하니까요."

"아, 지금 당장 결정하시란 뜻은 아닙니다. 아직 시간이 있
으니 천천히 생각해 보십시오."

"그러지요."

너무도 선선히 고려해 본다는 말을 하자 드미트리가 허리를
세우며 말을 잇는다.

"참, 말씀 안 드린 게 있습니다. 이번 건을 허락해 주시면 그
에 대한 반대급부가 있습니다."

"당연히 그래야겠지요."

현수는 의당 그러려니 했다는 듯 고개를 끄덕였다.

하긴 맨입에 남의 나라 반군에게 제공될 무기를 반입해 줄
수는 없지 않겠는가!

발각되면 가에탄 카구지와의 인연은 단번에 끊기게 될 것이
고, 징역형 내지는 총살형에 처해질 수도 있다. 천지건설이 수
주한 공사도 허사가 될 것이다.

그렇기에 당연히 많은 반대급부가 있어야 할 것이다.

"허락을 해주심과 동시에 러시아에 있는 드모비치 상사로
대규모 약품 수출 건이 성사될 겁니다."

"드모비치 상사라 하심은……?"

"모스크바에 소재한 의약품 도매상입니다."

"그래요?"

"협조에 대한 보답으로 저희가 생각하고 있는 거래 규모는 연간 약 6억 달러 입니다."

이 거래가 성사되면 무역상으로서 얻는 이득은 최하 10%는 넘을 것이다. 가격 경쟁력이 있기 때문이다.

6,000만 달러라면 600억 정도 남는다는 뜻이다.

"액수가 제법 크군요."

"좋은 관계가 되면 거래는 계속해서 이뤄지지 않겠습니까?"

"알겠습니다. 생각해 보지요. 그전에 반입될 무기 명세서를 봤으면 좋겠습니다."

보아하니 드미트리는 러시아 무기상인 듯하다. 다시 말해 후투족으로부터 돈을 받고 무기를 공급하는 것 같다.

이런 사람은 결코 평범하지 않다. 게다가 러시아인이라면 레드 마피아와 관련되어 있을 확률이 매우 높다.

아마도 드미트리는 KGB 출신이거나 스페츠나츠 같은 특수 부대 출신일 것이다. 이런 이유로 대놓고 거절하지 않았다. 자칫 보복이 우려되기 때문이다.

천지건설의 내부사정까지 속속들이 알고 있다 함은 정보 계통에도 촉수가 뻗어 있다는 뜻이다. 따라서 거주지나 교우 관계 등도 모두 파악했을 확률이 매우 높다.

그렇기에 이쪽에서도 대안을 만들 시간이 필요하기에 시간

끌기용 답변을 한 것이다.

현수 본인이야 마피아 전체와 전쟁을 치러도 될 능력이 있지만 부모님에게 해코지를 할 수도 있기 때문이다.

"좋습니다. 전례를 깨고 제공해 드리지요. 도와주시면 그에 대한 사례는 섭섭지 않게 하겠습니다. 그러니 좋은 답변을 기대하겠습니다."

"그건 명세서를 보고 생각해 보지요."

"네, 그러십시오. 시간 내주셔서 감사합니다."

"멀리까지 배웅하진 않겠습니다. 안녕히 가십시오."

자리에서 일어난 드미트리는 악수를 하며 현수의 눈을 바라본다. 덩치가 훨씬 크기에 위축될 만도 하건만 현수는 전혀 영향을 받지 않는 듯하다.

드미트리가 나가고 난 뒤 은정이 들어섰다가 멈칫하더니 그냥 나간다. 현수가 깊은 상념에 잠겨 있었기 때문이다.

'흐으음, 내 신분이 노출되어 좋을 게 하나도 없는데…….흐음, 레드 마피아라……! 하필이면…….'

현수는 히스토리 채널에서 전세계 폭력 조직에 관한 영상을 본 기억을 떠올려 보았다.

러시아의 레드 마피아는 소비에트 연방이 무너지면서 급속도로 성장한 폭력 조직이다.

이들은 미국이나 이탈리아 마피아와 다르다. 조직원 가운데 석박사들이 즐비하고, 엔지니어들도 상당히 많기 때문이다

그래서 '이탈리아 마피아는 시간이 나면 볼링을 친다. 하나

러시아 마피아는 재미를 위해 체스를 둔다' 는 말이 있다.

다시 말해 두뇌가 있기에 이들이 저지르는 범죄 행위는 다른 마피아와는 차원이 다르다.

아무튼 이들도 돈이 되는 일이라면 무엇이든 한다.

절도와 강탈, 그리고 마약 밀매와 매춘을 한다. 뿐만 아니라 금융 사기와 무기 밀매도 서슴지 않는다.

러시아에 존재하는 기업의 80% 이상이 이들과 연계되어 있다. 심지어는 정계에도 발을 뻗어두었다.

그래서 '러시아에선 마피아를 끼지 않고는 사업을 할 수 없다' 는 말이 있을 정도이다.

이들은 세상에 존재하는 거의 모든 무기를 취급한다.

소총과 권총은 물론이고, 대포와 미사일, 공격용 헬기와 잠수함도 다룬다. 뿐만 아니라 전투기와 핵무기까지 판매한다.

이들의 특징은 매우 잔인하고 치밀하다는 것이다. 따라서 후환을 두려워해야 하는 상황이 된 셈이다.

'내가 못하겠다고 하면 다음은 이 차장님이 되겠지? 아니다. 이 차장님은 내무장관과 연결이 없어 괜찮겠구나. 회사도 그렇고……. 내가 없으면 통관에 문제가 있으니까 나를 찾아온 거군. 흐음, 그럼 나만 빠지면 되는 건가?'

레드 마피아라 할지라도 아무런 기반도 없는 콩고민주공화국에선 힘을 쓰지 못한다.

마피아가 잔인하다곤 하지만 투치족 역시 만만치 않다. 그렇기에 무력으로 밀고 들어갈 수는 없다. 무기 조금 팔자고 콩고민주공화국 정부와 전쟁을 할 수는 없지 않은가!

그런 이유로 자신을 택한 것이라 생각한 현수는 한참 동안 상념 속에 있었다. 골치 아픈 일이기 때문이다.

"사장님!"

"아, 이은정 씨. 왜요? 무슨 일 있어요?"

"아뇨. 벌써 점심 먹을 시간이에요. 근데 움직이지도 않고 계셔서…… 아까 그 사람 때문에 그러세요?"

"아, 아닙니다. 그냥 생각할 일이 좀 있어서요."

"그러세요? 점심식사 어떻게 하실래요?"

"신입사원들도 있고 하니 같이 먹읍시다."

"네에."

현수와 은정, 그리고 수진과 지혜는 패밀리 레스토랑에서 식사를 했다. 모두들 조신해 보인다.

"이은정 씨! 내일이나 모레쯤 이번 달 주문 내역이 들어올 거예요. 확인 후 제약사들에 주문 넣어주세요."

"네에, 사장님!"

"김수진 씨는 서류 작업을 도와주시고, 이지혜 씨는 수량 확인과 창고 점검 등을 해주세요. 참, 아직 면허증 없죠?"

"네에."

"잘 되었네요. 그렇담 이은정 씨가 다니는 학원에 등록해서 면허증부터 따세요."

"배려해 주셔서 감사합니다."

"운전 면허증을 따시면 지금 타고 다니는 제 차를 업무용으

214 전능의 팔찌

로 내놓을 테니 그걸 이용하십시오."

"네에, 고맙습니다."

"친구지간이라는 걸 알지만 업무를 볼 때엔 이은정 씨가 실장이니 이은정 씨의 뜻을 따라달라고 당부 드립니다."

"네, 당연하죠."

식사를 마치고 돌아온 현수는 탁자 위의 신문을 무심코 펼쳐 들었다. 그러다 금방 도로 접어버렸다.

제일 싫어하는 언론사의 것이기 때문이다.

현수가 이 언론사를 지극히 혐오하는 이유는 사주일가가 친일파의 후손이기 때문이다.

1945년 일제로부터 해방된 뒤 한반도에는 '반민특위' 라는 것이 만들어졌다. 1948년의 일이다.

'반민족행위특별조사위원회' 의 줄임말로 일제강점기 34년 11개월간 자행된 친일파의 반민족행위를 처벌하기 위하여 제헌국회에 설치되었던 특별기구이다.

이 기구는 '반민족행위처벌법' 이란 것을 제정했다.

이 법에 의하면 국권 피탈에 적극 협력한 자는 사형 또는 무기징역에 처하도록 되어 있다.

일제로부터 작위를 받거나 제국의회 의원이 된 자와 독립운동가 및 그 가족을 살상 또는 박해한 자는 최고 무기징역, 최하 5년 이상의 징역에 처하도록 했다.

이밖에도 직간접으로 일제에 협력한 자는 10년 이하의 징역이나 재산몰수에 처하도록 하였다.

그런데 반민특위는 친일파들의 교묘한 술수에 해체되어 버렸다. 그 때문에 친일파 숙청의 호기를 놓쳐 버린 것이다.

그 결과 우리 역사는 물론이고 사회 전체가 왜곡되었다.

친일파였던 놈들이 해방된 땅에서도 권력을 잡고 출세하게 되었던 것이다.

현수가 증오하는 이 신문사의 사주는 일제강점 시절 일제에 의한 침략 전쟁을 미화했을 뿐만 아니라 '국민정신총동원 조선연맹' 등에서 활동했다.

그 결과 서울행정법원 행정11부에서 '친일반민족행위를 한 사실이 인정된다' 고 판결한 바 있다.

이 신문의 1936년 1월 1일자를 보면 '우리는 대일본제국의 신민으로서 천황 폐하께 충성을 다하겠습니다' 라는 것이 1면 톱기사이다.

또한, 1938년 1월 1일판을 보면 독도 인근 해역을 일본해라 표시해 놓았다.

그렇기에 현수는 이 신문을 그냥 줘도 쓰레기통에 처박아 버릴 정도로 싫어한다.

그리고 이 신문에 실리는 어떠한 기사도 신뢰하지 않는다.

사실을 교묘히 왜곡시켜 자신들의 이익을 추구하는 언론사이다. 또한 편파적인 보도로 국론을 호도하기 때문이다.

이런 걸 듣고 있었다는 것 자체가 기분 나빠진 현수는 사장실을 나섰다.

"이은정 씨! 이 신문 넣지 말라고 하지 않았어요?"

"아! 그거요? 네, 그랬는데도 막무가내로 넣네요."

"사절이란 쪽지 써서 붙여 놓으세요. 그리고 다시는 우리 사무실에 이 신문을 들여놓지 않도록 하세요."

"네에. 알겠습니다."

현수는 스승인 멀린을 만나기 전에도 호불호가 분명했다. 그렇기에 음성에 단호함이 실려 있었다.

이은정 역시 이 신문이 어떤지를 알기에 아무런 토도 달지 않고 그저 죄송하다는 표정만 지었다.

"지금 당장 지국에 전화해서 다시는 넣지 말라고 하세요."

"네에. 그렇게 하겠습니다."

대답은 했지만 이은정은 난감했다.

이 빌어먹을 신문은 넣지 말라고 해도 계속해서 넣는다. 지금껏 열 번 이상 전화를 했는데 아무런 소용이 없었던 것이다.

표정을 읽은 현수는 직접 지국에 전화를 했다. 그리곤 쓰레기 같은 신문 넣지 말라고 강력히 항의했다.

하나 다음날에도 이 신문은 또 배달된다.

화딱지가 난 현수는 그 길로 지국으로 찾아갔다. 그리곤 배달원과 지국장 모두 벙어리와 절름발이로 만들어 버렸다.

친일파도 나쁘지만 그런 놈들 곁에 빌붙어 이득을 취하는 놈들 또한 나쁘다 판단하였기에 이렇게 한 것이다.

"에이, 기분이 상하네."

지국에 가서 친일파의 떨거지들을 처벌하고 돌아왔음에도

계속해서 불쾌한 기분이 든다. 하여 사무실을 나섰다.

그리곤 춘천 쪽으로 차를 몰았다.

오늘 저녁 신입사원 환영회는 셋이서만 하라고 하였다.

원래의 계획은 근사한 곳에서 저녁을 먹고, 2차로 나이트클럽에 가기로 했었다.

그런데 2차는 가기 곤란해진 것이다. 여자 셋만 갔다가 무슨 꼴을 당할지 알 수 없다면서 나중을 기약했다.

CHAPTER 10

인생의 항로를 정하다!

전능의팔찌

THE OMNIPOTENT
BRACELET

현수가 신입사원 환영회마저 포기하고 훌쩍 떠난 것은 강원
도의 어느 폐교에서 작품 활동을 하는 화가가 문득 생각났기
때문이다.

소나무에 관한 한 대한민국 최고의 동양화가이다.

그리고 나이가 제법 많음에도 다양한 사람과의 소통을 즐기
는 소위 정신이 깨어 있는 사람이기도 하다.

현수는 대학교 졸업반일 때 그곳으로 MT를 갔었다.

그때 살기 힘든 현실을 어찌 해야 현명하게 헤치고 나아갈
수 있는지를 그 화가가 조언해 주었다.

헤어질 땐 언제든 마음 복잡하면 다시 놀러오라던 마음씨
푸근한 분이기에 문득 생각이 난 것이다.

차를 몰고 가는 동안 라디오를 켜지 않았다. 앞으로 어찌 살 건지를 생각하기 위함이다.

현실에서도 돈을 벌고, 이계에서도 돈을 벌어야 한다는 대전제는 변함이 없다. 지금껏 어렵게 살아왔으니 이제 잘 살아볼 때도 되었다는 생각 때문이다.

생각해 보니 돈 버는 게 그리 어려운 일이 아니다.

컴플리트 힐 마법 하나만으로도 떼돈을 벌 수 있다.

만일 트롤의 피만 많이 구할 수 있다면 세계 최고의 부자라는 빌 게이츠를 우습게 볼 수도 있을 것이다.

아르센 대륙에선 아공간에 담긴 1,400만 봉지에 달하는 라면만 팔아도 재벌 소리를 듣게 된다.

또한 마트 세 개 분량의 각종 생필품은 단번에 거부로 만들어줄 보물 중의 보물일 것이다.

그런데 왠지 허전하다는 생각이 든다. 돈이 아무리 많아도 뭔가 덜 채워질 것이라는 느낌이 들어서이다.

하여 운전하는 내내 앞으로의 행보에 대해 심각하게 고민했다. 그러던 중 문득 재수없는 언론사 생각이 났다.

지국장과 배달원을 벙어리에 절름발이로 만들어 버렸다.

하나 영구적인 것이 아니다. 신경에 마비와 수축을 걸어둔 일시적인 장애이다. 그래도 최소 몇 달은 고생해야 할 것이다.

지금껏 신문 배달하여 번 돈을 모두 써야 간신히 치료가 될 수 있게 만든 것이다.

그런데 신문사 문제는 원천적으로 해결된 것이 아니다.

"사주라는 놈이 어느 동네엔가 아파트 단지만 한 땅에 아방궁을 지어놓고 떵떵거리며 산다고 했지? 흐음, 그건 나중에라도 검색해 보면 알겠지."

현수가 기억하는 그 신문사 사주는 약 3,750평짜리 땅에 집을 짓고 산다. 대통령 관저가 약 920평이니 충분히 비교된다.

대한민국 최고의 재벌이라는 S그룹이나 H그룹 총수가 사는 집도 1,000평이 안 되는 땅을 차지하고 있다.

그런데 그보다 훨씬 넓은 집에서 산다. 무슨 짓을 했기에 대한민국 최고의 재벌보다도 넓은 집에서 살까? 그 많은 재산의 기초가 된 것은 아마도 친일행위로 얻은 것일 것이다.

"먼저 퍼머넌트 플라토닉 커스(Permanent Platonic Curse) 마법으로 영구히 거세시켜 후손을 볼 수 없도록 하고, 일가족 모두 백치가 되도록 하면 될까?"

현수는 고개를 절레절레 흔들었다. 그것 가지곤 어림도 없다는 생각이 든 것이다.

"아냐, 그걸론 부족해! 더 팰러스 오브 마우스(The Palace of Mouse) 마법 정도는 추가되어야겠지?"

멀린이 창안한 이것은 상대에게 지상최고의 고통을 안겨주면서 서서히 말려 죽이는 정신 계열 마법이다.

멀린이 알렉산더 폰 카이엔을 도와 카이엔 제국을 건국하고 얼마 지나지 않아 대규모 반란이 벌어졌다.

이때 반란을 부추겼던 흑마법사 무리가 있었다.

이들은 자신들의 성취를 위해 삼십만 명에 가까운 어린아이들을 상대로 끔찍한 실험을 했다.

힘줄을 뽑고, 선혈을 모았으며, 눈알을 적출하고, 척추를 가루 내어 마계를 열려고 했다.

이들을 처벌하기 위해 만든 마법이 바로 이것이다.

이것이 시전되면 시커먼 쥐 떼가 달려들어 온몸을 물어뜯는 듯한 느낌을 받게 된다. 물론 환상이다.

하나 본인은 이를 실제인 것으로 착각한다.

두뇌가 느끼는 고통이 실제로 물렸을 때와 같기 때문이다.

산 채로 온몸의 살점이 떨어져 나가고, 장기마저 쥐들이 파헤치는 느낌이 어떻겠는가!

살아 있지만 조금도 반항할 수도 없는 상태에서 무방비로 당하는 것이다. 비명이라도 지르고 싶겠지만 애석하게도 모기 날아다니는 소리조차 낼 수 없다.

장기마저 사라졌다는 느낌이 들면 다음은 쥐들이 뼈를 갉아 먹는 느낌을 받게 된다. 그러다 결국은 죽게 된다.

물론 환상이다. 쥐들이 달려들기 시작한 것부터 따지면 꼬박 세 시간짜리 고통이다.

문제는 이것이 매 여섯 시간마다 반복된다는 것이다. 다시 말해 하루에 네 번 똑같은 고통을 받는다.

당연히 식욕도 없고 잠도 제대로 자지 못한다. 그런 상태에서 비명도 못 지르는 무시무시한 고문에 시달린다.

서서히 말라감과 동시에 미치게 될 것이다. 그런 상태에서도 하루 네 번의 고문은 계속된다. 그러다 결국 죽음에 이른다.

이때의 사망은 실제 상황이다.

이실리프 마법서에 기록되어 있기를 더 팰러스 오브 마우스는 너무도 극악무도하여 도저히 용서할 수 없는 자에게만 시전하라는 당부가 달려 있다.

또한 시전하기 전에 최소한 두 번은 적절한 처벌인지를 따져보라는 주석도 붙어 있다.

한번 시전되면 그때의 정신적인 충격을 영원히 잊을 수 없을 것이기 때문이다.

이 마법은 시전자만이 해제할 수 있다. 마법의 조종이라는 드래곤조차 풀어줄 수 없는 지독한 저주인 셈이다.

"앞으로 친일파와 그 후손들을 대할 땐 이게 좋겠군."

조상의 친일행위에 대한 죄책감 때문에라도 쥐 죽은 듯 지내야 한다. 그런데 정부를 상대로 빼앗겼던 부동산을 되돌려 달라는 재판을 거는 놈들을 어찌 용서할 수 있겠는가!

현수의 생각엔 흑마법사보다도 더 나쁜 놈들이 친일파와 그 후손들이다. 그렇기에 이걸 떠올린 것이다.

이 마법의 장점은 상대의 육체가 아닌 정신을 착란시키는 것이기에 마나 소모가 적다는 것이다.

또한 외형적으로 아무런 상처도 남지 않기 때문에 법으로 처벌하고 싶어도 그럴 수 없다.

"최소한 석 달 열흘은 고생하게 놔둬야지. 후후, 그 기간이면 좋다는 의료기관들은 전부 다 돌아보겠지?"

현수의 얼굴엔 개구진 웃음이 배어 있었다.

"아마 그래 봤자 아무 소용도 없을 걸? 후후, 나중에 반성의 기미가 보이면 그때 풀어주면 되겠지."

하나 그냥 마법을 해제해 줄 생각은 없다. 세상에 공짜는 없기 때문이다. 모든 의료기관이 치료를 포기한 뒤일 것이니 대가를 어마어마하게 받아낼 계획이다.

그 돈으로 독립운동가의 후손을 위한 재단을 설립하는 데 쓰면 좋겠다는 생각을 했다.

"흐음, 친일파 놈들은 그렇다 치고, 다음은 어떤 놈들을 솎아낼까?"

출발할 때와 달리 괜스레 신이 나는 느낌이다. 하여 운전대를 톡톡 두드리며 이런저런 생각을 했다.

목적지까지 가는 동안 처벌할 놈들을 분류한 것이다.

첫째가 친일파와 부끄러워하지 않는 그 후손들이다.

왜정시대 때 기미가요를 부르더라도 큰 목소리로 부른 놈과 마지못해 부른 사람은 분명히 다른 것이다.

다시 말해 친일을 했더라도 적극적이었느냐 여부를 따져 그런 놈들에겐 가차없는 처벌을 내리는 것으로 원칙을 정했다.

친일파 본인은 더 팰러스 오브 마우스 마법의 적용을 받을 것이다.

후손들 가운데 반성하고 부끄럽게 여기는 자들은 놔두겠지만 후안무치한 놈들 역시 마찬가지이다.

둘째는 서민들 상대로 고리대금업을 하는 일본계 자본에 대한 처벌이다.

이들은 현재 신용 등급이 낮아 은행 대출을 받지 못하는 사람들의 처지를 악용하고 있다. '

돈 빌릴 데가 마땅치 않음을 빌미로 터무니없이 높은 이자율을 적용해 서민을 등치고 있는 것이다.

이들에 대한 처벌은 국내 재산 전부에 대한 몰수이다.

아직 구체적인 방법을 모색한 것은 아니지만 단 한 푼도 일본으로 가져갈 수 없도록 할 생각이다.

셋째는 고리대금업자들이다. 이들이야말로 서민들의 약점을 잡아 고혈을 빠는 놈들이다.

당연히 그냥 놔둬선 안 된다. 전 재산을 몰수하고, 그간의 악행에 대한 강력한 처벌이 뒤따라야 할 것이다.

이때 현수는 홍길동을 떠올렸다.

이들의 재산 역시 독립운동가의 후손을 위한 재단에 익명으로 기부하는 것이 좋겠다는 생각을 한 것이다.

넷째는 사회악인 조폭들에 대한 제재이다.

이미 많은 악행을 저지른 결과 두목 급이 된 놈들은 중중 근무력 마법으로 다스릴 생각이다.

평생 벌레처럼 기어다녀야 할 것이다. 사람으로서 살아갈 가치를 잃은 인간들이기 때문이다.

두목 급은 아니더라도 폭력으로 재물을 갈취하거나, 성폭행, 인신매매, 마약밀매 등에 연루된 놈들은 2G～4G 마법을 걸 생각이다.

그러면 늙어죽을 때까지 현재보다 2~4배나 되는 중력을 받게 된다. 당연히 걷는 것조차 힘들 것이므로 세상을 살아가는 데 애로사항이 많아질 것이다.

그러고 보니 백두마트의 보안요원들을 잊고 있었다.

사건이 벌어진 지 벌써 몇 달이 흘렀다.

따라서 지금쯤이면 처절한 보복을 한다 하더라도 의심하는 사람이 없을 것이다.

개 패듯이 패놓고 겨우 5만 원어치 상품권을 주며 희롱했던 보안실장을 비롯한 요원들 전원은 결코 제대로 된 인생을 살수 없도록 할 계획이다.

현수는 조만간 이들을 찾아갈 생각을 하며 이를 갈았다.

'으드득! 지구 유일의 마법사를 두들겨 팬 놈들은 결코 용서할 수 없지. 두고 보자!'

다음은 썩어빠진 정치인들에 대한 처벌을 생각해 보았다.

부정이나 비리에 연루된 자, 또한 국가관 희박한 자들에겐 브레인 서킷 브레이크(Brain Circuit Break) 마법이 적용된다.

이 마법에 걸리면 소위 CRPS[4]라 부르는 복합 부위 통증 증후군에 시달리게 된다.

아침엔 한쪽 팔이 용광로에서 타들어 가는 듯한 지독한 고통을 30~40분간 받게 될 것이다.

점심을 먹고 나면 220V쯤 되는 전기가 온몸을 돌아다니는 느낌 때문에 엄청난 고통을 느끼게 된다.

---

4) CRPS:Complex Regional Pain Syndrome, 반사성 교감신경 위축증.

저녁이 되면 양쪽 다리를 누군가 계속해서 도끼로 찍는 듯한 작열감 때문에 비명이 저절로 나올 것이다.

자는 동안엔 매일 밤 지옥의 악귀가 밤새도록 쫓아다니는 악몽을 꾸게 된다.

아침이면 눈을 뜨겠지만 아마도 세상을 사는 것 같지 않을 것이다. 이 증상은 일요일도 없고, 공휴일도 없기 때문이다.

치료를 하기 위해 수많은 병원을 전전해야 할 것이다.

하나 이 병을 고칠 수 있는 능력을 지닌 사람은 7써클 마스터 이상이 된 마법사뿐이다.

다시 말해 현수만이 고칠 수 있다.

적당한 때가 되면 부정하게 모은 재산 전부와 그간의 이자를 합친 금액을 내놓아야 간신히 치료받게 될 것이다.

이 돈은 소외된 사람들의 삶을 개선시키는 데 사용될 것이다.

그래도 완치되진 않는다. 지은 죄가 너무 크기 때문이다.

브레인 서킷 브레이크 마법을 풀어주는 대신 벙어리가 된다. 말도 못하면서 정치하겠다고 나서진 못할 것이기 때문이다.

다음으로 혼내줄 대상은 부정부패한 공무원 등이다.

이들에겐 피큘리어 퍼멘테이션(Peculiar Fermentation) 마법이 구현될 것이다.

이것은 장(腸) 내에 이상 발효를 일으키게 하는 것이다. 이전엔 이 마법을 스컹크 파트(Skunk Fart) 마법이라 했었다.

스컹크처럼 지독한 냄새를 풀기는 방귀를 시간당 열 번 이상 뀌게 하는 마법이기 때문이다. 모르긴 몰라도 정상적인 공직 생활을 하기엔 여러 모로 불편할 것이다.

이밖에도 혼낼 놈들은 그야말로 무궁무진했다. 생각해 보니 선한 사람보다는 악인들이 더 많은 사회인 듯하다.

하나 현수는 혼자서 킬킬거리며 운전을 했다. 눈에 뜨이는 대로 징벌을 가하면 될 일이기 때문이다.

*   *   *

"선생님! 우보 선생님! 안에 계세요?"

소리 내 불렀지만 아무런 반응도 없다.

폐교는 질식할 것만 같은 침묵 속에 잠겨 있다. 예전엔 학교 운동장이었을 앞마당엔 풀들이 잔뜩 우거져 있다.

그러고 보니 매년 풀과 씨름한다던 말이 떠오른다. 베어내는 속도보다 자라나는 속도가 더 빠르다면서 투덜거렸던 것이다.

현수가 말하는 우보(牛步)는 소처럼 느릿느릿한 걸음을 걷는 동양화가의 외호이다.

"선생님! 안 계세요?"

두 번이나 거푸 불렀음에도 대답이 없다.

드르르르륵—!

문을 밀쳐보니 열리긴 한다. 하여 안으로 들어갔다. 이곳 주인은 귀가 어두워 소리를 못 들을 때가 많기 때문이다.

"선생님! 선생님……!"

여전히 대답이 없다. 인기척도 없어 되돌아 나올 수밖에 없었다. 친분이 있다지만 사사로운 공간까지 함부로 들어갈 수는 없기 때문이다.

혹시나 해서 학교 옆 푸세식 화장실까지 가보았으나 인기척이 없다. 하필이면 주인이 없을 때 온 건가 싶어 터덜터덜 걸어나왔다.

이 동네는 약 20여 호밖에 없다. 그리고 평균 연령이 일흔 살이 넘는 곳이다. 다시 말해 노인들만 사는 동네이다.

외지인이 이곳에 당도하려면 비싼 뱃삯을 내고 소양호를 건너오거나, 큰길에서 갈라진 임도로 30분 이상 차를 타고 들어오는 방법밖에 없다.

그래서 웬만해선 문을 잠그지 않는다. 가져갈 것도 없지만 훔쳐갈 사람도 없기 때문이다.

그러니 문이 열려 있는 것은 하나도 이상한 일이 아니다.

"에구, 주인도 없는데 들어가 있을 수도 없고……. 그냥 집으로 가야 하나?"

홀로 중얼거리며 나오는데 관사 쪽에서 사람이 내려온다. 오십대 중반 정도 되는 어른이다.

"누구시오?"

"네……? 아, 저는 서울에서 온 김현수라 합니다. 우보 선생님을 뵈려고 왔는데 외출하셨는지요?"

"우보 선생……? 흐음, 아침에 시내 표구점에 들렀다 온다고 나갔으니 한 두어 시간은 더 있어야 들어올 겁니다."

"그래요? 그럼 안에서 기다려도 될까요?"

오늘따라 햇볕이 따가웠기 때문이다.

"그럴 게 아니라 나랑 차나 한잔합시다. 심심하던 터인데 잘되었소."

"그렇습니까? 그렇다면 저야 좋지요. 감사합니다."

혼자 멍하니 앉아 있는 것보다는 말상대가 있는 편이 훨씬 낫다. 그렇기에 두말없이 따라갔다.

"자아, 이쪽에 앉으시오."

초로의 사내가 안내한 곳은 관사 앞 원두막이다.

풍경도 구경하고, 오가는 사람들을 볼 수 있으며, 그윽한 정취까지 느낄 수 있어 좋았다.

"네, 감사합니다."

"시원한 막걸리도 있는데 어떠시오? 오늘 운전해서 나갈 게 아니라면 한잔하겠소? 풋고추도 있고 멸치도 있소. 고추장 찍어서 먹으면 별미인데 어쩌겠소?"

"하하, 저야 좋지요."

현수는 부러 너스레를 떨었다. 보아하니 우보 선생님과 친분이 있어 잠시 관사에서 쉬시는 분 같다.

"통성명부터 합시다. 나는 홍진표라 하오. 대학에서 정치학을 강의했는데 안식년을 맞아 쉬는 중이라오."

"아! 그러세요? 전 천지건설에 재직 중인 김현수라 합니다.

만나 뵙게 되어 반갑습니다."

"자자, 자리에 앉읍시다. 아는지 모르겠소만 여긴 사람보기 힘든 동네 아니오?"

"네에, 그렇지요."

"그래서 김현수 씨가 오늘 처음 본 사람이라오. 하하하!"

"그러셨군요. 여긴 그렇지요."

노인들만 사는 곳인지라 동적인 동네가 아니라 정적인 동네이다. 그렇기에 동네 사람 얼굴 보기도 힘든 곳이다.

홍진표 교수는 50대 중후반쯤으로 보였는데 눈매는 날카롭지만 전체적인 인상은 푸근한 느낌이다.

이런 인상을 가진 사람은 똑똑하면서 너그럽다.

현수가 평상에 앉아 있는 동안 관사를 들락거리면서 시원한 막걸리와 신김치 등을 꺼내온다. 그리곤 텃밭의 풋고추를 따고, 고추장을 푸는 등 술상을 차린다.

그런데 다리를 약간 저는 듯하다.

"흐으음, 마나 디텍션!"

홍진표 교수가 알아차릴 수 없게 작은 소리로 마법을 구현시켰다. 그리곤 홍 교수의 전신을 살펴보았다.

전체적으로 큰 이상은 없는 듯하다. 다리의 근육도 별 문제가 없어 보인다. 그럼에도 약간씩 절고 있다.

'그렇다면 혹시……?'

현수는 홍 교수의 머리 부분을 살펴보았다.

예상대로 이상이 발견된다. 전에 읽었던 의서의 내용대로라면 홍 교수는 현재 중풍 전조 증상을 보이는 중이다.

중풍이란 신체의 어느 부분이 갑자기 기능을 상실하는 질환이다. 이는 뇌혈관 이상으로 인해 뇌기능 중 일부가 마비되어 중추신경계에 장애를 일으키는 것이다.

이를 예방하기 위해선 금연과 절주를 해야 하며, 꾸준한 운동을 병행하여야 한다.

"자아, 준비가 다 되었구려. 그럼, 한잔하시겠소?"

"네에, 고맙습니다. 근데 교수님! 제 나이 이제 겨우 스물아홉입니다. 그러니 편히 말씀하십시오."

"스물아홉? 스물다섯 정도로밖에 안 보이는데? 아무튼, 그럼 그러세."

홍 교수가 먼저 술을 따라주었다.

이를 공손히 받은 현수는 술병을 받아 한잔 따라드렸다.

"자아, 건배하세."

"네에."

현수는 고개를 반쯤 돌리곤 시원한 막걸리를 원샷했다. 그리곤 신김치 한 조각을 안주로 먹었다.

생각보다 훨씬 더 맛이 좋았다.

"허어, 아주 잘 마시는구먼……."

"네에, 막걸리가 아주 맛이 있어서……. 그런데 어느 대학에서 강의를 하셨습니까?"

"나……? 강원대학에 있었네."

"안식년 제도는 6년마다 1년씩 주어지는 거죠?"

"그렇긴 하네. 한데 아무래도 복직은 못할 듯 싶으이."

"왜요?"

"눈치챘는지 모르겠지만 몸이 조금 불편하네. 병원에 갔더니 중풍 초기라 하더군. 이런 몸으로 어찌 강의를 하겠는가!"

"그러셨군요. 여긴 공기가 좋으니 요양을 잘 하시면 되지 않겠습니까?"

"그래서 들어와 있다네. 여기 온 지 석 달쯤 되었는데 너무 좋네. 세상의 모든 시름을 잊고 한가로운 삶을 살고 있지."

"네, 여긴 그렇지요."

"매일 독서와 산책, 그리고 적당한 노동을 하고 있네. 이만하면 사람 사는 것 같다는 생각이 들어 몸은 불편하지만 마음만은 행복하다네."

"네에, 그러시군요."

"한데 자네는 어찌 이곳에 왔는가? 오늘은 평일인데."

"저는 현재 휴가 중입니다. 그리고 생각을 정리할 게 있어서 이곳을 찾아온 겁니다."

"애인과 이별을 했나? 아님 승진해야 하는데 아직 못해서 그러는가?"

"아닙니다, 그런 건! 그냥 골치 아픈 일이 있어서요."

레드 마피아로부터 협박받았다는 이야길 어찌 하겠는가!

현수는 홍 교수와 더불어 이런 이야기 저런 이야기를 나누었다. 그렇게 두어 시간쯤 지났을 때 우보 선생이 나타난다.

"아이고, 이게 누구야? 김현수 씨 아닌가? 어쩐 일로 여기에······. 핫핫! 오랜만일세."

"네에. 저도 반갑습니다. 그간 안녕하셨지요? 자주 찾아뵙지 못해서 죄송합니다."

"아이고, 무슨 말씀을······. 지금쯤 사회생활 하느라 바쁘겠거니 했다네. 아무튼 잘 왔네. 우리 홍 교수하곤 통성명을 했지?"

"네에, 막걸리를 주서서 한잔했습니다. 그리고 좋은 말씀 많이 듣는 중입니다."

"그래그래! 우리 홍 교수 인품이야 강원도 사람이 다 아는 인품이지. 게다가 박람강기해서 아주 박학다식하지. 자네의 멘토가 되기에 조금도 부족함이 없는 친구이네."

"예끼, 이 사람아! 면전에서 그리 칭찬하면 내 어찌 얼굴을 들겠는가! 뻥 좀 작작 치시게."

"뻥은 무슨······! 사실인 걸 내가 알고 자네도 아는 거 아닌가, 홍 박사!"

"박사님이셨어요?"

"당연하지 않나? 국립대학 정치외교학과 학과장 자리에 아무나 앉겠는가? 홍 교수는 국내와 국외 두 군데에서 박사 학위를 받은, 소위 엄친아라네."

"에구, 엄친아라니요. 연세가 있으신데······."

현수가 말도 안 된다는 표정을 짓자 우보 선생이 너털웃음을 터뜨린다.

"엄친아 맞네. 정신연령이 아직 어리거든."

"에구, 고맙네. 정신이라도 젊게 봐줘서."

"하하! 하하하!"

홍 교수와 우보 선생은 서로를 바라보며 환한 웃음을 지었다. 그리곤 곧바로 술자리가 이어졌다.

이번엔 우보 선생의 냉장고에서 술과 안주가 나왔다.

주종은 여전히 막걸리지만 안주가 바뀌었다. 고추장에 재워 놓았던 돼지갈비이다.

좋은 사람들과 마시면 근심걱정을 잊고 즐거워진다는 말이 있다. 지금의 현수가 그랬다.

홍 교수와 우보 선생 모두 25살 이상 연상인 어른들이다. 그런데 마치 천진난만한 아이들처럼 즐거워한다.

현재의 삶에 만족한다는 뜻이다.

술을 마시던 중 현수는 우보 선생도 마나 디텍션으로 살펴보았다. 역시 청신경이 있는 부분에 문제가 있다.

마나의 양도 적었고, 움직임 또한 제한적으로 보였다. 하여 이때부터 술을 조금씩 줄여서 마셨다.

밤 아홉 시가 넘자 두 분 모두 얼큰한 취기를 느끼는 듯하다.

산속이라 해가 일찍 떨어지는 곳이고, 두 분 모두 일찍 자고 일찍 일어나는 습관이라 하였다. 하여 서둘러 상을 치우고 우보 선생의 거처로 옮겨 자리를 폈다.

"오늘은 우리 셋이 같이 자는 건가? 하하, 기분 좋다."

우보 선생의 말에 홍 교수가 맞장구를 친다.

"오늘 젊은 친구랑 마셔서 그런지 하루쯤 젊어진 느낌일세."

"암만, 요즘 보기 드문 건실한 청년이지. 자, 이만 자세."

현수가 부엌에서 설거지하는 데 걸린 시간은 불과 20분 정도이다. 그런데 술 때문인지 두 사람은 잠들어 있었다.

"흐음, 일단 내가 먼저 정신을 차려야지."

우보 선생의 작업실로 간 현수는 가부좌를 틀고 앉아 단전호흡을 하며 운기를 했다.

대략 30분 정도 지나자 취기가 가신다.

"흐음, 여기 온 김에 의서들을 좀 읽어봐야겠군."

사놓기만 하고 보지 않았던 한의서들을 읽다보면 반쪽짜리가 아닌 제대로 된 단전호흡을 할 수 있을 것이기 때문이다.

결계를 치고 그 안에서 의서들을 섭렵했다. 외부 시간으론 6시간이지만 결계 안 시간으론 45일간 읽어댔다.

전능의 팔찌에 새겨진 브레인 리프레쉬 마법 덕분에 많은 부분을 쉽게 깨우치게 되었다.

드르르렁, 쿠울! 드르르르렁!

두 분 모두 깊은 잠에 취한 듯하다. 현수는 먼저 우보 선생의 머리 위쪽에 자리를 잡았다.

"마나여, 이상있는 곳을 회복시켜라. 리커버리!"

서늘한 푸른빛이 현수의 손을 떠나 우보 선생의 양쪽 귀로 갈라져 들어갔다.

다음엔 홍 교수의 머리맡이다.

"마나여, 이상있는 곳을 회복시켜라. 리커버리!"

이번에도 서늘한 푸른빛이 홍 교수의 머리 부분을 감쌌다.

"죄송하지만 조금 더 주무셔야겠습니다. 딥 슬립!"

마법이 구현되자 코고는 소리마저 잦아들었다.

아공간을 뒤진 현수는 회복 포션을 꺼내 두 사람의 입안에 넣어주었다. 그윽한 향기가 실내를 맴돌다 서서히 사라졌다.

"하룻밤 푹 주무시고 나면 내일 아침엔 오늘과 조금 다를 겁니다. 후후후!"

흐뭇하다는 표정을 지은 현수는 원두막으로 가서 다시 앱솔루트 배리어를 쳤다. 그리곤 타임 딜레이 마법을 구현시켰다.

그리곤 읽다만 의서들을 꺼내 밤새 뒤적였다. 그 덕에 모르던 것들을 상당히 많이 깨우치게 되었다.

짹짹! 째째짹!

"흐아암! 아아, 잘 잤다."

산새들이 지저귀기 시작한 새벽에 홍 교수가 먼저 깼다.

"흐으음……! 어라……?"

기지개를 켜던 홍 교수가 놀라는 표정을 짓는다. 몸이 너무도 가뿐했기 때문이다. 전에는 자고 일어나도 개운하지 않고 찌뿌듯한 기분이 들었다. 하여 점심을 먹고 꼭 낮잠을 잤다. 안 그러면 저녁 때 몹시 피곤함을 느끼기 때문이다.

"이상하네. 어제 술이 조금 과했는데……."

홍 교수는 고개를 갸웃거린다. 술을 마시면 다음날 몸이 안 좋아야 정상이다. 시계를 보니 여덟 시간쯤 잔 것 같다.

그런데 실컷 자고 일어난 것처럼 활력이 넘치니 어찌 이상하지 않겠는가!

"내 몸이 미친 건가? 혹시 이런 게 회광반조……?"

홍 교수는 몸이 완전히 망가지기 직전에 잠시 멀쩡해진 건 아닌가 싶은 마음에 이맛살을 찌푸렸다.

어제까지 다리를 절고 손도 약간 떨었다.

이것만으로도 충분히 불편했다. 그런데 그보다 더해지면 어떻게 하나 하는 마음이 든 것이다.

'그럼 아내와 아이들에게 미안해지는데……. 이따가라도 병원엘 가봐야 하나? 으으음……!'

홍 교수는 연신 고개를 갸웃거리며 부엌으로 향했다.

아침은 새벽잠이 적은 홍 교수가, 저녁은 느릿느릿한 우보 선생이 준비하는 것이 일상이기 때문이다.

"아, 교수님, 안녕히 주무셨어요?"

"현수 군! 벌써 일어났는가? 근데 부엌엔 왜……?"

"네에, 제가 두 분께 북어국을 끓여 드리려구요. 술 마신 다음날 메뉴론 최고 아닙니까?"

"물론 그렇지. 근데 북어가 없을 텐데……."

"제 차에 있어서 가져왔습니다."

"아, 그런가? 그럼 밥은 내가 하지."

"아뇨. 밥도 다 되었으니 산책이나 다녀오십시오."

"그런가? 하하, 아침 당번은 나였는데 오늘은 자네 덕에 편히 쉬는군.”

“네에. 천천히 다녀오십시오. 반찬 두어 가지 더 만들려면 시간이 걸릴 테니.”

“그러게. 자네 덕에 아침 산책하는 호강 한번 해보겠네.”

홍 교수는 몸을 점검해 보고 생각도 정리해 볼 겸 밖으로 나 갔다. 그리곤 자신의 몸을 새삼스레 살폈다.

우선 다리를 절지 않는다.

게다가 걷는 데 불편함이 없는 정도가 아니라 마치 젊은 시 절로 되돌아간 듯 조금도 힘이 들지 않는다.

주먹을 쥐어봤더니 어제완 완전히 다르다. 숨 쉬는 것도 편 하고, 지긋지긋하던 편두통도 전혀 느껴지지 않는다.

‘아무래도 마을회관으로 가봐야겠어.’

홍 교수는 평소의 산책 코스를 벗어나 마을 복판으로 향했 다.

거기에 혈압을 측정하고 심박수를 측정해 주는 장치가 있기 때문이다. 측정 결과 최고 혈압 117, 최저 74이다.

심박수는 57이다. 의사가 아니기에 확신할 수는 없지만 이 정도면 분명 정상 범주에 들어간다.

이전 혈압은 146에 100이고, 심박수는 80을 넘겼었다. 그런 데 젊은 시절에 볼 수 있었던 수치가 보인다.

어찌 이상하지 않겠는가!

홍 교수는 산책 대신 깊은 상념에 빠졌다.

몸에 문제가 발생되기 직전에 잠시 정상 상태를 보이는 지금 인생을 정리해야 하는 것 아닌가 하는 생각에 빠져든 것이다.

우보 선생이야 이전부터 친분이 있었기에 그렇다 치고, 현수가 어제 처음 만난 홍 교수에게 치료 마법을 시전하고 회복 포션을 먹인 것엔 이유가 있다.

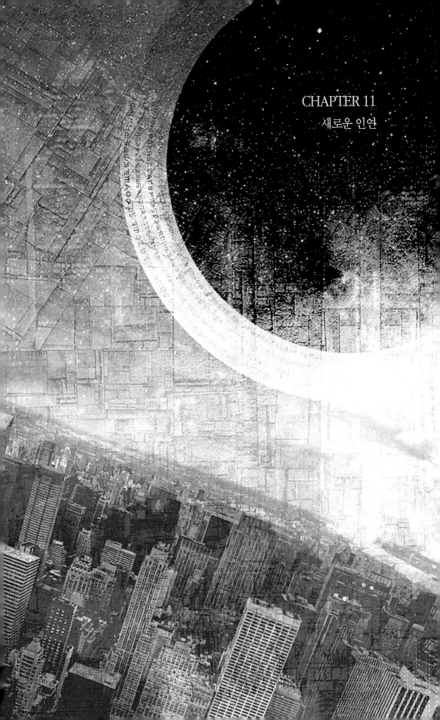

CHAPTER 11
새로운 인연

술을 마시는 동안 여러 이야기가 나왔다.

그중엔 대한민국이라는 나라의 썩고, 곪고, 더럽고, 아픈 구석에 관한 부분도 상당수 포함되어 있었다.

우보 선생이나 홍 교수 모두 현수와 비슷한 시각으로 사회를 보고 있었다.

국가는 비약적인 발전을 하고 있지만 잘못된 정치와 제도, 그리고 모순된 사회적 관습으로 인하여 많은 사람들이 고통받고 있다는 것이다.

이는 사회를 선도하는 지도자들만의 잘못이 아니라 구성원 전체에 심각한 문제가 있음이라고 했다.

부동산 투기로 일확천금을 꿈꾸며 아무것도 하지 않으려는 사람을 일례로 들었다. 하여 어젯밤의 대화는 이 사회를 어찌 개선해야 하는지에 관한 토론의 장이었다.

그 이야기 도중 홍 교수가 어떤 사람인지를 알게 되었다.

현수는 먹고살기 바쁜 세상을 사느라 TV를 거의 보지 않았다. 그렇기에 심야방송 임에도 시청률이 높은 토론 프로그램이 있다는 것을 몰랐다. 또한 방송이 나갈 때마다 사회적인 이슈가 되어 갑론을박이 벌어진다는 것도 몰랐다.

이 방송은 우리 사회의 문제점을 꼬집고 그에 대한 해결책 내지는 대안을 제시하는 프로그램으로, '심야토론, 이건 아닙니다!' 라는 것이다.

홍 교수는 한 달에 두 번 정도 이 토론에 참여하는 단골 패널[5]이다. 그렇기에 홍 교수에겐 팬클럽이 있다.

올바른 시각으로 사회를 직시하여 문제점을 찾아내기 때문이다. 또한 이를 어찌 풀어내야 할지에 대한 의견도 내놓는다.

그런데 그것은 너무도 합리적인 대안이며 해결책이다.

제대로 정신이 박힌 사람이라면, 그리고 자기 자신보다는 사회 전체를 볼 수 있는 눈을 지녔다면 아무도 부인 못할 최적의 방안을 내놓는 것이다.

하여 젊은 층은 물론이고 중장년층까지 전폭적인 지지를 보내는 인기 재야 논객이라 할 수 있다. 여기서의 중장년층이라 함은 올바른 가치관을 지닌 사람들을 의미한다.

---

5) 패널(Panel):토론에 참여하여 의견을 말하거나, 방송 프로그램 따위에 출연해 사회자의 진행을 돕는 역할을 하는 사람. 또는 그런 집단.

많은 이야길 듣는 동안 홍 교수가 양식있는 사람이며 올바른 가치관을 지녔다는 것을 알 수 있었다.

홍 교수에겐 아내와 두 자녀가 있다.

부인은 현재 고등학교에서 영어를 가르치는 교사이다.

아들은 육군 병장인데 최전방이라 할 수 있는 GP[6]에서 근무 중이다. 딸은 중소기업에서 일한다고 했다.

그렇기에 몸은 떨어져 있지만 매일 통화를 한다면서 행복한 표정을 지었다.

50대 사내가 이러긴 사실 쉽지 않다.

배우자와 사이좋은 부부가 드문 세상이고, 자식들이 아버지를 진심으로 걱정하는 집도 흔치 않기 때문이다.

현수가 홍 교수에게 호감을 품은 결정적인 이유는 딸을 소개해 주겠다고 해서가 아니다.

몸만 괜찮다면 사회를 위해 봉사하는 삶을 살아보고 싶다고 했다. 어려운 이웃을 위해 일을 해주는 봉사가 아니다.

더럽다고 발을 들여놓지 않았던 정치판에 들어가 썩어빠진 정신들을 확 고쳐주고 싶다는 말을 했기 때문이다.

그렇기에 리커버리 마법과 회복 포션을 사용한 것이다.

아무튼 홍 교수가 걱정 안 해도 될 일을 걱정하는 동안 현수는 밥상을 차렸다. 북어국과 계란말이, 그리고 얼큰한 김치찌개가 메뉴다.

두 가지는 그냥 요리했지만 김치찌개는 마법으로 만든 것이

---

6) GP:한반도의 휴전선에 있는 휴전선 감시 초소(Guard Post).

다. 제대로 된 맛을 내려면 팔팔 끓인 뒤 약한 불로 오래 끓여야 깊은 맛이 나기 때문이다.

하여 타임 패스트 마법을 구현시켰던 것이다.

"아이구! 현수 씨가 고생하셨네."

잠자리에서 일어나자마자 밥상을 받은 우보 선생의 말이다.

"고생은요……. 근데 홍 교수님이 왜 안 오시죠?"

"오겠지. 그 친구, 아침밥은 꼭 먹어야 하는 사람이거든."

이때 홍 교수가 발을 들여놓으며 눈썹을 치켜 올린다.

"뭐야……? 둘이 내 흉을 보는 중이었어? 하하, 앞으론 자릴 비우지 말아야겠군."

세 사람은 화기애애한 분위기 속에서 식사를 했다. 그리곤 어제에 이어 대화를 이어갔다.

현수는 저녁까지 먹고 출발했다. 홍 교수도 그렇지만 우보 선생의 몸에서도 이상이 발견된 때문이다.

전에는 보청기를 끼우지 않으면 소리를 거의 듣지 못했다. 그런데 깜박 잊고 있었음에도 소리를 잘 듣게 된 것이다.

어제와 달라진 것이라면 현수가 왔었다는 것 하나뿐이다.

당연히 의아하다는 표정과 더불어 대체 무슨 영문인지 알려 달라고 한다. 이에 어찌 마법을 썼다고 하겠는가!

현수는 모르는 일이라고 잡아뗐다. 그럼에도 불편한 마음이 들어 서둘러 출발한 것이다.

오는 내내 그간의 대화 내용을 되씹어 보았다. 그중 하나 마음에 걸리는 말이 있었다.

노블리스 오블리제(Noblesse Oblige)를 보여줘야 할 사람은 그렇게 해야 한다는 것이다.

막대한 부를 보유하고 있든 막강한 권력을 누리고 있든 학문적으로 우월한 위치에 있는 사람이라면 투철한 도덕 의식과 솔선수범하는 공공정신을 보여줘야 한다는 뜻이다.

현수는 지구 유일의 7써클 마스터 대마법사이다. 따라서 가진 능력을 사회를 위해 써야 한다는 뜻으로 받아들였다.

문제는 어떻게 해야 하느냐는 것이다. 그렇기에 서울로 돌아오는 내내 이 주제에 대해 심각한 고민을 했다.

2013년 6월 5일 수요일 오전 8시 45분.

현수가 사무실의 문을 열고 들어섰다.

"사장님, 안녕하세요?"

"아, 안녕하세요?"

"좋은 아침입니다. 별일 없었지요?"

"킨샤사로부터 추가 물량 발주가 있었습니다. 그래서 각 제약사에 팩시밀리로 주문을 했습니다."

"그래요? 양이 많던가요?"

"네, 지난번에 비해 약 1.3배 정도 되는 물량이었어요."

"흐음, 제법 많이 팔리는 모양이군요. 알겠습니다."

주문량이 늘었다 함은 거두는 수익이 커지는 것을 의미하기에 현수의 입가엔 잔잔한 미소가 어려 있었다.

사장실로 들어가 컴퓨터부터 켰다. 신문 대신 뉴스를 보기 위함이다. 잠시 후, 은정이 커피를 들고 들어온다.

'크으! 또 사약이야? 내일부터는 다른 걸 달라고 해야겠네.'

내심 쓰기만 한 커피를 떠올렸지만 인상을 쓰진 않았다.

"참, 신입사원 환영회는 잘 했어요? 맛있는 거 먹었습니까?"

"아뇨. 신입사원 환영회는 못했어요."

"어, 왜요? 뭔 일 있었어요?"

"아뇨, 뭔 일이 있었던 것은 아니고……. 사장님도 안 계시는데 저희끼리 하는 게 좀 그래서요."

"그랬어요? 나 때문이었군요. 좋아요. 이따 퇴근 후에 어때요? 김수진 씨랑 이지혜 씨 스케줄이 어떤지 물어보세요."

"네에. 사장님!"

은정이 나간 뒤 모니터로 시선을 돌렸다.

여느 날과 다름없이 정치인들의 극한 대립이 헤드라인 뉴스이다. 자신의 마음대로 국정을 운영하려는 여당 대표와 이를 저지하려는 야당 대표가 드디어 멱살을 잡고 싸웠다.

"쯧쯧! 하여간 정치인들이란……."

국민 수준은 상당히 높아졌는데 1970년대 수준에서 조금도 벗어나지 못하는 정치인들의 행태를 보며 나직이 혀를 찼다.

겉보기엔 어느 한쪽이 국민들을 위해 투쟁하는 것처럼 보인다. 하나 속을 들여다보면 전혀 그렇지 않다. 정치인들은 조선시대 때 선비들처럼 자신의 이익만을 위해 투쟁한다.

세종대왕은 백성들을 위하여 훈민정음을 만들어 반포하려했다. 이를 제지한 것이 집현전 부제학 최만리 등이다.

그는 여섯 가지 말도 안 되는 이유를 들어 한글 반포에 반대했다. 하나 그 속내는 백성들이 문자를 알게 되면 더 이상 속일 수 없기 때문이다.

현수는 혀를 차며 정치면에서 벗어났다.

그러다 무심코 스포츠 기사 목록을 클릭했다.

그런데 스포츠엔 관심이 없기에 누가 홈런을 쳤는지, 누가 골을 넣었는지에 대한 기사는 모두 무시했다.

외국에 나가 있는 선수가 골을 넣은들 무엇 할 것이며, 하루에 홈런 열 방을 쳤다한들 그게 무슨 의미가 있겠는가!

선수 본인에게야 중요한 일이겠지만 현수에겐 아무런 감흥도 일으키지 못하는 일이다.

1980년대 초반 정권을 쥔 J모라는 전 대통령은 우민화 정책을 펼쳤다. 우민화란 국민들을 어리석게 만드는 것이다.

그것의 수단으로 사용된 것이 Sports, Screen, Sex다.

사람들은 이것들의 첫 글자를 따서 3S정책이라고도 한다.

정치에 대한 국민들의 관심을 다른 데로 돌려 자신의 원하는 방향으로 국정을 운영하려는 의도였다.

이런 연유로 현수는 스포츠와 영화에 별 관심을 두지 않는다. 그래서 스포츠와 연예 관련 기사들을 모두 스킵한 것이다.

아무튼 자신이 보고 싶은 기사만 골라서 검색을 하던 중 히데요시라는 이름을 문득 본 느낌이 있다.

하여 이전 페이지로 되돌아가 살펴보았다.

임진왜란의 원흉인 도요토미 히데요시가 오사카성에 있던

막대한 보화를 매장했다는 기사가 있다.

자세한 내용을 살펴보니 1598년에 어린 아들의 장래를 걱정하여 천문학적인 금화와 금괴를 효고현 다다은동(多田銀銅) 광산의 스물한 곳 갱도 안에 매장시켰다는 것이다.

히데요시의 가신이 유서에 남긴 내용엔 매장 총량은 금화 4억 5천만 냥과 금괴 3만관이다.

현수는 당시 일본의 금화가 어떤지를 확인해 보았다.

금화 1냥은 16.55g이며 순금 함량은 약 68%이다. 계산기를 꺼내 확인해 보니 금화로 제작된 금만 5064.3톤 정도 된다.

금괴의 형태로 된 것은 112.5톤이다.

'후와, 어마어마한 양이군. 이걸 지금 돈으로 환산하면 얼마나 되지? 가만, 일본 국가 예산의 600배……?'

얼른 검색해 보았다. 대한민국의 1년 예산은 309조, 일본은 850조 원이다. 이것의 600배라면 무려 51경 원이다.

세계 최고 부자라는 빌 게이츠의 재산이 56조 원이라 했을 때 그것의 9,107배나 되는 어마어마한 금액이다.

"합계가 5176.8톤인데 이걸 현재의 시세로 따지면……."

어쩌면 계산기가 감당하지 못할 숫자가 나올 수도 있다 생각하면서도 계산을 해보았다.

'흐음, 요즘 금 1g에 6만 원 정도 하니까……. 어라! 310조 6,080억 원인데? 뭐가 잘못된 거지? 기자들이 계산 실수한 건가? 아님 금 한 냥이 더 큰 건가?'

아무튼 엄청난 금액이란 생각을 했다. 그러던 중 문득 떠오르는 상념이 있다.

'이거 혹시 임진왜란 때 조선에서 가져간 거 아닐까?'

1592년에 일어난 임진왜란으로 조선은 피폐해졌다. 많은 인원이 죽거나 다쳤고, 여자와 도공들이 무수히 끌려갔다.

도공이야 질 좋은 다완과 다기 등을 얻기 위함이다.

여자들을 끌고 간 이유는 성적 욕구를 충족하기 위함이었을 것이다. 놈들이 여자들을 끌고 가면서 한 말이 있다.

'여자는 목욕만 하면 새것이 된다'는 것이다. 아예 사람으로 치지도 않은 것이다.

이것뿐만이 아니다. 조금만 가치가 있어 보이면 무작위로 가져갔다. 심지어 호랑이까지 잡아갔다. 이런 상황이니 금은보화를 약탈하지 않았다고 할 수 없을 것이다.

'이거 탐색을 시작한 지 1년 가까이 되는데 아직 못 찾은 거지? 근데 이거 찾으면 일본 재무장은 시간문제잖아?'

유난히도 영토 야욕이 심한 일본에게 충분한 돈이 공급되면 또 다시 침략 전쟁을 일으키려 할 것이다.

'그런 꼴을 두고 볼 수 없지. 좋아, 일본엘 한번 가봐야겠군.'

현수는 꼼꼼하게 위치를 확인했다.

효고현에 소재한 다다은동 광산은 도요토미 히데요시의 직할 광산으로 2,000여 개의 갱도가 뚫려 있다고 한다.

1971년에 붕괴 위험성 때문에 폐광된 이후 인적이 끊겼다.

지난해부터 일본은 안전을 고려하여 소형 센서와 카메라가 부착된 로봇으로 하여금 갱도 탐색을 하는 중이다.

'니들보단 내가 먼저 찾아주지. 후후후!'

메탈 디텍션이란 아주 훌륭한 마법이 있지 않은가!

마나 공급만 충분하면 반경 500m 내의 금속들을 탐지해 낼 수 있는 마법이다.

서둘러 김포공항에서 오사카로 가는 항공편을 예약했다.

다다은동광산이 있는 효고현 가와베(川邊)군 이나가와초(猪名川町)까지는 버스와 택시를 이용할 계획이다.

쿵쿵! 쾅쾅! 쿵쾅쿵쾅!

태백호텔 나이트클럽 엑스터시(Ecstasy)에 발을 들여놓는 순간 귀가 먹먹할 정도로 큰 소리가 들린다.

스테이지는 현란한 조명 아래 신나게 몸을 흔드는 젊은이들로 입추의 여지가 없을 정도였다.

"휴우……! 엄청나군."

대구의 C&C 나이트클럽은 비교할 수 없을 정도로 규모도 크고 사람도 많다.

"오서 옵셔! 찾으시는 웨이터 있습니까?"

"홍길동 있냐?"

"홍길동이요? 그런 웨이터는 없는뎁쇼?"

"그래? 그럼 네가 안내해."

"아, 네에! 그럼 절 따라 오십시오. 그런데 테이블로 할까요? 부스로 할까요? 아님, 룸은 어떠십니까?"

"이은정 씨! 테이블과 부스, 룸 중 어디가 좋아요?"

"저는 이런 데 안 와봐서 몰라요. 잠깐만요. 수진아! 어디가 놀기 좋은 곳이니?"

"부스보단 룸이 덜 시끄러워. 사장님, 우리 룸으로 가요."

일행은 저녁식사를 하면서 술을 마셨다.

넷이서 소주 한 병과 맥주 세 병을 해치웠다. 소주는 현수가, 맥주는 여직원들 몫이었다.

술이 약한 셋은 이미 약간의 취기가 있는 상태이다.

"룸이 좋다는데? 룸으로 안내해 줘."

"네에, 알아서 모시겠습니다."

현수는 맥주와 양주를 주문했다. 기왕에 술 마시면서 놀 거면 화끈하게 놀자는 여직원들의 성화 때문이다. 그간 취업 걱정 때문에 쌓인 스트레스를 한 방에 해결하겠다는 것이다.

웨이터는 피크 타임에 와서 화장실이 딸리지 않은 작은 방밖에 없어 미안하다고 했다. 그러거나 말거나 여직원들은 주거니 받거니 하며 잔을 비운다.

그리곤 서로 노래를 부르겠다면서 마이크 쟁탈전을 벌였다.

셋 중 노래를 가장 잘 부르는 사람은 단연 김수진이다. 소싯적 가수가 되는 게 꿈이었다는 것이 믿어질 정도이다.

다음은 이지혜. 꼴찌는 당연히 한 번도 못 놀아본 이은정이다. 그렇기에 아는 노래가 거의 없으면서도 마이크를 잡고 내놓지 않아 현수로 하여금 웃음 짓게 만들었다.

은정은 현수를 만난 이후 쌓이고 쌓였던 모든 근심 걱정이

사라졌다. 그래서 요즘 자주 웃는다고 하였다. 그 때문인지 마치 피어나는 꽃처럼 화사하다.

술을 마셔 양 볼이 붉게 달아올라 있다. 그런 상태에서 광화문연가라는 노래를 부른다.

기교라곤 하나도 없는 밋밋한 노래 실력이다. 멜로디도 다 아는 게 아닌 것 같다. 그럼에도 화면을 뚫어져라 바라보며 열심히 벙긋거리는 모습이 너무도 예쁘다.

김수진과 이지혜는 자리에 앉아 따라 부르고 있다.

현수는 슬그머니 일어나 화장실을 다녀왔다. 밖은 여전히 시끄럽고, 사람이 많았다.

룸으로 되돌아와 보니 은정이 보이지 않는다.

화장실에 갔다고 한다. 다시 느긋하게 자리를 잡고 수진과 지혜가 부르는 노래를 듣고 있었다.

확실히 은정보다 노래 솜씨가 좋아 듣는 귀가 즐거웠다. 여자들이라 주로 발라드 위주 선곡이었다.

그렇게 두어 곡이 지났음에도 은정이 오지 않는다. 이상하다는 생각에 밖으로 나가보았다. 룸을 나가 오른쪽으로 쭉 가면 맨 끝에 화장실이 있다. 따라서 길을 잃을 상황은 아니다.

핸드폰으로 전화를 해보았지만 받지 않는다. 하여 여자 화장실 앞에서 와이드 센스 마법을 펼쳐보았다.

안에 두 명이 있다. 잠시 후, 한 명이 들어가고 둘이 나온다. 그중에 은정은 없다. 혹시 홀에 있나 싶어 살펴보았다.

하나 그들 중에도 은정은 보이지 않았다. 취기를 몰아내기 위해 밖으로 나갔나 싶어 바깥까지 확인했다.

다시 안으로 들어온 현수는 자신이 있던 룸으로부터 화장실 사이에 있는 모든 룸들을 확인하기 시작했다.

와이드 센스 마법으로 음성 확인에 들어간 것이다.

그렇게 열여섯 개의 방을 뒤졌다. 열두 개의 방에선 신나는 노래 소리가 들렸고, 세 개에선 무슨 짓을 하는지 조용했다.

하나는 무슨 슬픈 일이 있는지 훌쩍이는 소리뿐이다.

이제 남은 방은 양쪽으로 두 개씩 네 개의 방이다. 첫 번째 방은 사내들끼리 와자지껄하게 떠드는 소리가 들린다.

두 번째 방에선 악을 쓰며 떼창하는 소리가 들린다. 세 번째 방에 귀를 기울였을 때이다.

"아이, 싫다니까 왜 이래요?"

"어쭈……!"

"대체 왜 이래요? 저 일행 있단 말이에요."

"시끄러, 이년아! 떠들지 말고 일단 술이나 한잔 따라봐, 어서! 어쭈, 안 따라?"

"네, 싫어요. 내가 왜 그래야 하죠? 저, 나가게 비켜주세요."

"싫어? 형님, 그년 좋은 말로는 안 될 것 같은데요?"

"넌 빠져 있어."

"네, 형님!"

"자아, 좋은 말로 할 때 술 따라라."

"싫어요. 나갈 거예요. 비켜주세요. 아악, 이 손 놔요! 아프단 말이에요."

분명 은정의 목소리이다. 화장실을 다녀오다 안에 있는 녀석들에게 납치당한 듯하다. 즉시 주먹으로 문을 두드렸다.

쿵, 쿵, 쿵!

"누구야?"

누군가 신경질적으로 묻는다. 그러거나 말거나 열어젖혔다.

벌컥—!

열고 보니 큰 방이다. 사람이 여덟이나 있다. 여자라곤 은정 하나뿐이고 나머진 시커먼 사내들이다.

모두의 시선을 받았지만 현수는 은정만 바라보았다. 사내에게 손목을 잡혀 있다. 그리고 겁에 질린 듯한 표정이다.

싸늘한 시선으로 사내들을 훑어보니 평범한 놈들은 아닌 것 같다. 덩치들도 있고, 인상도 좋지 않다.

"넌 뭐야?"

"그건 알 거 없고……. 이은정 씨! 뭐해요? 어서 나와요."

"네, 사장님! 아아악……!"

자리에서 일어서려던 은정이 자지러질 듯한 비명을 지르며 주저앉는다. 손목을 세게 움켜쥔 모양이다.

"너, 그 손 놔주는 게 좋을 거다."

"야, 저거 뭐하는 십장생이야? 니들, 보고만 있을 거야?"

은정의 손목을 쥐고 있는 사내의 말에 가장자리에 있던 놈들 둘이 자리에서 벌떡 일어난다.

넓은 룸이라 하지만 운동장만 한 것은 아니다. 현수는 일어서려는 놈들의 명치를 질렀다.

퍽! 퍽—!

"으윽! 윽······!"

명치를 맞아본 사람은 안다. 순간적으로 숨을 쉴 수 없으며 엄청난 고통이 느껴진다. 둘이 그랬다. 완전히 일어서려는 순간 명치를 가격당했고, 그대로 고꾸라졌다.

"뭐야, 이 새끼!"

둘의 곁에 있던 또 다른 둘이 일어나 달려든다. 현수는 날아오는 주먹을 피함과 동시에 상대의 발목을 걸어챘다.

퍽! 빡—!

"아악! 으아악!"

자지러지는 듯한 비명과 함께 쪼그려 앉는다.

이제 이들 둘의 전투력은 제거된 것과 마찬가지이다. 일어서면 엄청난 통증을 느낄 것이기 때문이다.

그런 통증을 견디고 공격하기란 웬만해선 어려울 것이다. 따라서 이제 남은 것은 셋뿐이다.

"어쭈······? 믿는 구석이 있었다 이거지?"

두목인 듯한 자는 짐짓 여유를 부리는 것인지 여전히 자세 변화가 없다. 술잔에 술을 따르곤 단숨에 마신다. 그리곤 선언하듯 말을 이었다.

"나, 평화시장 김치성이다. 넌 어느 구역의 누구냐?"

"평화시장 김치성? 거기서 뭘 파는 놈인지 몰라도 지금 당장 그 손부터 놔라."

"크크크, 안 놓으면······?"

"그야 네 신상에 안 좋은 일이 생기겠지."

일곱이나 되는 상대를 앞에 두고도 전혀 위축된 감을 보이지 않는다. 게다가 전광석화 같은 몸놀림으로 부하들 넷을 간단히 처리했다.

그래서 겁없는 양아치는 아니다 싶어 김치성 스스로 신분을 밝힌 것이다.

동대문 근처에 위치한 평화시장 인근에서 활약하기에 평화파라 부른다. 이름은 평화스럽지만 행동은 결코 그렇지 못하다.

오늘은 모처럼 동생들을 데리고 멀리까지 놀러왔다. 태백호텔 인근에 자리 잡은 주차장파와의 친분을 쌓기 위함이다.

룸에도 화장실이 있지만 누군가가 쓰고 있어 밖의 화장실에서 볼일을 봤다.

그리고 룸으로 돌아오던 중 이은정을 보게 되었다.

크지도 작지도 않은 키에 볼륨감있는 몸매, 그리고 한눈에 반해 버릴 정도로 청초한 아름다움이 느껴지는 여대생이다.

하여 말을 붙였다. 그런데 별다른 대꾸도 없이 그냥 가려고 한다. 어찌 그냥 보내겠는가!

김치성의 어렸을 때 별명은 동대문 늑대이다.

사납고 흉포하다는 뜻에서의 늑대가 아니다. 그렇기에 은정의 손목을 움켜쥐었다. 그리곤 곧장 룸으로 끌고 갔다.

한편 은정은 웬 사내가 손목을 잡아끌자 소리치며 저항했다. 하나 어찌 억센 사내의 힘을 당해낼 수 있겠는가!

룸 안에 발을 들여놓으니 사내 여섯이 일제히 바라본다. 한 눈에 보기에도 불량기가 철철 흐르는 조폭들이다.

순간적으로 눈앞이 캄캄해졌다.

이제 신세 망치는 것은 시간문제라는 생각이 스치자 저항하 겠다는 의지보다는 절망감이 먼저 생긴 것이다.

어쩌다보니 정가운데 자리에 앉게 되었다. 사내는 이렇게 만난 것도 인연이니 술이나 한잔하자고 했다.

어찌 그 시커먼 속을 모르겠는가!

은정은 단호하게 거절했다. 그러자 인상을 쓰며 다가앉는 다. 겁이 덜컥 났지만 애써 침착을 유지하려 했다.

하지만 그게 어찌 되겠는가!

굶주린 늑대 앞에서 오들오들 떨고 있는 가련한 토끼처럼 눈치만 살폈다.

"좋은 말로 할 때 술을 따르는 게 좋을 거야. 너, 인신매매가 뭔지 알지? 그 전에 나는 물론이고 여기 있는 동생들 모두 상 대하고 싶어?"

"아, 아뇨."

"그럼 술을 따라,"

"그, 그건 안 돼요."

"왜?"

"어, 엄마가 여자는 남편 될 사람한테만 술을 따라주는 거라 고 했어요."

떨리는 음성이었다. 그런데 김치성은 입가에 미소를 지었다. 모처럼 숙맥을 만났다. 이런 것들은 요리만 잘하면 평생 부려먹을 수 있다. 그렇기에 회심에 찬 미소를 지은 것이다.

"그래……? 그럼 내가 네 남편 해주지. 그럼 됐지? 자아, 이제 술이나 따라."

말을 마친 김치성은 은정의 어깨를 잡아 당겨 품에 안았다.

"아이, 싫다니까 왜 이래요?"

이 순간 현수가 문을 열고 들어선 것이다.

"좋은 말로 할 때 그 아가씨에게서 손을 떼라."

"흥……! 웃기고 자빠졌네. 얘들아, 뭐하냐? 저 싸가지없는 새끼 손 좀 봐줘라."

"네, 형님!"

"기분 나쁘니까 좀 심하게 만져줘라."

"네, 형님!"

두 놈이 일어선다. 조금 전 네놈과는 눈빛부터 다르다.

"재수없는 새끼! 하필이면 우리 형님 기분을 불쾌하게 만드냐? 최소한 석 달 열흘은 자빠져 있게 해주지."

한 녀석이 품에서 뭔가 꺼내든다. 날이 시퍼렇게 서 있는 회칼이다. 길이는 30㎝ 정도 된다.

또 다른 녀석도 뭔가 꺼냈다. 너클이다.

그런데 평범한 것이 아니다. 뾰족한 침들이 박혀 있다. 게다가 새끼손가락 아랫부분엔 약 10㎝ 정도 되는 칼이 붙어 있다.

"……!"

살인흉기들이다. 이런 것을 들고 다닐 것이라 생각지 못했던 현수이기에 약간 움찔한 것이다.

"크흐흐흐!"

"이제 좀 무섭냐? 너 오늘 참 재수없다."

두 사내는 먹잇감을 노리는 맹수 마냥 현수의 좌우로 다가
왔다. 눈에는 자신감이 가득 차 있었다.

'흐음, 그냥 놔두면 안 될 새끼들이었군.'

공포감을 주려는 의도로 일부러 천천히 다가서는 놈들을 바
라보던 현수의 입술이 달싹였다.

"아이언 스킨! 스트렝스! 헤이스트!"

마법을 구현시키자 체내의 마나들이 피부 쪽으로 급속 이동
함이 느껴진다. 그와 동시에 현수의 신형이 움직였다.

휘익—! 퍼억! 픽!

"케엑! 끄윽……!"

털썩! 털썩!

먼저 공격받은 놈은 회칼을 든 놈이었다.

눈알이 돌아갈 정도로 빠르게 달려들어 놈의 명치를 갈겼
다. 그 순간 좌측 발로 너클을 낀 놈의 목을 걸어찼다.

불과 0.5초 만의 일이다.

"헉……! 너 뭐야?"

놀란 두목이 자리에서 일어섬과 동시에 현수의 신형이 득달
처럼 달려들었다. 그리곤 녀석의 허벅지를 걸어찼다.

퍼억! 으드득!

"아아아아악!"

"은정 씨, 먼저 룸으로 가 있어요."

"네……? 아, 네에. 아, 알았어요."

"나갈 때 문 닫고 가세요."

"아, 알겠습니다."

위기에서 벗어난 은정은 후다닥거리며 룸을 빠져나갔다. 그런데 문은 닫히지 않았다. 깜박 잊은 듯하다. 하여 닫으러 나가려는 순간 문이 닫힌다.

쿠웅—!

"으으! 으으으으! 으으윽!"

내장재를 좋은 걸 써서 그러는지 나직한 신음만 들릴 뿐 밖의 시끄러운 음악 소리는 들리지 않았다.

"마나여, 이들을 잠들게 하라. 슬립!"

하는 짓으로 미루어 짐작컨대 폭력으로 남들을 괴롭히는 놈들이다. 따라서 그냥 놔두고 갈 마음은 없다.

현수는 이들을 어찌할까 생각해 보았다.

'힘이 사라지면 그런 짓을 못하겠지?'

"인크리스 더블링 그래비티(Increase Doubling Gravity)!"

놈들은 이제 현수가 마법을 해제해 주지 않은 한 남들보다 두 배의 중력을 느끼며 살아야 할 것이다.

이는 행동이 자유롭지 못함을 의미한다. 따라서 폭력으로 세상을 살아가는 것은 이제 끝이다.

"흐음, 이것만으론 부족하지. 메탈 디텍션!"

마법이 구현되자 놈들이 소지한 흉기가 탐색된다. 먼저 쓰러진 네 놈의 품에도 회칼이 있다. 두목만 아무것도 없다.

"그동안 얼마나 많은 사람들에게 겁을 줬는지 모르겠지만 이젠 끝이다. 페인 리플렉스(Pain Reflex)!"

마법이 구현됨과 동시에 놈들의 몸이 꿈틀거렸다.

처음엔 손목 근육을 잘라 버릴까 했다. 하지만 현대 의학은 이를 너무도 쉽게 해결한다.

그렇기에 상대를 때리면 그에 대한 반작용으로 본인도 똑같은 고통을 느끼게 만든 것이다.

흘린 물건은 없나 주위를 둘러보곤 곧장 룸으로 향했다.

"아⋯⋯! 사장님!"

울고 있던 은정의 곁에서 달래던 수진과 지혜가 반색한다. 위험에 처한 여직원을 위해 맨주먹으로 달려든 사장님이다.

말을 들어보니 상대는 일곱 명이나 되고, 조폭인데도 혼자 처리했다고 한다. 어찌 멋있어 보이지 않겠는가!

"이은정 씨는 괜찮아요?"

"네, 조금 놀란 것말고는 괜찮아요. 근데 정말 대단하세요. 어떻게 혼자서⋯⋯. 특수부대 출신이세요?"

"네? 아, 네에. 그건 아니고⋯⋯."

"근데 어떻게 혼자서 일곱 명이나⋯⋯."

"우와, 사장님! 짱이세요."

현수는 수진과 지혜의 호들갑에 머쓱한 표정만 지었다. 그러다 문득 놈들의 칼을 치우지 않고 온 것이 떠올랐다.

모두 깊은 잠에 취해 있기에 잘못 보면 칼싸움하다 죽은 것으로 오인될 수 있는 상황이다. 그러면 경찰이 들이닥칠 것이고 귀찮아진다.

'제기랄! 이젠 청소까지 해야 해?'

CHAPTER 12

뒤끝 작렬!

"잠깐 나갔다 올게요. 놀고 계세요."

"네에, 사장님!

"근데 저희 술 더 마셔도 되요? 오늘 기분 너무 좋아요. 그
치, 수진아?"

"그래, 우리 용감무쌍한 싸장님을 위하여……!"

벌써 취기가 올라 있음에도 또 술을 마시겠다고 하지만 말
리지 않았다. 웨이터를 호출하여 맥주 몇 병을 더 주문하고는
룸을 빠져나왔다.

놈들은 여전히 깊은 잠에 취해 있었다.

현수는 회칼과 너클을 수거하여 아공간에 넣었다. 그리곤
놈들 하나하나를 일으켜 자리에 앉도록 했다.

누가 보면 술 마시다 취해서 잠든 모습을 연출한 것이다.

"앞으론 착하게 살아야 할 거다."

잠에서 깨어남과 동시에 몸이 몹시 무거울 것이다.

70kg이었던 놈은 갑자기 140kg가 된 것처럼 걷는 게 힘들다. 그리고 모든 사물의 무게가 두 배가 된다.

문을 닫고 룸으로 되돌아오는데 근처에 있던 룸의 문이 열린다. 그리곤 사내 둘이 나왔다.

"아무튼 해결 방안 좀 잘 생각해 주라."

"알았어. 근데 나한테 너무 기대하지 마. 너도 뾰족한 수가 없는데 나라고 뭔 수가 있겠냐?"

현수는 마주 오는 사내들과 부딪치지 않기 위해 복도 한쪽으로 이동했다. 그런데 둘 중 하나가 눈에 익다.

"어······!"

"어라······! 김 병장님."

"너 제대했냐?"

"하하, 김 병장님을 이런 데서 만나다니······. 반갑습니다."

"반갑다. 이현우."

"네에, 저도 무지하게 반갑습니다. 참, 이쪽은 제 친구입니다. 야, 조경빈! 인사해라. 내가 군대 있을 때 고참이었던 김현수 병장님이시다."

"안녕하세요? 조경빈입니다."

"네에, 김현수라 합니다."

"김 병장님, 우리 이럴 게 아니라 룸으로 갑시다."

현수가 의아하다는 표정을 지었다.

"가려던 거 아니었어?"

"그랬는데 그냥 갈 수 없잖습니까. 자, 가시죠."

"그래. 그러자."

나왔던 룸으로 되돌아가자 청소하던 웨이터 보조가 무슨 일이냐는 듯 쳐다본다.

"뭐 잊으신 거라도 있습니까?"

"아니, 그건 아니야. 우리 다시 한잔하려고……."

"저어, 죄송한데 거의 다 치워서……."

먹다 남은 걸 마저 먹으러 온 것으로 생각하는 듯하다. 이때 이현우가 입을 열었다.

"그냥 다시 주문할 거니까 걱정 말아요."

"아! 네에."

눈에 뜨이게 반색하는 표정이다.

"그럼 술을 뭐로 드릴까요?"

"김 병장님! 스카치 블루 어떻습니까? 다른 것보다는 조금 달달하면서 진하고 쓴맛도 덜하잖아요."

"나는 상관없어. 그러니 그냥 그걸로 주문해."

"네, 그럼 술은 되었네요. 안주는 뭐로 주문할까요?"

"제일 맛있는 걸로 달라고 해."

"하하, 네에……. 들었지? 알아서 가져와."

웨이터가 나가자 이현우가 새삼스럽다는 표정으로 바라본다.

"김 병장님! 아니, 이제 병장이 아니지요. 그냥 형님이라고 부를게요."

"그래, 나도 그게 편하다."

둘은 세 살 차이이니 이현수의 나이는 스물여섯 살이다.

"그나저나 천지건설에 입사는 하셨어요?"

"그래. 운이 좋아서……."

"우와! 축하해요. 아직 잘 다니시죠?"

"핫핫! 그럼. 잘 다니고 있지."

"어느 부서에서 일하세요?"

"현재는 해외영업부 소속이야."

"네에? 수학과 출신이잖아요? 근데 어떻게 해외영업을……?"

"그러게. 어쩌다 보니 그렇게 되었어."

불과 몇 마디 나누지도 않았는데 웨이터 보조가 들어와 익숙한 솜씨로 세팅하고는 나간다. 팁 달란 제스처도 없었다.

아무튼 이현우는 안 봐도 비디오라는 표정이다.

수학과 출신이 해외영업부에 있다면 잘난 놈들에게 밀리고 밀려서 간 것일 것이다. 그러니 선진국 같은 곳이 아닌 환경 열악한 나라에 배치되었을 것이다.

이를 확인하려는 듯 물었다.

"그래서 어느 나라로 발령받았는데요?"

"콩고민주공화국이라고 알아?"

"……!"

이현우가 그러면 그렇지 하는 표정으로 있자 곁에 있던 조경빈이 한마디 끼어든다.

"콩고민주공화국이라면 아프리카에서도 최빈국에 속하는 나라 아닙니까?"

"그렇습니다. 세계에서 두 번째로 못 사는 나라지요."

"아이고, 형님! 말 놓으세요. 저 현우와 친구 사이이긴 해도 제가 현우보다 나이가 한 살 어려요."

"무슨 말씀을……. 초면인데 어찌 그럽니까?"

"그건 그렇고, 그런 나라에서 뭘 해요? 나라도 가난하고 국민들도 가난한 그런 나라에서 뭘 건설하느냐는 거예요."

"아무리 가난해도 건설 행위는 있어."

그저 변명하는 소리로밖에 들리지 않는다. 그렇기에 이현우가 나직이 혀를 찼다.

"쯧쯧, 내가 말을 말아야지. 그나저나 형님 혼자 왔어요?"

"아차……! 나 좀 나갔다 올게."

현수는 대답도 기다리지 않고 밖으로 나갔다. 그리곤 자신의 룸으로 돌아갔다. 다행히 다시 노는 분위기였다.

"어라! 이게 누구서요? 우리 잘난 사장님이시잖아요? 그쵸?"

"헤에, 사장님 오셨구나."

"헤헤, 우리 싸랑하는 사장님! 아깐 고마웠어요. 헤헤."

문을 열고 들어서자 셋 모두 와락 달려든다. 탁자를 보니 맥주는 물론이고 양주까지 모두 마신 듯하다.

'그래, 아주 화끈하게 마시고 그간 쌓인 스트레스가 있거든 모두 푸는 게 낫지.'

"술 더 주문할까요?"

"헤에. 그렇지 않아도 알콜이 부족했어요. 싸장님, 맥주 좀 더 시켜줘요."

"난 찬성!"

"헤헷, 일 인당 두 병씩만 더 시켜줘요!"

"네에, 알았습니다."

현수는 웨이터 호출벨을 눌렀다. 잠시 후 문이 열리고 조금 전 그 웨이터 보조가 들어온다.

"부르셨습니까?"

이때는 김수진이 발악하듯 노래를 부르고 있을 때이다. 그렇기에 손짓으로 불러 귓속말로 주문했다.

그리곤 아무도 이 방에 들어오지 못하도록 지켜봐 달라는 부탁을 했다. 만일의 경우엔 자신과 이현우가 있는 방으로 알려달라고 했다. 물론 만 원짜리 지폐 몇 장이 건네졌다.

"술 더 시켰으니까 마음껏 마셔요."

"네에, 우리 좋은 사장님!"

"감사합니다, 사장님!"

"우리 싸장님, 최고!"

현수는 쓴웃음을 지었다. 그리곤 노래에 열중할 때 슬그머니 빠져나갔다.

이현우가 있는 룸을 열고 들어가니 심각한 표정으로 대화를 하다 시선을 돌린다.

"일행은 모두 갔어요?"

"아니, 실컷 놀라고 하고 왔지. 근데 무슨 일 있냐? 왜 그렇게 표정이 심각해?"

"아무것도 아니에요."

"아니긴……! 뭔데? 말해봐. 내가 도와줄 수 있으면 도와줄게. 속담에 백짓장도 맞들면 낫다는 말이 있잖아."

"그건 그렇지요."

"그래, 그러니 고민이 있으면 털어놔 봐. 해결이 안 되더라도 속은 시원해질 것 아냐? 혼자서 끙끙거리지 말고 말해."

"형님, 제 고민이 아니라 여기 있는 경빈이 고민인데요?"

"그, 그래……?"

현수는 당황한 표정을 지었다. 처음 보는 사람에게 속내를 털어놓으란 소리를 한 셈이기 때문이다.

"그래, 경빈아. 형님에게도 말을 해봐. 혹시 아냐? 명쾌한 해결책을 제시해 주실지?"

"……!"

"내가 말했잖아. 군대에서 내 멘토가 될 만한 사람을 찾았다고. 그게 여기 있는 김현수 형님이야."

"뭐어, 멘토? 내가 너의……? 아이구, 말도 안 돼. 내가 무슨 자격이 있어서."

"아니에요. 제가 무사히 제대할 수 있었던 것은 형님의 공이커요. 사실 파견 나갔을 때 탈영을 심각히 고민했었거든요."

"그래……? 그랬어?"

"이제니까 말하지만 그때 있잖아요."

"우리가 예비사로 6개월간 파견 나갔던 그때?"

"네, 그때 그 부대에 있던 최 병장 있잖아요."

"최 병장이라면… 최찬식 병장?"

"네, 형님도 그 새끼한테 엄청 맞았잖아요. 안 그래요?"

"그랬지. 다른 부대 출신이라고 정말 지독하게 때렸지. 덕분에 엉덩이 얼얼한 날이 많았지."

"다른 고참들은 그 새끼한테 맞고 모두 줄빳따 때렸는데 형님만 안 그랬잖아요."

"내가 그랬나?"

"네에, 게다가 우리 부대로 복귀한 이후엔 제대하는 날까지 한 번도 구타하지 않았어요. 덕분에 탈영하지 않았지요."

"그랬어?"

"네, 형님도 그 전까진 엄청 맞았다고 했잖아요. 근데 그때 왜 안 때렸어요? 내가 실수 참 많이 했잖아요. 말도 안 듣고."

"그러고 보니 군대 있는 동안 기합도 많이 받고 매도 많이 맞았구나. 기억나니? 나 상병 왕고일 때 중대장한테 5파운드짜리 곡괭이 자루로 맞은 거."

"그럼요. 그거 때문에 팬티 오리셨잖아요."

"팬티를 오려?"

조경빈이 대화에 끼어들었다. 무슨 소린가 싶었던 것이다.

"그건 들어보면 알아."

이현우의 말이 끝나기 무섭게 현수가 묻는다.

"그때 네가 오려준 거니?"

"네, 곡괭이 자루로 맞아서 엉덩이 살이 터졌는데도 지혈시키거나 치료할 시간도 안 주고 곧바로 군장 메고 연병장을 이십 바퀴나 돌게 했잖아요."

"그래. 피가 엉겨 붙는 바람에 팬티를 벗을 수 없었지."

"……!"

조경빈은 팬티를 오린다는 게 무슨 뜻인지 깨달았다는 놀란 눈빛을 냈다. 그러거나 말거나 이현우의 말이 이어졌다.

"네, 그때 형님이 맞은 건 김 상병하고 박 상병이 눈탱이가 밤탱이가 되도록 싸워서 그런 거였잖아요."

"그랬지."

"그랬는데도 형님은 김 상병과 박 상병에게 한 마디도 안 했어요? 그때 왜 그랬어요?"

"그런다고 내가 맞은 게 없어지는 것도 아니잖아. 그리고 내가 맞는 동안 얼마나 미안했겠냐? 그러면 된 거지."

"봐요. 형님은 다른 고참과 달랐어요. 만일 최 병장 그 새끼 같았으면 아마 우리들 모두 갈아먹었을 거예요. 안 그래요?"

"그래, 최 병장이 그랬던 건 정말 잘못된 일이야."

"그리고 형님은 제대하고 난 뒤에 어떻게 세상을 살아야 하는지 조언도 해주었잖아요."

"아, 그거! 그때 너 휴가 나왔을 때지?"

현수는 직장을 구하지 못해 시내 한복판을 돌아다니다 우연히 만났던 기억을 떠올렸다. 그날 둘은 술을 마셨다.

그리고 그 다음날 이현수가 전화하여 천지건설에 원서를 내라고 채근한 덕에 직장인이 된 것이다.

"네에, 그때 참 고마웠습니다. 제가 세상을 조금 쉽게 생각하고 있었는데 그때 형님 말을 듣고 많은 걸 생각하게 되었거든요. 전 그렇게 취직하는 게 어려운 건지 몰랐어요."

"그래? 그래서 취직 준비는 잘하고 있냐?"

"학교 더 다녀야 하잖아요. 앞으로 1년간 열심히 할 거예요."

"그래. 준비 철저히 해라. 내가 경험해 봐서 아는데 취직하기 정말 힘들다. 어쨌든 천지건설에 취직한 거 다 네 덕이다."

곁에 있던 조경빈이 눈빛을 빛내며 뭔가를 말하려 했다. 하나 현우의 입이 먼저 열린다.

"그래요? 그럼 오늘 술 값 형님이 내세요."

"그래, 그러마!"

"에이, 농담이었어요."

"아냐, 오늘은 내가 낼게. 실컷 마셔보자. 자아, 우리의 찬란할 미래를 위하여!"

현수가 잔을 들자 현우와 경빈 역시 잔을 들었다.

"위하여······!"

몇 잔의 술이 돌아가자 조경빈도 대화에 끼어들기 시작했다.

원래 스스럼없는 성격인 이유도 있지만 현수와 현우가 워낙 편하게 해줬기 때문이다.

"형님, 아까도 말했지만 여기 있는 경빈이에게 아주 심각한 고민이 있어요. 들어보고 조언 좀 해줘요."

"그래? 뭔지 말해봐."

"네, 경빈이는 국내에서 고등학교를 졸업하고……."

현우의 말이 이어졌다. 다음이 그 내용이다.

백두그룹 회장 조연호에겐 아들이 둘 있다. 조경빈은 장남에게서 얻은 셋째 손자이다.

경빈은 고등학교 시절에 공부를 등한시한 결과 대입에 실패하였다. 다른 재벌가 같으면 뒷구멍으로 힘을 써서라도 일류대학에 입학을 시켰을 것이다.

하나 6.25 때 월남하여 자수성가한 조연호 회장은 불의와의 타협을 혐오하는 성품이다.

그래서 미국으로 유학가게 되었다.

그곳에 머물면서 경영학을 전공하는 동안 경빈은 너무도 외로웠다. 워낙 내성적인 성품이라 사람 사귀기에 서툴기 때문이다.

친구 하나 없는 유학 생활이 어찌 만만하겠는가!

그러던 차에 유진기라는 놈이 접근했다.

백두그룹 산하 기업에 기계 부품을 납품하는 중소기업 사장의 둘째 아들이라고 했다.

둘은 급속도로 친해졌다. 그후 향락의 나날이 이어졌다.

유진기는 술과 여자를 마음껏 즐길 수 있도록 조장했다. 그러다가 결국 마약에 손을 대고 말았다.

코카인, 메스암페타민(필로폰) 등이다.

다행히 미국 경찰과는 별 문제 없이 귀국할 수 있었다. 귀국 후 정신을 차린 경빈은 마약을 끊기 위한 노력을 했다.

그러던 어느 날, 유진기로부터 한 통의 전화가 걸려왔다. 경영권을 물려받게 될 백두마트에 취직을 부탁하는 내용이다.

경빈은 현재 후계자 수업을 받느라 백두마트 상무이사로 재직 중이다. 그렇기에 어려움없이 부탁을 들어줄 수 있었다.

다시 며칠이 지난 후, 또 다른 취직 부탁을 했다. 그렇게 하여 약 50여 명을 입사시켰다.

그러던 어느 날, 감사팀이 제출한 보고서를 보게 되었다.

누군가의 인사 청탁으로 취직된 사내들의 적합하지 못한 행동이 기업 이미지에 심각한 누를 끼친다는 내용이다.

확인해 보니 모두 자신이 취직시켰던 인물들이다. 하여 유진기에게 전화하여 주의 줄 것을 요청했다.

그런데 마침 전화 잘했다면서 또 다른 취직 부탁을 한다.

기분이 좋지 못했던 경빈은 더 이상의 청은 들어줄 수 없으며, 기존에 입사된 사람들의 행동이 고쳐지지 않으면 모두 해고당할 수 있음을 분명히 하였다.

경빈의 단호한 음성에 잠시 뜸을 뜰이던 유진기는 그러고 싶으면 그러라 하였다. 그리곤 경찰에 연락하여 마약에 대한 제보를 하겠다고 했다.

당황한 경빈은 시간을 달라고 했다. 웬일인지 순순히 기다리겠다고 했다.

전화를 끊자마자 인터넷을 뒤져 확인해 보니 마약을 복용하면 사람에 따라 반감기가 다르다고 되어 있다.

소변의 경우는 일주일 정도가 지나면 마약 성분이 검출되지 않는다. 머리카락은 6개월 정도가 걸려야 한다고 되어 있다.

심한 경우엔 8~9년까지도 간다고 되어 있다.

하여 이발소에 들러 머리카락을 박박 밀어버렸다. 혹시 몰라 면도까지 부탁하여 완벽한 대머리가 되었다.

다음 날, 취직 부탁을 들어줄 수 없다는 전화를 했다. 그랬더니 유진기가 나직한 웃음소리를 냈다.

"너 머리 깎았지? 미국에 있는 동안 내 취미가 뭐였는지 알아? 난 네 머리카락 수집이 취미였다. 내가 괜히 네 방 청소해 준다고 했겠냐? 날짜별로 최소 열 가닥 이상씩 잘 수집해 놓았다. 이걸 검찰에 보내면 어떻게 될까?"

"……!"

경빈은 잠시 할 말을 잃었다. 그러고 보니 유학 시절 유진기가 거의 매일 청소를 해줬다. 그게 경영권을 승계 받으면 잘 봐달라는 뜻인 걸로만 알았다.

자신이 덫에 걸렸다는 것을 아는 순간부터 경빈은 수세에 몰렸다. 유진기는 며칠에 한 번씩 전화하여 취직을 강요했다.

그 결과 백두마트 전점의 보안요원들이 물갈이되었다.

전국 132개 점포에 취직된 숫자가 무려 2,500여 명이다.

뿐만이 아니다. 계산대에 투입되는 캐시어도 2,000명 이상 물갈이되었다.

은밀히 확인해 보니 유진기는 역삼동 유흥가를 무대로 폭력을 휘두르던 세정파의 일원이다.

세정파란 이름은 '세상을 정복한다' 라는 말의 첫 글자에서 따온 것이다.

세정파의 두목은 유진기의 부친인 유국상이다. 유진기는 후계자이면서 두뇌 역할을 맡고 있다.

경빈은 겁이 덜컥 났다.

할아버지인 조연호 회장이 사실을 알게 되면 즉각 검찰에 신고하여 쇠고랑을 차게 만들 것이기 때문이다.

그만큼 깐깐한 조 회장이다.

좋은 예가 있다. 경빈의 사촌 가운데 하나는 재벌가의 가족이라는 배경을 이용하여 많은 여자들을 농락했다.

그 녀석이 건드렸던 여자 가운데 하나가 자택에서 출근하려던 조 회장의 차 안에 쪽지를 써서 넣었다.

사실을 확인한 조 회장은 그를 백두그룹에서 철저히 배격시켰다. 모든 직위는 해제되었으며 살던 집에서도 쫓겨났다.

은밀히 그를 돕던 작은 어머니는 시아버지인 조 회장에게 불려가 단단히 혼이 났다. 들려오는 소문에 의하면 그는 현재 어느 세차장에서 남의 차를 닦아주며 산다고 한다.

이렇기에 경빈이 겁을 먹은 것이다.

재벌가의 손자로 살면서 온갖 혜택을 다 받으며 살았다. 그런데 그 모든 것이 없어지면 어찌 살까 싶은 것이다.

아무튼 사실이 알려지면 백두마트의 차기 경영권은 자연스럽게 물거품이 된다. 그리고 그 자리는 앙숙인 사촌동생에게 물려질 것이다.

경빈은 있지도 않는 머리카락을 쥐어뜯고 싶은 심정이 되어 날마다 폭음하며 괴로워했다.

그러던 중 이현우가 제대를 했다.

마음놓고 대화할 사람이 생겼기에 거의 날마다 불러내어 고민을 해결할 방법을 모색했다.

그런데 현우라 하여 뾰족한 수가 있겠는가!

마약 복용에 대한 사회적 인식이 워낙 좋지 않기 때문에 자수하라는 말도 못했다. 그 결과가 치명적이기 때문이다.

모든 이야길 들은 현수는 고개를 끄덕였다,

백두마트 같은 대기업 계열사에 왜 조폭 같은 놈들이 있었는지 이제야 알게 된 것이다.

"형님, 저 이제 어떻게 하면 좋지요? 오늘 아침에도 전화가 왔었어요. 근데 이번엔 기획실 실장 자릴 달래요."

"기획실 실장?"

"네. 아무래도 백두마트를 통째로 말아먹으려는 것 같아요."

"흐음, 조폭들이 음지에서 벗어나려 한다는 건 알았지만 이런 방법도 있었군."

"……!"

조경빈은 아무 말도 못했다. 자신의 실수이기 때문이다.

"놈이 가졌다는 네 머리카락을 회수하는 것이 급선무야. 그것만 회수하면 취직했던 놈들 자르는 건 문제도 아니니까."

"그것도 쉽지 않아요. 놈들 모두 노조에 가입해 있는 상태예요. 게다가 현 노조 집행부 전부가 놈들이에요."

"노조까지……?"

"네에. 할아버지가 아시면……. 저 이제 어떻게 하죠?"

"흐으음, 일단 고민 좀 해보자."

아직 사회적 경험이 일천한 둘이기에 현수의 얼굴만 바라보고 있었다. 뭔가 뾰족한 수를 내줄 것만 같았기 때문이다.

지금껏 회사 사람들과 상의하지 못한 것은 재계에 소문이 번질 수도 있기 때문이다.

그러면 장가가는 것조차 어려워질 수 있다.

"일단 유진기라는 놈이 어떤 놈인지 알아야 하니까 입사시켜. 다만 기획실 실장은 회장님의 재가가 있어야 하니까 아직은 안 된다고 하고."

"그러면요?"

"내일 당장 출근하라고 하면 그렇게 하겠지? 그럼 내가 놈의 뒤를 쫓을게. 그렇게 해서 놈의 거처를 알아내면……."

"그러면요?"

경빈이 애가 탄다는 표정을 짓자 피식 웃음 지었다.

"나하고 현우, 이렇게 둘이서 놈의 수집품을 가져오는 거지."

"네에……? 현우하고 도둑질을 하겠다고요?"

"그 머리카락 원래 네 것이잖아. 그걸 가져오는 게 도둑질이 되는 건가?"

"그, 그야……! 근데 현우는 빼주시면 안 되나요?"

"왜……? 그래, 알았어. 그럼 나 혼자 하면 되지."

"근데 형님!"

"왜?"

"왜 저를 위해 위험한 일을 하려 하세요? 전 형님과 잘 아는 사이 아니잖아요, 게다가 놈들은 조폭이구요."

"너, 현우랑 친구하고 했지?"

"네, 유치원 때부터 친구였어요. 정말 둘도 없는 친구지요."

"그 현우가 내겐 아우다. 그럼 너도 아우잖아. 안 그래?"

"……! 형님, 고맙습니다."

"에구, 앞으론 님 자는 빼라. 조폭 두목이 된 거 같다. 조직원들이 시원치 않아서 그렇지."

"네에……? 하하, 네에. 그렇게 할게요."

"현우, 너도. 그리고 존댓말 쓰지 마. 좀 멀게 느껴지잖아. 그러니 진짜 형 대하듯 그렇게 해라."

"알았어, 형!"

"그래, 좋다. 자아, 이제부턴 만사를 잊고 술을 마시자. 우리의 만남을 위하여!"

"위하여!"

현수가 경빈을 도울 마음을 품은 건 두 가지 이유 때문이다.

첫째는 백두마트 세 개 점포에서 9,000톤에 가까운 물품들을 가져온 것에 대한 미안함이다. 이제와 다시 돌려줄 수도 없다.

이전 뉴스를 검색한 결과 재산상 손실보다 전세계적인 홍보 효과가 더 많아서 손해는 아니라고 한다.

하나 어찌 마음이 편하겠는가! 하여 돕겠다는 마음을 품은 것이다.

둘째는 유진기라는 놈의 교활함에 치가 떨려서이다.

간악한 방법으로 한 인간을 협박하여 자신의 이득을 취하는 놈은 결코 그냥 둬서는 안 될 일이다.

게다가 조폭이라 하지 않는가!

세상에서 반드시 말살시켜야 할 종자이다. 그렇기에 이 일에 관여할 생각을 한 것이다.

아무튼 현수가 자신의 룸으로 되돌아온 시간은 새벽 한 시쯤이다. 문을 열어보니 셋 다 잠들어 있다.

"에구……! 이 아가씨들아. 이런 데서 이렇게 잠들면 어떻게 해? 세상이 얼마나 험악한데……."

나직이 혀를 찬 현수는 어찌할까 생각해 보았다. 한꺼번에 셋을 업는 것은 불가능하다.

"에구, 또 마법을 써야겠군. 마나여, 이들의 신체를 활성화시켜라. 바디 리프레쉬!"

샤라라라라랑—!

마나가 스며들었음에도 일어나지 않는다.

"끄응, 모두 깨어나라, 어웨이크!"

"아함!"

"끄으웅!"

"흐아아아암!"

셋이 하품을 하며 일어나는데 머리 꼴이 엉망이다.

"자, 아가씨들! 이제 집에 갑시다."

"어머! 지금 몇 시예요?"

"새벽 한 시를 조금 넘겼어요."

"우왕……! 큰일이다. 전 이제 아빠한테 죽었어요."

수진이 가방 속의 핸드폰을 꺼내더니 자리에 털썩 주저앉는다. 부재중 전화가 20여 통이고, 문자도 여러 개 와 있다.

지혜도 핸드폰을 확인했다.

"헉……! 울 엄마 완전 뿔났나 보네."

"자, 갑시다. 대리운전 불렀으니까 집에 데려다 줄게요."

"고맙습니다, 사장님!"

가장 먼저 이지혜의 집 앞에 도착했다.

어머니가 집 밖에서 서성이고 있던 중이다.

현수는 얼른 내려서 정중히 인사를 하였다. 하나 지혜의 모친은 현수를 쳐다보지도 않았다.

"뭐해! 어서 안 들어오고. 너 이놈의 기집애, 오늘 어디 한번 혼나봐라. 다 큰 기집애가 지금 몇시 니? 응? 몇 시냐고? 세상이 얼마나 험악한데……? 어서 들어와. 아, 빨랑 안 들어와?"

쿵—!

대문 닫치는 소리를 들으며 쓸쓸히 돌아서야 했다.

다음은 김수진의 집이다.

벨을 누르자 아버지가 튀어나오셨다. 그리곤 다짜고짜 지금이 몇 시냐면서 화를 냈다.

현수는 앞으로 주의하겠다는 말을 할 수밖에 없었다.

은정의 모친은 별다른 말이 없었다. 워낙 큰 은혜를 입었다 생각하기에 그런 모양이다.

우미내 마을까지 오니 새벽 세 시가 넘었다.

다음 날 아침, 조경빈으로부터 전화가 왔다. 얘기했던 대로 유진기를 입사시켰다는 내용이다.

오후 12시 10분.

점심 먹으러 나가는 유진기의 얼굴을 확인했다.

날카로운 눈매, 얇은 입술, 그리고 슬쩍 휘어진 매부리코를 가진 얼굴이다. 한눈에 보기에도 결코 선량해 보이지 않는다.

건들거리며 걷는 걸음걸이로 미루어 짐작컨대 세상이 돈짝만 하게 보이는 모양이다.

조경빈이 너무 외로웠거나 사람 보는 눈이 없었다는 뜻이다.

퇴근 시간을 확인한 현수는 사무실로 향했다.

"사장님! 어제 정말 죄송했어요."

"면목이 없습니다. 저 때문에 아버지에게 욕을 먹으셔서……."

"어머니가 사장님인 줄 몰랐다고 하셔요. 죄송해요."

"괜찮습니다. 근데 속은 좀 어때요? 어제 과음들 했던데."

"죄송합니다. 사장님!"

"이제 술 안 마실게요."

여직원들은 죄 지은 범인 마냥 고개를 숙인 채 손가락만 만지작거리고 있었다.

"살다보면 누구나 실수할 때 있습니다. 그리고 어제는 지나갔습니다. 그러니 깨끗이 잊읍시다. 알았죠?"

"네에……!"

"이 실장님! 보고 사항 있어요?"

"특별한 일 없습니다. 수출 업무는 정상적으로 진행되고 있구요. 납품도 정상적이에요. 지시 사항 있으세요?"

"그런 거 없습니다. 그럼 나가서 일 보세요."

"네에. 사장님!"

자리에 앉아 스케줄을 확인했다. 오사카에 도착한 이후 어떤 교통수단을 이용할 것인지를 확인했다. 유명한 관광지가 아니기에 정보를 얻는 데 오랜 시간이 걸렸다.

다음엔 정치면 기사들을 훑어보았다. 요즘 정치판이 어떤지 알아본 것이다. 한마디로 정의를 내렸다.

개판이다. 말도 안 되는 억지를 부리는 놈도 있고, 제정신이 아닌 듯한 놈들도 수두룩하다.

"이놈들은 절대 말로는 설득이 안 되는 놈들이지. 기다려라. 정신이 번쩍 들도록 해주마. 개자식들!"

사회면도 뒤져서 얻고자 하는 정보를 얻었다. 그러던 중 문득 깨달은 바가 있다.

혼자 힘으론 7써클 아니라 10써클 마스터가 되어도 사회 개혁이 불가능하다는 것이다. 사회구조 자체가 잘못된 데다가 벌받아 마땅한 놈들이 널리고 널린 세상이기 때문이다.

"흐으음, 무엇을 해서 믿을 만한 세력을 가질 수 있을까?"

아르센 대륙에선 나쁜 놈들을 죽여 버리면 된다. 살인이 싫으면 잡아다 몬스터 소굴에 떨귀놓아도 된다.

후환도 없는 완전한 처벌이다. 그런데 대한민국에선 그래선 안 된다. 살인범으로 지목되기 때문이다.

그렇다 하여 솜방망이 처벌을 가할 수는 없다. 그렇게 해선 정신 차릴 놈 없기 때문이다.

하여 한참을 고심했다. 이것은 이후의 행동을 결정하는 일종의 전환점이 되는 생각이었다.

CHAPTER 13
니들은 이런 거 가질 자격 없어!

"혹시나 했는데 역시나군. 진짜 잘못된 세상이야."

유진기가 들어간 집은 성북구 성북동에 위치한 저택이라 불러도 좋을 만큼 큰 집이다.

폭력으로 남들을 협박하여 돈을 뜯어내는 조폭이 살기엔 너무 좋은 집이기에 투덜댄 것이다.

살펴보니 담장마다 CCTV가 설치되어 있다. 고정된 것이 아니라 움직이는 것이다.

"개자식들! 남들 돈으로 살면서 도둑이나 강도 들어오는 건 싫은 모양이지? 그래 봤자다, 이놈들아! 퍼펙트 트랜스페어런시! 그리고, 플라이!"

현수의 신형은 투명화되었고, 허공으로 떠올랐다. 잠시 후 유진기가 머무는 방의 창가에 도착하였다.

안을 살피니 등을 돌린 채 누군가와 통화 중이다.

CCTV가 비추지 않은 곳이기에 투명 은신 마법을 해제했다. 대신 엿듣기 마법을 구현시켰다.

"마나여, 대화를 엿듣게 하라. 이브즈드랍(Eavesdrop)!"

"그래, 그러니까 조금 더 기다리라는 거야? 근데 내가 왜 기다려야 하는데?"

유진기의 짜증 섞인 말에 누군가가 대답한다.

"그년 스케줄 때문에 그렇습니다. 형님!"

"좋아, 언제까지인지 시한을 정해."

"형님, 늦어도 닷새만 기다려 주십시오."

"좋아, 기다려 주지. 단, 계집애 몸에 손을 대면 알지?"

"어이구, 형님! 저희가 어찌……. 걱정 마십시오. 깨끗한 상태로 데려가겠습니다."

"좋아, 그건 그렇고 이번 물건은 언제 들어와?"

"네, 4일 후 새벽 세 시 반입니다."

"도착지가 안면도 앞 공해상이라고 했지?"

"네, 형님!"

"차질없이 물건 넘겨받아라."

"걱정 마십시오, 형님!"

"그리고 그건 어떻게 되었지?"

"그거라니요……? 아, 착착 진행되고 있습니다."

"이번엔 몇 명이라고?"

"우리가 넘겨받는 건 35명이고, 넘겨주는 건 42명입니다."

"놈들에게 전처럼 인물 빠지는 것들 들여오면 안 된다고 확실히 말했지?"

"네, 걱정 마십시오. 이번 건 이메일로 미리 얼굴 확인 다 된 겁니다. 제가 봤는데 모두 괜찮았습니다."

"좋아, 그 일도 차질없이 진행해. 내일은 이번 달 수입 보고하는 날이다. 잊지 않았지?"

"네에, 걱정 마십시오. 확실히 보고 드리겠습니다."

"좋아. 특이사항 있나?"

"네, 어제 애들 몇이 이상해져서 돌아왔습니다."

"이상해져?"

"네, 동대문 쪽 애들인데 힘을 못 씁니다. 쥐약 먹은 병아리처럼 비실거려서 병원에 입원시켰습니다."

"비실거려……? 술을 너무 많이 퍼먹은 거 아냐?"

"그게… 그건 저도 잘 모르겠습니다."

"알았어, 오늘 통화는 끝내자."

"네, 형님! 좋은 밤 되십시오!"

"야! 너, 내가 그런 말 쓰지 말라고 했지? 짜식, 여관 기도 출신 아니랄까 봐……. 좋은 밤은 무슨 말라비틀어진……."

"헉, 죄송합니다. 주의하겠습니다."

전화를 끊은 유진기는 샤워를 했다. 그러는 동안 현수는 지붕에 올라가 생각에 잠겼다.

통화 내용으로 미루어 짐작컨대 밀수 내지는 마약에 손을 대는 것 같다. 사람들을 넘겨주고 넘겨받는 것도 이상하다.

'이놈들 대체 뭐하는 거지?'

잠시 상념에 잠겨 있는 사이에 열한 명의 사내들이 현관을 통해 저택 안으로 들어온다. 중심에 서서 걷고 있는 자는 나이가 60 정도 되었다.

유진기의 부친인 유국상일 것이다.

"아버님, 다녀오셨습니까?"

"오냐. 회사는 다닐 만하더냐?"

"샌님 같은 놈들만 있어서 좀이 쑤셨습니다."

"허허, 그랬어? 알았다. 잠시 후에 보자."

"네."

유국상이 방 안으로 들어간 이후 열 명의 사내들은 밖으로 나가 사방 곳곳에 자리를 잡았다.

혹시 있을지 모를 침입자에 대비하는 듯하다.

현수는 열린 창문으로 스며들었다. 그리곤 와이드 센스 마법으로 실내를 확인했다.

유국상과 유진기 그리고 세 명의 여자들이 있다. 여자들 가운데 하나는 유국상의 애첩인 듯하다.

나머지 두 여인은 음식과 청소를 한다.

유국상은 애첩의 목욕 시중을 받으며 샤워를 했다. 지가 무슨 제왕이라도 된 듯 손가락 하나 까딱도 않는 모양이다.

유진기는 부친이 목욕하는 동안 노트북을 펼쳐 들었다. 그리곤 뭔가 작업을 한다. 잠시 후 프린터가 용지들을 토해냈다.

부자가 저녁식사를 하는 동안 애첩과 음식 담당이 시중을 들었다. 식사 후, 소파에 앉자 보고가 시작된다.

그러는 동안 현수는 유진기의 이 층 방들을 샅샅이 뒤졌다.

이 층엔 일곱 개의 문이 있는데 하나를 열어보니 침실이다.

중앙엔 스위치만 누르면 진동하는 물침대가 있고, 천장엔 거울이 붙어 있었다. 무슨 용도인지 뻔하다.

"변태 같은 새끼!"

나직이 중얼거린 현수는 마법까지 사용하여 방을 뒤졌다. 하나 유진기의 수집품은 없었다.

다음 방은 영화 감상을 위해 만든 방인 듯하다. 72인치 텔레비전과 홈시어터 설비가 완벽하게 갖춰져 있다.

한쪽 벽면엔 각종 DVD들이 빼곡하게 꽂혀 있다.

반대쪽엔 소파 겸 침대가 있다. 그 곁엔 이동식 홈 바(Home Bar)가 있다. 이 방도 뒤졌지만 아무것도 발견할 수 없었다.

세 번째 방은 체력단련실이다. 운동기구들이 즐비하다. 이곳 역시 원하는 것은 발견하지 못했다,

네 번째 방은 조폭에겐 어울리지 않는 서재이다.

책장을 보니 유진기가 읽었을 것이라곤 생각할 수 없는 장서들이 꽂혀 있다. 모르긴 몰라도 서점에 가서 '여기부터 저기까지 주세요' 했나 보다.

창문과 출입구 부분을 빼곤 바닥부터 천장까지 최소한 몇만 권은 될 만한 책들이 꽂혀 있다.

만약 수집품을 책들 사이에 꽂아 놓았다면 찾기 힘들다. 하여 일단 이 방은 패스했다.

다섯 번째 방은 자쿠지7)가 설치되어 있으니 욕실이라 해야 한다. 그런데 단순한 욕실이 아니다. 냉장고와 홈 바가 있다.

물에 젖어도 괜찮은 침대 비슷한 것도 있다. 무어라 정의 내리기 어려운 방이다.

한쪽의 문을 열면 샤워부스와 변기, 세면기가 별도로 있다.

아무튼 이곳을 뒤졌다. 물론 찾는 물건은 없었다.

여섯 번째 방문을 열었다. 크고 작은 금고 세 개가 있다.

드디어 목표물을 찾았다 생각한 현수가 언락 마법으로 금고를 열려는 순간 누군가 다가오는 소리가 들린다.

"퍼펙트 트랜스페어런시!"

현수의 신형이 사라지는 순간 문이 열린다.

"응……? 뭐였지? 뭔가 있었는데?"

들어온 놈은 유진기이다. 현수의 신형이 사라지던 그 순간 문을 열면서 이상한 기척을 느낀 듯하다. 하나 아무것도 눈에 보이지 않으니 고개만 갸웃거렸을 뿐이다.

스르르르륵! 스르륵! 촤르르르륵! 촤르륵!

다이얼을 돌려 큰 금고를 연다. 그리곤 장부 비슷한 것을 꺼내곤 다시 닫았다.

쿵—!

방문 닫치는 소리에 이어 멀어져 가는 발걸음이 느껴진다.

---

7) Ja cuzzi(자쿠지): 물에서 기포가 생기게 만든 욕조.

현수는 마법을 해제했다. 마나 소모를 줄이기 위함이다.

"언락!"

아까 보았기에 다이얼을 돌려도 된다. 하나 장갑을 준비하지 않아 지문이 남을 것을 우려하여 마법을 쓴 것이다.

스르르르륵! 스르륵! 촤르르르륵! 촤르륵!

어쨌든 다이얼이 저절로 돌아갔다.

철컥―!

금고를 연 현수는 내용물을 살펴보았다. 장부는 20여 권이고 나머진 모두 금괴와 현금 다발이다.

"흐음, 어떻게 한다? 이걸 다 볼 수도 없고……. 참, 마트에서도 장부를 팔지?"

아공간에 손을 넣어 장부를 꺼냈다.

"좋았어, 퍼펙트 카피(Perfect Copy)!"

이실리프 마법서엔 잡다하다는 표현이 옳을 별의별 마법이다 있다. 그 가운데 하나가 지금 시전된 7써클 마법, 퍼펙트 카피이다.

이 마법은 완벽하게 똑같은 문서 또는 스크롤을 제작할 때 사용된다. 재질은 비슷하기만 하면 된다.

귀찮은 것을 싫어하는 마법사답게 반복되는 작업을 하기 싫을 때 사용하는 마법이다. 멀린은 이 마법으로 똑같은 아티팩트를 제조하는 데 사용했다.

20여 권의 장부를 복사하는 데 걸린 시간은 불과 1~2분이다. 원래의 위치에 넣고는 금고를 닫았다. 그리곤 작은 금고문을 열려고 했다.

"언락!"

스르륵! 스르르르르륵! 촤르륵!

"으응……?"

금고가 열리려는 찰나 누군가가 황급히 다가오는 소리가 들린다. 하나가 아니고 여럿이다.

"매직 캔슬! 퍼펙트 트랜스페어런시! 플라이!"

나갈 곳이 없기에 황급히 투명화 마법과 비행 마법을 펼쳤다.

벌컥―!

"……!"

"형님, 아무도 없는데요?"

"아냐, 분명 뭔가 있어."

"형님이 봐도 아무것도 없잖습니까?"

"그래, 근데……."

유진기는 아랫입술을 깨물었다. 조금 전 금고를 닫고 내려갔다. 그리고 아버지와 조직에 관한 이야길 하던 중 금고문이 열렸다는 불이 들어왔다.

집 안엔 다섯 명뿐이다. 아버지와 본인, 그리고 한쪽에서 장식장 정리를 하는 아주머니, 멜론을 깎아온 아주머니가 있다. 그리고 저쪽에서 텔레비전에 시선을 고정시킨 채 드라마에 몰두하고 있는 아버지의 애첩뿐이다.

동생들은 전부 밖에 있다. 그런데 금고문이 열렸다는 불이 들어왔던 것이다. 즉시 동생들을 불렀고, 금고가 있는 방으로 왔다. 그런데 아무도 없다.

끝에 있는 방금 지나친 복도가 아니면 나갈 곳이 없는 방이다. 그렇기에 고개를 갸웃거렸다.

"형님, 혹시 인디케이터가 오작동한 건 아닐까요?"

"그, 그래."

유진기는 고개를 갸웃거리며 돌아섰다.

쿠웅—!

문이 닫혔으나 현수는 마법을 풀지 않았다. 밖에 있던 놈들이 움직이지 않았다는 것을 알기 때문이다. 그렇게 2~3분쯤 지났을 때 문이 열린다.

벌컥—!

"거 보십시오, 아무것도 없잖습니까?"

"형님, 정 의심스러우면 금고를 열어보십시오. 저흰 밖에 있겠습니다."

"그래, 그래 보자."

사내들이 나가자 문을 닫은 유진기가 금고를 열었다. 당연히 아무런 변화도 없다. 유진기는 고개를 갸웃거렸다.

"내가 요즘 신경과민인가?"

홀로 중얼거릴 때 현수는 망설이고 있었다.

지금 스테츄 마법으로 놈을 꼼짝 못하게 하면 경빈의 머리카락을 찾을 수 있을 것이기 때문이다. 하나 꾹 참았다.

대체 무슨 짓을 획책하는지 알아보고 싶었던 때문이다.

쿠웅—!

다시 문이 닫혔고, 놈들이 멀어졌다.

"언락!"

스르르르르륵! 스르르르르륵! 차르륵! 차르르르르륵!

덜컥!

작은 금고라 했지만 사람 어깨 높이 정도 오는 것이다. 이것이 열리자 한눈에 봐도 국보급 골동품들이 보인다.

국사 책에 나오는 금동미륵반가사유상 비슷한 것들이 여럿 있다. 뿐만 아니라 고려청자나 이조백자로 보이는 것도 있다.

"문화재 애호가는 아닐 거고, 이걸 대체 무슨 용도로 보관하고 있는 거지?"

금고를 닫고 다음 것을 열어보았다. 비슷한 크기이다. 안에는 금괴와 현금 다발로 가득했다.

"개새끼!"

욕부터 나온다. 이만한 돈을 모으려 얼마나 많은 사람들에게 피해를 줬을지 충분히 짐작된 때문이다.

마지막 금고를 열었다. 잡다한 것들이 들어 있다. 그중 사진첩처럼 생긴 게 있다.

펼쳐보니 머리카락을 테이프로 고정시켜 놓은 것이다.

"빙고!"

나머지 것들도 파악했다. 그런데 이런 게 하나가 아니다.

"이건 또 뭐야?"

머리카락을 수집해 놓은 사진첩은 여섯 개나 더 있었다.

이것들을 아공간에 넣은 현수는 와이드 센스 마법으로 밖을 살폈다. 어느새 네 놈이 다가와 있었다. 나머지 금고도 문이 열리면 불이 들어오게 되어 있는 모양이다.

"제기랄!"

꺼냈던 사진첩들을 다시 원상태로 넣었다. 그리곤 투명화 마법과 플라이 마법으로 천장에 붙었다.

벌컥―!

"아무도 없는데요. 형님!"

"끄응, 이상하네."

조금 전 아래층으로 내려갔던 유진기는 아버지와의 대화를 재개하려는 순간 또 다시 금고가 열렸다는 신호를 보았다.

가만히 지켜보니 차례차례 열리고 있다. 하여 하나뿐인 도주로를 차단하고 살금살금 다가갔다.

그리고 문을 열어젖힌 것이다.

'흐음, 오늘은 틀렸군.'

현수는 놈들의 머리 위를 지나 밖으로 빠져나갔다.

"약삭빠른 놈! 인디케이터를 설치해 놓다니."

아래층을 지나치면서 보니 괘종시계 위에 인디케이터가 부착되어 있다. 현재는 다섯 개의 초록색 전등이 켜져 있다.

다섯 개 모두 닫혀 있다는 뜻일 것이다. 금고를 열면 이것이 꺼지면서 붉은색 전등이 들어오게 되어 있는 듯하다.

"오늘은 그냥 가지만 조만간 모두 가져가 주지."

귀가한 현수는 복사해 온 장부를 살펴보았다.

"이런 쳐죽일……!"

첫 번째 장부는 지나인을 조선족으로 신분 세탁하여 한국에 밀입국시키는 것에 관한 것이다.

공해상에서 접선하여 이들을 안전한 곳까지 데려다 주는 데 일인당 400만원을 받았다.

장부에 기록된 인원을 보니 작년 한 해 동안 40여 차례에 걸쳐 입국시킨 인원만 1,400여 명이다.

이들로부터 받은 돈만 56억 원이다.

다음 장부엔 한국 여자들을 지나의 삼합회 조직에 넘긴 것에 관한 것이다. 지나나 조선족에 비해 세련되었기에 한 명을 넘길 때마다 한국 돈으로 600만 원을 받았다.

이 일은 시작한 지 얼마 되지 않아 지금껏 일곱 번 실시되었다. 장부에 기록된 인원을 보니 점점 숫자가 많아지고 있다.

돈이 된다 싶으니 마구잡이로 납치하여 팔아 넘기는 모양이다. 그렇기에 쳐죽일 놈이란 소릴 한 것이다.

아무튼 지금껏 팔아버린 여자의 숫자가 213명이다. 12억 7,800만원을 받았다고 기록되어 있다.

다음 장부는 생각했던 대로 마약 밀수에 관한 것이다. 한 달에 한 번 들여오는데 올해 가져온 양만 12kg이다.

돈으로 따지면 282억 원어치이고, 무려 30만 명이 동시에 사용할 양이다. 거래 상대를 확인해 보니 삼합회이다.

'냄새나는 지나 놈들이 문제군.'

다음 장부부터는 국내 나이트클럽과 단란주점 등을 직간접적으로 운영하면서 얻은 수익을 기록해 놓은 것이다.

"니들은 조만간 정리당할 거야."

장부를 덮은 현수는 나직이 이를 갈았다. 조폭들이라면 이가 갈린 때문이다. 대학교 2학년 때 현수의 친구 가운데 하나가 조폭들과 시비가 붙었다. 상대가 조폭인지 몰랐던 것이다.

그 결과 한쪽 팔을 쓰지 못하는 상태가 되었다. 일곱 번이나 쑤신 회칼 때문이다.

*　　　*　　　*

"흐음, 누구한테 물어볼까?"

오사카에서 내려 버스를 타고 효고현의 현청이 있다는 고베에 당도했다.

관할 구역인 가와베군 이나가와초에서 갱도가 발견되었지만 구체적인 장소는 알 수 없다.

인터넷으로도 검색되지 않았기 때문이다.

택시를 탔다. 그리곤 능숙한 일본어로 행선지를 알렸다.

"효고현 현청으로 갑시다."

말을 마치곤 시트에 등을 대고 눈을 감았다. 운전사가 말을 시키면 귀찮기 때문이다. 룸미러로 뒷좌석을 살핀 운전사는 알았다는 듯 고개를 숙이고는 출발했다.

"다 왔습니다."

돈을 내고 보니 전형적인 관공서 건물이 보인다.

"이미지 컨퓨징!"

이제부턴 얼굴을 알아서 좋을 게 없다. 그렇기에 누가 보더라도 금방 잊을 얼굴이 되게 하였다.

"어서 오십시오. 미도리입니다. 무엇을 도와드릴까요?"

현수가 현청 로비에 있는 안내 데스크로 다가가자 앉아 있던 아가씨가 상냥하게 묻는다.

"아, 나는 동경대 지질연구소에서 온 이시가와 히로시라고 합니다. 상부의 지시에 따라 다다은동광산의 갱도가 있는 곳에 파견되었는데 거기까지 안내해 줄 수 있겠습니까?"

말을 하면서 현수가 내민 것은 오면서 보았던 신문지 찢은 것이다. 하나 이 순간 미도리라는 아가씨의 눈엔 그것이 공문서로 보인다.

"이것이라면 3층 304호에 있는 와다 세이지 상을 찾아가십시오. 친절히 안내해 드릴 겁니다."

"알겠습니다."

현수는 신문지 쪼가리를 챙겼다. 그리곤 유유자적하게 3층으로 올라갔다.

"저어, 와다 세이지 상을 찾아왔습니다만 어느 분이신지요?"

"저기, 저분이세요."

"감사합니다."

현수가 찾아간 사람은 40대 중반쯤 되는 전형적인 일본인이다. 덩치는 작았고 뿔테 안경을 썼으며 약간 뻐드렁니이다.

"와다 세이지 상!"

"네, 제가 와다입니다. 한데 누구십니까?"

"나는 동경대 지질연구소에서 온 이시가와 히로시라고 합니다. 상부의 명에 따라 다다은동광산의 갱도가 있는 곳으로 파견되었는데 안내를 부탁드립니다."

이번에도 신문지 쪼가리를 내놨다. 와다는 그것을 자세히 살폈다. 동경대 총장 명의로 발행된 공문서이다.

이시가와 히로시 동경대 지질연구소 연구원을 다다은동광산에 매장되어 있는 것으로 추정된 금괴 발굴 작업에 파견한다는 내용이다.

"아! 멀리서 오신 분이시군요. 잠시만 기다려 주십시오."

현수가 앉자 어디선가 음료수를 꺼내온다.

"제가 지금 하는 업무만 끝나면 모셔다 드리겠습니다. 정말 죄송합니다. 잠시만 기다려 주십시오."

"네에, 그러지요."

와다 세이지의 업무는 불과 10분 만에 끝났다. 미처 마무리하지 못한 것은 곁의 동료에게 부탁했다.

동경에서 온 손님을 모시기 위함이다.

잠시 후, 현수는 와다 세이지가 운전하는 차의 조수석에 앉았다. 공무에 사용되는 것이라 한다. 한참을 이동해 도착한 곳은 고속도로 건설공사 현장 부근이다.

"최초 발견 지역은 여기입니다. 현재 발굴 작업이 진행되는 곳은 저기 저쪽입니다."

"그래요? 그럼 일단 여기에 세워주십시오. 이쪽부터 보고 발굴 본부에 합류하겠습니다."

"네, 그러십시오."

와다 세이지는 상당히 수다스런 사람이다. 그렇기에 차에 오르자마자 동경에 대해 이것저것을 물었다.

한 번도 가보지 못한 곳에 대해 어찌 이야기하겠는가!

하여 대강 얼버무리고는 피곤하다면서 눈을 감았다.

동경에서 고베까지 버스를 타고 이동하면 야간에도 열 시간 가량 걸린다. 그렇기에 와다는 고개를 끄덕일 수밖에 없었다.

와다가 가고 난 후 현수는 주위를 면밀히 살폈다.

일본 정부에서 얼마나 공을 들이는지 금방 알 수 있었다. 모든 발굴 지역을 가설 방음벽으로 막아놓았던 것이다.

"퍼펙트 트랜스페어런시! 플라이!"

투명화 마법과 비행 마법으로 주변을 살피는 데 걸린 시간은 불과 30분이다.

현장 입구마다 출입을 제한하는 초소를 거치게 되어 있다. 이것을 통과하기가 힘들어 그러는지 내부는 별다른 조치가 없었다. 하여 발굴 현장 사무실까지 드나들 수 있었다.

벽에는 이미 조사된 갱도에 대한 상세한 지도가 있다.

"메모리!"

기억 마법으로 상세 부분까지 모두 파악한 현수는 이미 조사가 끝나 아무도 없는 공동으로 내려갔다.

비행 마법이 시전되는 중이라 내려가는 것은 어렵지 않았다.

내려가 보니 상당히 오래된 버팀목이 보인다. 너무 오래되어 건드리기만 해도 부서질 것만 같다.

"이래서 로봇으로 탐사한다고 한 거군."

이쪽은 탐사가 끝난 지역이라 로봇이 재투입되지는 않을 것이다. 그렇기에 투명 은신 마법은 해제했다.

플라이 마법을 해제하지 않은 것은 새로 생길 발자국을 남기지 않기 위함이다.

현수는 기록에서 보았던 공동 부분까지 이동했다. 암석지대라 발자국을 우려하지 않아도 되기에 모든 마법을 해제했다.

그리곤 마법을 구현시켰다.

"마나여, 금속 성분을 찾아다오. 메탈 디텍션!"

주변을 살피던 현수는 침음을 냈다. 금속 성분이 너무 많았기 때문이다. 하긴 이곳은 은과 동이 나오는 광산이다.

그러니 은맥과 동맥이 있다. 그렇기에 사방이 온통 금속으로 느껴졌던 것이다.

"흐음, 이럴 때 쓰라고 만든 마법이 있지? 스페이스 디텍션!"

두 가지 마법을 중첩시켰더니 공간과 금속 성분이 매치되기 시작된다. 사방을 둘러보았으나 반경 200m 내에는 금괴가 없는 듯하다.

"첫술에 배부를 거라곤 생각지 않았어. 플라이!"

다시 몸을 띄우고는 갱도를 누볐다. 다음 공동에서도 메탈 디텍션과 스페이스 디텍션으로 찾았으나 금괴는 없었다.

하나 아무런 소득도 없었던 것은 아니다.

일본이 아직 찾아내지 못한 갱도들을 여럿 발견했던 것이다.

하지만 그곳에도 금화는 없었다. 이렇게 갱도를 누비기 시작한 지 거의 다섯 시간쯤 흘렀을 때이다.

"스페이스 디텍션! 메탈 디텍션!"

제자리에 서서 조금씩 움직이며 사방을 살펴보았다. 그렇게 약 210도쯤 움직였을 때이다.

"저건……?"

제법 큰 공동 속에 금속 무더기가 느껴졌다. 그곳까지 갔는데 막혀 있다.

"흐음, 마나여, 어둠을 몰아내라. 라이트!"

주먹보다 조금 큰 화구에서 빛을 낸다.

현수의 앞을 가로막은 것은 주먹만 한 돌들을 쌓은 뒤 사이사이를 진흙으로 메운 것이었다.

"빅 핸드!"

약간 물러선 뒤 손으로 긁어내는 시늉을 했다.

와르르! 와르르르!

엉성하게 쌓아서 그랬는지, 너무 오래되어 그랬는지 알 수는 없지만 불과 두어 번만에 완전히 무너져 내렸다.

현수는 멀찌감치 떨어져 한참을 기다렸다. 먼지가 너무 자욱했기 때문이다. 문제는 공기 순환이 거의 없는 곳이라는 것이다. 그렇기에 먼지가 좀처럼 가라앉지 않고 있었다.

하나 언제까지고 기다릴 순 없지 않은가!

"배리어(Barrier)!"

전신에 마나 장벽을 두르고는 먼지 속으로 들어갔다. 안쪽엔 수백 개의 상자가 포개져 있다.

뚜껑을 열려고 잡아당겨 보니 그냥 부서진다. 너무 오래되어 삭아버린 것이다. 기록대로라면 1598년에 제작된 상자다.

지금이 2013년이니 무려 415년이나 된 것이다.

어쨌거나 안에 담긴 것은 금화였다. 현수는 각각의 상자를 개봉했다. 그리곤 안에 담겼던 모든 것들을 아공간에 넣었다.

"쪽발이들! 니들은 이걸 가질 자격이 없어!"

모든 것을 담은 뒤 가려던 순간 스치는 상념이 있었다.

부서진 상자 쪼가리들을 그냥 놔두고 가면 안 된다는 것이다. 삭기는 했지만 부서진 것은 방금 전이다. 일본의 기술력은 이것을 규명해 낼 수 있음을 상기한 것이다.

"후후, 이럴 때 유용한 마법이 있지. 앱솔루트 배리어! 타임 패스트!"

결계를 치고 안의 시간만 180배 빠르게 흐르도록 해놓고는 다음 공간을 찾아 떠났다.

그리 멀지 않은 공간에 또 다른 금화들이 쌓여 있었다.

그것들 모두를 담고 마법을 구현시키려 하던 순간 스치는 상념이 있다.

"잠깐! 이런 게 스물한 군데라고 했지? 근데 모두 마법을 구현시키려면 마나양이 절대적으로 부족할 텐데……. 흐음, 어쩐다?"

잠시 고심하던 현수는 아공간에 담긴 스테인리스 판을 꺼냈다. 가로 세로 각각 1m 정도 되는 것이다. 이것을 4등분으로 잘랐다.

또 다른 철판 네 장을 더 꺼내 같은 크기로 나누었다.

그리곤 그중 하나에 앱솔루트 배리어 마법진을 새겼다.

다음엔 타임 패스트를 구현시킬 마법진을 새겼다. 같은 공간에 마법을 중첩시킨 것이다.

마지막에 새긴 것은 원소 분해 마법인 디콤퍼즈드 엘레먼츠(Decomposed Elements)이다.

일정 시간이 지나면 스테인리스 철판 자체를 원소로 분해해 버리는 일종의 소멸 마법이다.

마법진이 확실하게 되었는지를 꼼꼼하게 살피고는 준비해 두었던 스무 개의 철판을 위에 차곡차곡 쌓았다.

"퍼펙트 카피!"

순식간에 스무 개의 스테인리스 철판에 마법진들이 완벽하게 옮겨졌다.

다음엔 이 마법진이 제대로 구현될 수 있도록 마나석을 끼웠다. 원소가 되어 분해될 것이므로 굳이 좋은 것을 쓸 필요가 없어 하급 마나석들을 사용했다.

마법진 하나당 세 개씩 189개의 마나석이 소요되었다.

이제 마법이 구현되면 200일간 유지될 것이다. 이는 결계 안의 시간이 100년 정도 흐르게 하는 효과가 있다.

나중에라도 부서진 상자가 발견되어도 100년 전에 이미 누군가가 가져간 것으로 알게 하기 위함이다.

현수는 나무 조각들이 있는 땅을 파고 그 안에 마법진이 새겨진 철판을 넣었다. 그리곤 흙으로 덮었다.

"$\theta\gamma\varphi\xi\beta\gamma\zeta\gamma$ $\gamma\zeta\alpha\nu\rho\tau$! Γ $\varphi\tau\psi\varphi\xi$!"

룬 문자로 이루어진 마법 구현 주문을 외우자 땅 속으로부터 푸르스름한 빛이 나타났다 사라진다.

마법이 시작되었음을 알리는 신호이다.

가장 먼저 발견한 곳으로 가서 마법을 해제하고 철판을 넣고 일련의 작업을 마쳤다. 그리곤 또 다른 금괴를 찾았다.

그러던 중 뭔가가 다가오는 느낌을 받았다. 지하에서 발생된 진동을 이상히 여겨 탐사 로봇을 투입한 것이다.

"퍼펙트 트랜스페어런시!"

투명 은신 마법으로 몸을 숨기고는 로봇의 움직임을 살폈다. 방금 전 마법을 구현시킨 곳으로 이동하고 있는 중이다.

당연히 그냥 놔둘 수 없다.

"라이트닝!"

번쩍! 퍼퍼퍽―!

로봇의 움직임이 멈춘다. 전기적 충격에 회로가 탔기에 움직일 수 없는 것이다.

현수는 또 다른 공간을 찾아 나섰다. 그런 가운데 두 개의 탐사 로봇이 더 투입되었다. 하나는 진흙탕으로 가게 하여 그 속에 처박았다. 다른 하나는 한쪽 캐터필러를 벗겨냈다.

그랬더니 제자리에서 빙빙 돌기만 할 뿐이다.

『전능의 팔찌』 제5권에 계속…

박선우 장편 소설
FUSION FANTASTIC STORY

PERFECT GAME 퍼펙트 게임

고통과 좌절의 시간들을 뛰어넘어
불사조처럼 일어나 세계를 제패한 사나이의 일대기.

대한민국을 넘어 메이저리그를 평정하며
명예의 전당에 헌정된 언터처블 투수, 이강찬.

강철 같은 어깨에서 뿜어져 나오는 그의 패스트볼은
무적이었으며 야구계에 길이 남을 **신화**였다.

야구만을 사랑했던 고독한 사나이.
그의 *퍼펙트게임*이 이제 시작된다!

가프 장편 소설

관상왕의
1번룸

FUSION FANTASTIC STORY

거대한 도시의 그늘에서 벌어지는
짜릿하고 통쾌한 이야기!

『관상왕의 1번룸』

텐프로의 진상 처리 담당, 홍 부장.
절망적인 삶의 끝에서 만난 남국의 바다는
그를 새로운 인생으로 인도하는데…….

쾌락을 원하는 거부, 성공에 목마른 사업가,
그리고 실패로 절망한 사람들이여.

여기, 관상왕의 1번룸으로 오라!

Book Publishing CHUNGEORAM

유행이 아닌 자유추구 -
WWW.chungeoram.com

현대 소환술사

THE MODERN SUMMONER

FUSION FANTASTIC STORY

현윤 퓨전 판타지 소설

하늘이 무너져도 솟아날 구멍은 있다!

드래곤의 실험으로 모진 고난을 겪어야 했던 레비로스!
우여곡절 끝에 소환술사가 되어 최강의 자리에 오르지만
운명은 그를 나락으로 떨어뜨린다.

『현대 소환술사』

다시 한 번 주어진 삶!
그러나 그마저도 암울하기 그지없는데……

소환술사 레비로스의
인생 역전이 시작된다!

Book Publishing CHUNGEORAM